U0521692

河南师范大学学术专著出版基金资助

本书系河南省教育厅哲学社会科学基础重大项目（2020-JCZD-10）、河南省高等学校哲学社会科学创新团队支持计划（2016-CXTD-02）阶段性成果。

关系与生成
——布尔迪厄文艺思想研究

李占伟 著

中国社会科学出版社

图书在版编目(CIP)数据

关系与生成:布尔迪厄文艺思想研究/李占伟著. —北京:中国社会科学出版社,2020.12
ISBN 978-7-5203-7603-7

Ⅰ.①关… Ⅱ.①李… Ⅲ.①布尔迪厄(Bourdieu,Pierre 1930-2002)—文艺理论—研究 Ⅳ.①I565.095

中国版本图书馆 CIP 数据核字(2020)第 247730 号

出 版 人	赵剑英
责任编辑	郭晓鸿
特约编辑	张金涛
责任校对	师敏革
责任印制	戴 宽

出　　版	中国社会科学出版社
社　　址	北京鼓楼西大街甲 158 号
邮　　编	100720
网　　址	http://www.csspw.cn
发 行 部	010-84083685
门 市 部	010-84029450
经　　销	新华书店及其他书店
印　　刷	北京明恒达印务有限公司
装　　订	廊坊市广阳区广增装订厂
版　　次	2020 年 12 月第 1 版
印　　次	2020 年 12 月第 1 次印刷
开　　本	710×1000　1/16
印　　张	17.75
插　　页	2
字　　数	206 千字
定　　价	106.00 元

凡购买中国社会科学出版社图书,如有质量问题请与本社营销中心联系调换
电话:010-84083683
版权所有　侵权必究

目 录

导论 ……………………………………………………………… 1

第一章 布尔迪厄的生平及其思想渊源 …………………… 29
第一节 布尔迪厄的生平 …………………………………… 31
第二节 布尔迪厄的思想渊源 ……………………………… 39

第二章 布尔迪厄的概念工具及文艺研究方法 …………… 59
第一节 布尔迪厄艺术场域所涉及的主要概念 …………… 61
第二节 布尔迪厄文艺研究的主要方法 …………………… 86

第三章 布尔迪厄文艺思想的核心
——艺术场域 ……………………………………… 102
第一节 艺术场域的历史形成 ……………………………… 103
第二节 艺术场域的制度与结构特征 ……………………… 119
第三节 艺术场域的重要作用:超越二元对立的设想 …… 140

第四章　基于艺术场域观念下的艺术考察(上) …… 151
第一节　审美趣味的祛魅解读 …… 151
第二节　艺术范畴的溯源批判 …… 166
第三节　艺术史写作的深层反思 …… 174
第四节　符号权力与语言经济学 …… 179

第五章　基于艺术场域观念下的艺术考察(下) …… 191
第一节　关于电视:艺术新闻批评的可能 …… 191
第二节　关于艺术博物馆:艺术教育的符号暴力 …… 201
第三节　关于摄影艺术:趣味区隔的代表 …… 206

第六章　布尔迪厄文艺思想评价 …… 214
第一节　布尔迪厄文艺思想的价值与局限 …… 215
第二节　布尔迪厄文艺思想对中国当代文艺研究的有益启示 …… 231

主要参考文献 …… 261
后记 …… 275

导　论

皮埃尔·布尔迪厄（Pierre Bourdieu［亦译为皮埃尔·布迪厄、皮埃尔·布赫迪厄］，1930—2002）是法国继涂尔干之后最重要的社会学家之一。他在法国思想界的地位，堪与萨特、福柯、德里达等重要思想家媲美。他研究兴趣广泛，且几乎没有学科界限可言。据不完全统计，他一生著有40多本著作，500余篇文章，其中涉及社会学、人类学、哲学、教育学、心理学、文化学、艺术学甚至于物理学、统计学，且多有真知灼见，堪称法国当代百科全书式的重要思想家。

如果用简洁的话语对布尔迪厄进行描述的话，我们认为他是一位充满批判精神的思想家，是一位具有强烈反思精神的人文学家，是一位饱含悲悯之心的传教士，是一位不屈不挠有着精神良知的知识分子。他所建构的社会学理论被誉为继涂尔干之后社会学的勃兴，是"当代社会学之集大成者"[1]，是"自从塔科特·帕森斯以来可能

---

[1] ［法］弗朗索瓦·多斯：《从结构到解构：法国20世纪思想主潮》下卷，季广茂译，中央编译出版社2004年版，第92页。

是最雅致的和最广泛的理论系统"①，是和马克思、涂尔干、韦伯等大师的理论思想可相媲美，并集大成之理论。② 他所运用的研究方法被誉为"当下最为综合与深刻的，比起德里达和福柯等人的后结构主义作品，更能深刻地体现出与唯心主义的对抗"③。他所从事的批判工作以及与社会不公平所做的坚决斗争让他获得了"法国最后一位知识分子"的美誉。他从综合性、批判性、反思性的视野出发，努力超越社会学中长期存在的主观主义与客观主义之间的对立；他以关系性、生成性、历史性的方法为要，努力辩证吸取结构主义与存在主义的精华，从而形成了自己独特的"建构的结构主义"（structuralist constructivism）或者叫"结构的建构主义"（constructivist structuralism）理论，他在社会学领域所做的工作堪与康德在哲学领域辩证联结知、情、意的工作媲美。

　　布尔迪厄是一位坚持与时俱进的理论家，他所坚守的是他那一以贯之的核心工具及批判精神；他所与时俱进的是面对理论产生的历史性、关系性，面对丰富的经验性生活；这种坚持和与时俱进在其文化社会学理论当中体现得尤为明显。随着经济领域的飞速发展，科技水平的不断提高，西方社会进入了后工业社会，经济殖民逐渐丧失了市场；随着"二战"的结束，国际交流的日益频繁，和平呼声的日益高涨，政权政治殖民也逐渐没有了空间；而文化则成为一种新型的、隐性的统治策略与"殖民"行径。正如戴维·斯沃茨（David Swartz）在其研究布尔迪厄的专著《文化与权力》开篇所讲

---

① 转引自朱国华《权力的文化逻辑》，上海三联书店2004年版，第3页。
② 参考［法］朋尼维兹《布迪厄社会学的第一课》，孙智绮译，台北：麦田出版社2002年版，第12页。
③ Bridget Fowler, *Pierre Bourdieu and Cultural Theory*, London: Sage Publications, 1997, p. 1.

到的那样:"文化为人类交流与互动提供了基础,但它同时也是一种统治的根源。艺术、科学以及宗教甚至于包括语言自身都是一种象征性符号系统,它们不仅形塑了我们对现实的理解,构成了我们交流的基础,而且帮助完成与维持了社会等级制度。"① 而布尔迪厄所做的大部分工作,就是要揭开文化作为统治根源的面纱,呈现文化是如何作为一种象征性符号暴力来完成社会区隔与等级制度分化的。他的场域理论(field)、惯习理论尤其是"文化资本"(culture capital)理论都是其探讨这一问题的有力工具,而文学艺术作为文化的重要组成部分,也自然而然地成为布尔迪厄论述的重心。这从他的《艺术的法则》《艺术之恋》《摄影:一种中等阶级艺术》《区隔》《文化生产场:文学艺术论集》等一系列关于文学艺术的论著中便可见一斑,他的文学场、艺术场理论以及关于艺术"趣味"的批判性论述等在西方世界引起了广泛的影响与关注,"甚至于连西方学术圈外的报刊、媒体都卷入了'布尔迪厄现象'的讨论"②。

本书选取布尔迪厄的文艺思想作为研究对象,一方面想系统地、完整地呈现其文艺思想的全貌,另一方面也力图将其与中国当代文论建设联系起来,探讨分析它对中国当代文论有哪些有意义的启示。当然,想要很好地完成这项工作,我们首先要了解目前布尔迪厄文艺思想在国内外的研究概况。

---

① David Swartz, *Culture and Power: The Sociology of Pierre Bourdieu*, Chicago: The University of Chicago Press, 1997, p. 1.
② 张意:《文化与符号权力——布尔迪厄的文化社会学导论》,中国社会科学出版社2005年版,第2页。

一 布尔迪厄文艺思想研究综论

任何研究恐怕都离不开所谓的"前研究",即便是开疆辟土、填补空白之类的研究,也需要有一定的研究资料和研究对象作为基本支撑。就布尔迪厄文艺思想的研究而言,对既有资料、现状研究进行梳理和评述亦是本书展开的首要前提。因布尔迪厄思想十分宏阔,涉及如社会学、教育学、人类学、哲学等诸多方面,布尔迪厄文艺思想和上述方面又有着千丝万缕、异质同构的关系,所以,在进行布尔迪厄文艺思想综论这项工作的时候,我们尽量围绕"文艺思想"这个核心主题,但也难免会与其他内容有所关联。

(一) 布尔迪厄文艺思想国外研究综论

西方学术界尤其是英美世界早在20世纪70年代就已开始关注布尔迪厄的思想了,但由于受翻译情况的限制,对其研究主要集中在社会学与教育学方面,尤其是其著作《教育、社会与文化中的再生产》(*Reproduction, in Education, Society and Culture*),更是备受英美世界学者们的青睐,成为他们进行教育社会学研究的必读书目。随着英美世界对布尔迪厄的进一步了解,到20世纪80年代,他已经成为美国引用率仅次于福柯,而高于列维—斯特劳斯、德里达、阿尔都塞、萨特等大师的法国重要的思想家。[①] 而在法国本土,布尔迪厄的影响更是巨大,这种影响已经不止于其在学术上的巨大成就,还在于其作为一个有良知的公共知识分子对社会不平的斥责,对普世平民的关心,以及与一系列不公平不遗余力地斗争。法国总统 J.

[①] David Swartz, *Culture and Power: The Sociology of Pierre Bourdieu*, Chicago: The University of Chicago Press, 1997, p.2.

希拉克热情洋溢地赞赏布尔迪厄:"是世界上最有才华、最著名的老知识分子,他创造的理论将指引一代代研究者的道路,他是社会学领域的一个里程碑。"① 随着布尔迪厄的著作不断被译介到英美世界,他的影响也广泛地波及了人文学科的各个领域,比如社会学、人类学、语言学、文化社会学等,成为英美世界关注的焦点。与此同时,产生了一大批研究布尔迪厄的学者,比如 David Swartz、Bridget Fowler、Michael Grenfell、Wacquant 等。他们从不同方面对布尔迪厄思想进行了介绍与研究,David Swartz 对布尔迪厄的核心概念进行了较为恰切的梳理,对其研究方法也进行了一定的介绍②;Bridget Fowler 则集中对布尔迪厄的论述工具以及其文化社会学思想进行了深入的研究③;Wacquant 不仅对布尔迪厄社会学思想以及方法论进行了全面的介绍,而且还多次邀请布尔迪厄到美国讲学并参加研究生研讨班,与布尔迪厄结下了深厚的友谊④。此外,诸如 Robbins 的著作《布尔迪厄与文化》(*Pierre Bourdieu and Culture*)以及 Mahar 的《布尔迪厄:知识分子纲要》(*Pierre Bourdieu*:*The Intellectual Project*)、Jenkins 的《布尔迪厄》(*Pierre Bourdieu*)等也从不同侧面对布尔迪厄的学术生涯以及学术思想进行了介绍。

就实际情况来讲,布尔迪厄在西方世界更多情况下是以社会学家和人类学家的身份被认同的,也正是因为他在社会学、人类学上的巨大成就掩盖了其在文艺学、美学思想方面的建树,所以,专门

---

① 参见[法]布尔迪厄《男性统治》"封底",刘晖译,海天出版社2002年版。
② 详见 David Swartz, *Culture and Power*:*The Sociology of Pierre Bourdieu*, Chicago:The University of Chicago Press, 1997。
③ 详见 Bridget Fowler, *Pierre Bourdieu and Cultural Theory*, London:Sage Publications, 1997。
④ 详见 Pierre Bourdieu & Wacquant, L. D., *An Invitation to Reflexive Sociology*, Chicago:The University of Chicago Press, 1992。

对他的文艺学、美学思想进行介绍和研究的论著较少。但是这并不意味着他的文艺思想以及美学思想不重要,相反,布尔迪厄的核心理念以及主要思想均是通过对文化艺术的研究展开的。就我们检索和掌握的资料来看,西方世界对布尔迪厄文艺思想的研究集中在以下几个方面。

1. 在整体研究布尔迪厄思想中对其文艺思想的介绍

布尔迪厄一直拒斥对思想家进行传记式的研究,他本人也很少谈及私人话语,他甚至认为对思想家提出那些个人性的问题,是由康德所谓的"病理学动机"(pathological motives)所导致的。他认为拒斥"自恋式"的传记并不是为了保护隐私,而是为了保护话语的自主性和事实的自主性。① 所以,关于布尔迪厄的传记研究是极为鲜见的。尽管在研究布尔迪厄的各种书籍中也不乏以《布尔迪厄》(*Pierre Bourdieu*)、《理解布尔迪厄》(*Understanding Pierre Bourdieu*)为名的,但都不是严格意义上的传记,而是对其整体思想的学术性研究。在这些关于布尔迪厄整体思想研究的著作中,绝大部分都关注到了其文艺学、美学思想。比如 Bridget Fowler 所著的《布尔迪厄与文化理论》(*Pierre Bourdieu and Cultural Theory*)中,不仅分析了布尔迪厄与现代性、后现代性之间的关系,还运用了三节的笔墨来探讨布尔迪厄对现代艺术(以印象派为例)的分析,并且关注到了布尔迪厄对于摄影艺术的论述,自觉地将布尔迪厄与实际语境相联系,反观了目前的大众以及边缘艺术。② 此外,另一本由澳大利亚人 Jen Webb 等人合著的布尔迪厄思想研究入门读物《读懂布尔迪厄》

---

① 参考《布尔迪厄访谈录——文化资本与社会炼金术》,包亚明译,上海人民出版社1997年版,第43—44页。
② 详见 Bridget Fowler, *Pierre Bourdieu and Cultural Theory*, London:Sage Publications,1997。

(*Understanding Pierre Bourdieu*)中也专门分出两节来探讨布尔迪厄关于艺术以及电视传播的思想。书中以比较通俗的文字介绍了布尔迪厄对作家卡里斯玛意识的批判,以及布尔迪厄的文学艺术场理论,是认识、了解布尔迪厄很好的入门读物。Richard Jenkins 所著之《布尔迪厄》(*Pierre Bourdieu*)是西方世界较早系统地对布尔迪厄思想进行介绍的著作。其中《文化、地位与区隔》(*Culture, status and distinction*)专节讨论了布尔迪厄的文艺思想,认为布尔迪厄文艺思想主要是对康德以降的艺术、美学思想的反思,并对布尔迪厄关于摄影、博物馆等艺术活动的研究进行了一定的分析。① 舒斯特曼(Richard Shusterman)编著的《布尔迪厄批判性读本》(*Bourdieu: A Critical Reader*)一书中收录了 Arthur C. Danto 论述布尔迪厄艺术思想的文章《布尔迪厄论艺术——场域与个体性》(*Bourdieu on Art: Field and Individual*),文中介绍了布尔迪厄关于场域与作家个体之间的辩证关系的论述,认为布尔迪厄得出了作家之命名以及创作是要受场域限制的结论。② 这些研究尽管不是对布尔迪厄文艺思想的直接介绍,但通过它们可以看到布尔迪厄文艺思想在其整个思想中的位置与重要性,对于我们深入了解其文艺思想具有重要意义。

2. 专门针对布尔迪厄文艺思想的研究

Michael Grenfell 和 Cheryl Hardy 似乎看到了布尔迪厄文艺思想处于被忽略的状态,2007 年他们合著发表了《艺术法则——布尔迪厄与视觉艺术》(*Art Rules: Pierre Bourdieu and the Visual Arts*)一书,这是目前我们所能见到的唯一一部专门研究布尔迪厄文艺思想的英

---

① 详见 Richard Jenkins, *Pierre Bourdieu*, London and New York: Routledge, 1997, pp. 82 - 86。

② 详见 Richard Shusterman: *Bourdieu: A Critical Reader.* Oxford: Blackwell, 1999, pp. 214 - 219。

文专著。书中不仅详细介绍了布尔迪厄思想的来源、学术历程,而且以博物馆、绘画、摄影等艺术形式为例,深入分析了布尔迪厄的文艺观,并且利用布尔迪厄的艺术观展望了视觉艺术的发展前景。尽管书中有些部分的论述还不够深入、理论性不够强,但是它首次为我们提供了一个布尔迪厄文艺思想中关于视觉艺术方面的概貌,具有筚路蓝缕之功。① 2000 年发表于《实质》(SubStance)杂志上的一篇长文《布尔迪厄与文学》(Pierre Bourdieu and Literature),从布尔迪厄整体思想入手,不仅梳理与介绍了布尔迪厄关于文学场生成与结构的论述,而且指出了布尔迪厄文学思想中具有强烈决定论色彩的弊端,对于我们全面认识布尔迪厄的文学观具有一定的启示意义。② 另外伊丽莎白·希尔瓦(Elizabeth B. Silva)的《视觉艺术区隔》(Distinction Through Visual Art)一文、理查德·特蒂曼(Richard Terdiman)1985 年出版之《话语与反话语——19 世纪法国符号拒斥的理论与实践》(Discourse/Courter-Discourse: The Theory and Practice of Symbolic Resistance in Nineteenth-century France)一书的部分章节也都对布尔迪厄文艺思想进行了介绍。

3. 对布尔迪厄美学思想的介绍

布尔迪厄的美学思想主要是从批判康德的"审美无功利性"开始的,他通过一系列经验性的调查,认为审美无功利性、"纯凝视"(Pure gaze)的产生均与阶层生活习性相关,并不一定具有康德所谓的"先验共通感"。这种带有批判性色彩的美学社会学理论,在西方世界引起了不小的反响,也引起了西方学术界对于艺术"内部阅读"

---

① Michael Grenfell & Cheryl Hardy, *Art Rules: Pierre Bourdieu and the Visual Arts*, New York: Berg, 2007.
② Jacques Dubois, "Pierre Bourdieu and Literature", *SubStance*, 29/3 (2000), pp. 84 – 102.

以及"形式至上"等理论的反思。Richard Shusterman（理查德·舒斯特曼）于 1989 年主编的《分析美学》（Analytic Aesthetics）中对布尔迪厄的社会学美学思想有过一定的介绍与分析，而从中国读者比较熟悉的舒斯特曼的《实用主义美学》（Pragmatist Aesthetics）一书中也可看出其对布尔迪厄美学思想的批判性接受，尤其是其关于身体美学的论述以及为通俗艺术所作的辩护，均可看出布尔迪厄理论的影子。另外杰米·弗兰（Jeremy F. Lane）发表的《布尔迪厄被遗忘的美学——政治与诗意的实践》（Pierre Bourdieu's Forgotten Aesthetic：The Politics and Poetics of Practice）一文中，对布尔迪厄美学思想的政治与诗意特征之间的辩证关系进行了较为深入的研究，为我们认识布尔迪厄美学思想提供了一个新的视角。

其实正如布尔迪厄研究专家指出的那样，布尔迪厄思想的影响不仅止于英美世界，从地域上看，他的影响还从法国的欧陆邻国扩展到东欧、斯堪的那维亚、亚洲、拉美。[①] 但由于资料与语言的限制，我们主要探讨了英美世界对布尔迪厄文艺思想的接受情况。那么，地处亚洲的中国对布尔迪厄思想接受的状况如何呢？

（二）布尔迪厄文艺思想国内研究综述

其实，早在 20 世纪 70 年代末，中国学者就已经开始关注布尔迪厄。夏孝川先生翻译的《皮埃尔·布迪厄：社会不平等的文化传授》一文，应当是国内最早的关于布尔迪厄的文献。该文章的作者戴维·斯沃茨（David Swartz）就是上文所讲到的《文化与权力——布尔迪厄的社会学》（Culture and Power：The Sociology of Pierre Bourdieu）一书的著者，该书由陶东风先生于 2006 年翻译出版，成为国

---

① 参见 Pierre Bourdieu & Wacquant, L. D., *An Invitation to Reflexive Sociology*, Chicago：The University of Chicago Press, 1992, p. 2。

内学者了解与认识布尔迪厄的入门之作,被广为征引。通过《皮埃尔·布迪厄:社会不平等的文化传授》一文,国内学者首次接触到了布尔迪厄关于教育作为不平等再生产符号暴力的思想,但在当时并没有引起强烈的反响。直至20世纪90年代,随着中国学术环境的日益宽松与中国学术事业的日益勃兴,以及对布尔迪厄著作的不断翻译与介绍,中国学术界才对布尔迪厄产生了越来越浓厚的兴趣。

1. 布尔迪厄著作的国内翻译情况

布尔迪厄一生不仅研究涉猎广泛,且著作颇丰。截至目前,他已经出版发行了40多本著作,500余篇文章。布尔迪厄如同法国其他重要思想家如福柯、德里达一样,有一套自己的表述系统和概念工具,而且他的文字相当繁复与冗长,有时甚至半个页码都不出现一个句号。所以,对于他的作品之翻译甚至阅读均具有相当的难度。在英美世界,截止到1994年,布尔迪厄的重要作品均已经翻译成了英文[①],而中国学人对布尔迪厄著作真正意义上的翻译工作则始于1994年。1994年第5期《国外社会科学》刊载了布尔迪厄的《区隔:鉴赏判断的社会批判导言》中文译文,该译文转译自《区隔》(*Distinction*)一书的英文译本,算是正式拉开了布尔迪厄翻译工作的序幕。时至今日,中国的布尔迪厄翻译工作尽管不够丰富与完善,但已颇具规模。如果按时间线索来考察的话,布尔迪厄的著作的翻译工作在20世纪90年代还只能算是刚刚起步。1996年由桂裕芳翻译、三联书店出版的布尔迪厄与汉斯·哈克的对话小册子《自由交流》应当是国内读者最早见到的布尔迪厄的作品。之后,1997年上海人民出版社出版了由包亚明翻译的《文化资本与社会炼金术——

---

① David Swartz, *Culture and Power: The Sociology of Pierre Bourdieu*, Chicago: The University of Chicago Press, 1997, p.3.

布尔迪厄访谈录》，1998年中央编译出版社出版了由李猛、李康合译的《实践与反思——反思社会学导引》。这三本书都是访谈性质的，严格意义上讲并不能称作布尔迪厄的专著，但是这三本书的翻译出版，为国内学术界了解、认识布尔迪厄起到了巨大的作用。尤其是《文化资本与社会炼金术——布尔迪厄访谈录》和《实践与反思——反思社会学导引》，前者是布尔迪厄的系列访谈，后者则是美国学者华康德邀请布尔迪厄参加芝加哥研讨班时的交流集。也许正因为是访谈录，在这两本书中布尔迪厄的表达并不像其他作品中那么艰深难懂。他以少有的通俗明快，较为系统地阐述了自己学术性情的发展以及核心概念工具，对国内读者初步认识、了解他很有裨益。

进入21世纪以来，随着学术界对布尔迪厄兴趣的日益浓厚，翻译工作也开展得如火如荼。2000年至今，几乎每年都有布尔迪厄的译著问世。2000年，辽宁教育出版社出版发行了由许钧翻译的《关于电视》，这是布尔迪厄利用媒介对媒介进行深入反思与批判的代表作。2001年，中央编译出版社出版了由刘晖翻译的《艺术的法则——文学场的生成和结构》，在该书中布尔迪厄以福楼拜的《情感教育》为例，系统论述了文学场的发生与结构，详细地表达了自己的文学艺术观。2002年出版了三本关于布尔迪厄的译著。其中商务印书馆出版了由邢克超翻译的《再生产——一种教育系统理论的要点》和《继承人——大学生与文化》，布尔迪厄在这两本书中系统地提出了教育作为一种符号暴力维持社会不平等再生产的理论，在中国的教育理论界也引起了不小的反响。此外，海天出版社出版了由刘晖翻译的《男性统治》，此书中布尔迪厄基于对卡比尔社会的人类学研究，揭示了今日尚存于社会集体无意识中的男性中心世界观。2003年，译林出版社出版发行了由蒋梓骅翻译的《实践感》，这是布尔迪厄的重要社会学著作,它以人类学田野研究为基础,系统深入地表达了布尔迪厄的实践观,他揭示并分析了实践逻辑与学术思维的差异,指出人类学研究要成为真正的科学,就必须对科学实践的行为和工具、对研究者与其对象的关系实施客观化。同年,台北麦田出版社出版了吴锡德、孙智绮翻译的《以火攻火——催生一个欧洲社会运动》。2004年商务印书馆出版了由杨亚平翻译的《国家精英——名牌大学与群体精神》,在这部著作中,布尔迪厄运用其独特的社会学方法,分析了法国的大学教育体制,揭示了教育场域与权力场域以及其他场域的关系,描绘了国家精英阶层的进化与再生产的历程。2005年,商务印书馆又出版发行了褚思真、刘晖合译的《言语意味着什么——语言交换的经济》,该书表达了布尔迪厄的语言观,他认为语言是一种象征性权力的表达,语言的表达如经济一般有其"市场规律",他将语言与制度相连,深入探讨了语言背后的制度性特质。此外,南京大学出版社出版了由刘成富、张艳合译的《科学的社会用途——写给科学场的临床社会学》,该书中布尔迪厄运用自己的核心概念集中探讨了科学的社会用途,透彻表达了社会学如何作为一种科学发挥重要作用的。2006年,上海译文出版社出版了由戴维·斯沃茨所著的《文化与权力——布尔迪厄的社会学》(陶东风译),该书论述详略得当,对布尔迪厄的核心观念以及主要思想的介绍都颇为切中肯綮,是中国学人研究布尔迪厄思想不错的参考书。同年,广西师范大学出版社出版了由陈圣生等人翻译的《科学之科学与反观性——法兰西学院专题讲座》,该书是由布尔迪厄围绕社会学作为科学之用途以及其反思性方法于2000—2001年在法兰西学院所做的专题讲座集结而成。2007年广西师范大学出版社出版了由河清翻译的《遏制野火》,该书对新自由主义以及全球化提出了质疑，它由布尔迪厄的系列短文构成，表达了布尔迪厄作为一个公共知识分子对新殖民与新霸权的高度警惕与担忧。同年，三联书店出版了由谭立德翻译的《实践理性——关于行为理论》，该书是布尔迪厄对自己多年来探讨"行为理论"的一个总结。通过对空间、时间、实践、文学作品、艺术感知范畴、学校制度等多维度的深入探索与实际运用，体现了他的"场域""习性""资本"等核心概念。2009年，国内出版发行了三本布尔迪厄的译著。上海译文出版社出版了由姜志辉翻译的《单身者舞会》，该书由布尔迪厄的三篇论文构成，从对贝亚恩农村社会的田野考察入手，以其一贯的社会学与人类学视角，分析了法国农村中普遍存在的长子单身现象，向我们描述了20世纪法国传统农业社会的危机和崩溃。学林出版社出版了由朱国华从英语版本翻译的《海德格尔的政治存在论》，在该书中布尔迪厄探讨了学界一直关注的海德格尔与政治的关系问题，力图厘清海德格尔哲学与纳粹的关系，以一种祛魅式的态度和视角，将海德格尔还原为哲学场里普通的一位占位行动者，深入分析了海德格尔哲学中的政治存在特性。另外，生活·读书·新知三联书店出版了由刘晖翻译的《帕斯卡尔式的沉思》，这是布尔迪厄表达其哲学思想的著作，布尔迪厄的哲学不是传统的经院哲学，而是一种具有实践精神的哲学。在这部著作中，布尔迪厄引述帕斯卡尔"真正的哲学嘲笑哲学"的观点，认为哲学不该是那种远离实际、脱离社会生活的闲暇思辨，而应当积极面对实践。2012年，北京大学出版社出版了由马胜利翻译的布尔迪厄与历史学家夏蒂埃对话的小册子《社会学家与历史学家》，对话围绕习性与场域、结构与个人等问题进行，实际上可以看作布尔迪厄思想一次生动活泼的表达。2015年，布尔迪厄关于美学社会学最具代表性的著作《区隔——趣味判断的社会批判》由刘晖翻译并由商务印书馆出版。在该书中，布尔迪厄通过社会统计调查和采样的方式，揭示出了看似无功利性的审美趣味、文化品位，实际上都是各个阶层依据自己的资本占有、场域占位、习性样态相互斗争、相互作用的产物。2017年是布尔迪厄译著出版的又一高峰年，中国人民大学出版社组织翻译出版了包括《自我分析纲要》《实践理论大纲》《世界的苦难》在内的三本重要社会学著作，并重新出版了《男性统治》一书。《实践理论大纲》是布尔迪厄理论体系的奠基性著作，亦是其早期作品中最具代表性的一部；《世界的苦难》是布尔迪厄将其理论体系运用到实践当中去的典型著作；《自我分析纲要》则是布尔迪厄将"反思性社会学"方法运用到自身上的一种冒险尝试。

截至目前，布尔迪厄的重要著作已基本翻译介绍到国内。但就翻译的状况来看，有些著作翻译并不是从法语直译，难免有"语隔"之嫌疑；有些虽然是从法语直译，却由于译者专业以及学力的限制，翻译中存在着不少的纰漏，甚至有语句不通的情况，都需要进一步完善和提升。但无论如何，这些翻译工作都为我们一步步地走近布尔迪厄、研究布尔迪厄、运用布尔迪厄思想提供了良好的资源。正是在这些工作的基础上，我们才有可能更为便捷和全面地探讨、分析布尔迪厄的文艺思想。

2. 布尔迪厄文艺思想在中国的研究情况

尽管布尔迪厄本人并不承认，但常常被指认为马克思主义思想继承者的他，对中国的学术界而言，相对具有更大的亲和性，而且20世纪90年代国内文化研究的兴起，更是为布尔迪厄思想在中国的传播与运用提供了良好的契机。概括起来，布尔迪厄在中国的研究主要集中在以下几个方面：教育思想、文化理论、社会学思想、文艺学、美学、语言观，传播理论等。而这些研究领域当中，布尔迪厄的教育社会学思想以及文化理论研究占有较大的比重，是中国学术界接受布尔迪厄的主要领域。尤其是其教育社会学关于教育作为一种不平等再生产的符号系统理论，更是为中国教育界提供了一种新的理论视角，为中国教育界研究注入了一股新的活力。教育界同仁利用布尔迪厄的教育思想对中国的高等教育、初等教育进行了系列的反思，尤其是台湾地区，相较内地而言更是布尔迪厄教育思想研究的重地，出现了周新富的《布尔迪厄学校教育与文化再制》，邱天助的《布尔迪厄文化再制理论》等集中论述布尔迪厄教育理论的专著。对布尔迪厄文化理论的研究在整个布尔迪厄研究中也占有较大的比重，这一方面与中国20世纪90年代以来兴起的文化研究热有关，另一方面也与布尔迪厄本身的文化理论具有较强的阐释性相关。目前国内仅有的几本布尔迪厄研究专著，几乎都与布尔迪厄的文化理论相关。比如朱国华先生的《权力的文化逻辑》，张意的《文化与符号权力——布尔迪厄的文化社会学导论》，朱伟珏的《文化资本研究》。尽管这几本书的论述重点各不相同，但对布尔迪厄的研究却均是从文化视角切入的。另外，布尔迪厄社会学思想的研究在国内也占有一定的比重。台湾地区高宣扬的《布尔迪厄》是国内第一本详细介绍布尔迪厄社会学思想的专著。[①] 高宣扬先生不仅留学法国多年，拥有深厚的法语功底，而且留法期间与布尔迪厄交往甚密，建立了深厚的友谊，所以他的著作对布尔迪厄的论述深入浅出、详略得当。值得一提的是，他在台湾东吴大学授课多年，并指导了一大批研究布尔迪厄的硕博论文，为国内的布尔迪厄研究做出了巨大

---

① 台湾地区该书由生智文化事业有限公司于2002年出版发行，在内地发行时更名为《布尔迪厄的社会理论》，由同济大学出版社于2004年出版。

的贡献。另外一本研究布尔迪厄社会学思想的专著是国内学者宫留记先生的《布迪厄的社会实践理论》①。

布尔迪厄文艺学、美学思想在其整个思想中占有重要的位置。他的重要观点诸如象征性资本、社会区隔以及场域理论等严格来讲都是以艺术和美学作为论述起点与论述中介的,尤其是其场域理论更是在论述文学场的发生过程中得以最终完善的。甚至于其写作本身也常常以一种"艺术化"的方式进行。法国著名学者弗朗索瓦·多斯就曾评价他的写作"和小说家一样,他的观察及对观察所做的评论比社会学研究的原始材料还迷人"②。法国另一位思想家皮埃尔·昂克勒维也曾做过这样的评价:"布尔迪厄最令我感兴趣的是他论述文本的著作,它边隐藏边暴露,或者边暴露边隐藏……一开始他就像个小说家。"③通过这些都可想见布尔迪厄文艺思想以及美学思想之魅力。国内有的学者认为:"布尔迪厄对韦伯和涂尔干宗教社会学相关内容的改造,使之成为自己文艺社会学的有机组成部分,绝不是一种偶然的理论冲动。因为,对于布尔迪厄来说,文化,尤其是祛魅之后的文学艺术,正如尼采所祈愿的那样,在很大程度上已经成为我们时代的宗教。"④ 这种看法不无道理。

然而,令人遗憾的是,国内对布尔迪厄文艺思想及美学思想的研究还不是很充分,与其文艺思想的重要性和丰富性极不匹配。究

---

① 该书由河南大学出版社 2009 年出版,全书以布尔迪厄实践理论为核心,全面介绍了布尔迪厄的核心工具及社会学思想全貌,然而令人遗憾的是介绍性文字稍多,分析与评价不足。
② [法] 弗朗索瓦·多斯:《从结构到解构:法国 20 世纪思想主潮》下卷,季广茂译,中央编译出版社 2004 年版,第 102 页。
③ 同上书,第 101 页。
④ 朱国华:《艺术编码的社会条件——管窥布迪厄艺术社会学》,《文艺理论研究》2004 年第 4 期。

其原因,恐怕有以下几种:首先,布尔迪厄思想的艰深性以及其语言表达的艰涩性,让很多人望而却步。布尔迪厄同法国其他现代哲学家如福柯、德里达等一样,有一套自己的表述方式和理论概念,如不耐着性子潜心阅读,将很难进入他所营造的学术世界。其次,布尔迪厄一般被认为是社会学家,所以他的文艺、美学思想也很有可能被简单地理解为艺术社会学,甚至是"庸俗的艺术社会学",而这些在很多研究者眼里似乎都是过时的东西。再次,布尔迪厄的著作尽管大多数已经被翻译到国内,但其关于文艺、美学方面的著作之翻译工作则进程缓慢,这也在很大程度上影响了国人对其文艺、美学思想的研究。就现有的研究成果来看,国内对布尔迪厄文艺思想的研究集中在以下几个方面。

(1) 对布尔迪厄文学场、艺术场的探讨。不论是大陆地区还是台湾地区,对这个方面的介绍都相对较多。台湾地区由高宣扬先生指导,1999 年毕业的硕士黄哲上的论文《布尔迪厄关于文化场域自律性分析之探讨》,应当是国内最早关注这一方面的研究成果,尽管这篇论文主要论述的是文化场域,却也涉及了文学场与艺术场的自律性问题。朱国华先生是大陆较早关注布尔迪厄文艺思想的学者,在其 2000 年完成的博士论文《文学与权力——文学合法性的批判性考察》中,他自觉地运用布尔迪厄符号权力理论,历史性地考察了中国文学与权力的关系,论述了文学场的切入点问题以及文学场"颠倒经济"的特征;并发表了《文学场的历史发生与文学现代性》[1]《颠倒的经济世界:文学场的结构》[2] 等文章详细探讨了文学

---

[1] 参见朱国华《文学场的历史发生与文学现代性》,《河北学刊》2005 年第 4 期。
[2] 参见朱国华《颠倒的经济世界:文学场的结构》,《天津社会科学》2006 年第 6 期。

场的历时发生和共时结构特征。朱国华先生的研究并不停留在简单的介绍，在论述的过程中往往能够以批判性的眼光来反思布尔迪厄文艺思想的局限性。张意先生在其专著《文化与符号权力——布尔迪厄的文化社会学导论》中的最后一章也对文学场的生成以及文学场的作用有一定的论述。另外，值得一提的是台湾地区两篇文章——发表于2004年《欧美研究》杂志上许嘉猷的《布尔迪厄论西方纯美学与艺术场域的自主化》和发表于2006年《视觉艺术论坛》杂志上张祯松的《布尔迪厄艺术社会学中艺术场域之生成》也较为深入地探讨了艺术场域的历史性发生。尤其是前者，不仅恰切而详尽地描述了艺术场的生成问题，还深入反思了布尔迪厄文艺思想中存在的矛盾，并借助国际视野批判性考察了布尔迪厄美学距离模型（distancing model）的合法性。在上述研究的基础上，2006年、2007年、2008年、2011年、2013年、2014年接连出现了多篇研究布尔迪厄文学艺术场域的硕士论文：广西师范大学姜春的《布迪厄"文学场"理论研究》、南昌大学刘小兵的《解读布迪厄的文学场理论》、山东师范大学王圣华的《布迪厄的艺术场理论》、湖南师范大学刘薇的《论布尔迪厄'文学场'》、河北师范大学王一的《自主性·斗争性·科学性——布尔迪厄'文学场'理论解读》。这些论文从不同角度对布尔迪厄"文学场"进行了多方位的阐释和挖掘，也从一个侧面显示出了布尔迪厄思想的可阐释性，但遗憾的是，这些论文在主体内容上显得大同小异，创新性不够明显。2018年，大连理工大学林春的硕士论文《布尔迪厄的文学场理论：一种对文学的诠释学理解》，从诠释学的视角重新审视和解读布尔迪厄的文学场，倒颇具创新性。

（2）对布尔迪厄文艺思想其他方面的论述。布尔迪厄的文艺思想以及美学思想是开放性的，从不追求任何形式的宏大叙事，他常常在对摄影、博物馆、学校教育等具有经验性的考察过程中得出一些与实际紧密相连的结论。因此，在研究他的文艺思想过程中想要得到一种系统的"一揽子"的宏大理论是不可能的。国内学者也注意到了这一点，并力图通过多维的视角去审视他的文艺思想。比如，台湾地区由高宣扬指导的硕士论文《论布尔迪厄的摄影社会学》（1990）就以布尔迪厄的著作《摄影：中等阶级艺术》为主要研究对象，较为详尽地介绍了布尔迪厄的摄影艺术观，总结出摄影艺术在布尔迪厄看来是一种超越主客观之分的最好方式，这是因为图片相较绘画艺术最为真实地记录了客观事物，而图片的选择同时却又是由主观决定的，并进一步深入分析了布尔迪厄关于摄影作为一种艺术的阶层区分作用的论述。朱国华先生在《阶级习性与中等品位的艺术：布迪厄的摄影观》（2016）一文中对布尔迪厄的摄影观也有过精彩的论述。另外，朱国华先生也曾发表名为《艺术博物馆：虚假的文化承诺——布迪厄〈艺术之恋〉阅读笔记》的文章。该文以布尔迪厄的《艺术之恋》一书为主要研究对象，介绍了布尔迪厄对艺术博物馆虚假艺术民主的批判——艺术博物馆的看似平等自由的敞开，实际不仅无助于不平等的社会阶层之间的沟通，反而通过卡里斯玛意识形态（charismatic ideology）[①] 合法化了阶层区隔。

（3）对布尔迪厄美学思想的论述。早在1999年，由蒋孔阳先生与朱立元先生主编的《西方美学通史》中就对布尔迪厄的思想有过介绍。但严格意义上讲，书中更多的是对布尔迪厄文化思想的介绍，

---

① 卡里斯玛（christmas）是德国社会学家韦伯从早期基督教观念中引入政治社会的一个概念。韦伯认为卡里斯玛性格的人是具有超自然、超人的力量或品质，具有把一些人吸引在其周围成为追随者、信徒的能力的人。这种观念后来被引用到艺术以及美学当中，指称那些不受社会限制、以无功利性为目的的天才艺术家。这个引入多多少少都和康德的审美无功利性以及天才的论述有着一定的关系，因此，布尔迪厄在批判卡里斯玛意识形态的过程中，对康德的审美无功利性也进行了社会学式的祛魅。

不仅交代了其资本、习性等核心概念,而且梳理了其关于摄影与博物馆的论述,还关注到了其对电视媒介的批判,并对其反思社会学方法有一定的反思。黄伟先生发表于2000年第1期《读书》杂志上名为《布迪厄美学命题的经典例证》的文章中,将布尔迪厄美学思想与英国思想家查尔斯·兰姆的美学思想联系起来对比研究,介绍了布尔迪厄试图动摇自康德以来形成的反思鉴赏与感官品味对立局面的美学意图。台湾地区张祯松在其2004年完成的硕士论文《布尔迪厄艺术社会学之研究》中专分一章探讨了布尔迪厄的美学思想,认为布尔迪厄美学之基本论题主要是对康德审美普遍主义之批判,其中包括无关心性审美态度之悖论[①]、审美判断非普遍必然性、艺术与审美实践参与社会再生产、涉入艺术活动之行动者皆为创作者等主要思想。李芳森于2006年发表的文章《沉醉之美与艺术之爱——尼采与布尔迪厄美学思想之比较》一文将尼采之生命美学与布尔迪厄的社会美学进行了对比研究,认为尼采的悲剧美学充满了"美"的韵味,而布尔迪厄的社会美学表现了"真"的意境,他们的共同目标都志在实现人类生命中的"善"。这样的对比论述对我们理解布尔迪厄美学社会学的批判特质很有裨益。高宣扬先生于2012年发表了《论布尔迪厄美学的核心概念"生存心态"的特殊性质》一文,将布尔迪厄的美学思想的基本范畴概括为"生存心态"(Habitus)和"品味"(gout),并认为不能割裂地看待这两个范畴,必须将二者紧密联系在一起分析[②]。

[①] 这里所谓的"无关心性"也就是我们通常所说的"无功利性","无关心性"是日本学者在翻译与研究康德美学著作时经常用到的概念,因台湾地区接受西方之学术多是通过日本,故而表述上具有一定程度的相似性。

[②] 高宣扬:《论布尔迪厄美学的核心概念"生存心态"的特殊性质》,《马克思主义美学研究》2010年第2期。

（4）对布尔迪厄文艺思想的借鉴和运用。研究国外思想家思想之目的不应该只停留在研究上，而真正之目的应当是为中国的学术发展提供有力之借鉴。国内学者陶东风先生较早将布尔迪厄思想与中国当下文艺思想联系起来，并利用其思想提出了一系列比较合理的理论，在国内文艺学界引起了不小的反响。首先，借助布尔迪厄的关系主义视角以及生成性、历史性思维，提出了文学理论的"反本质主义"。布尔迪厄在论述文学艺术的过程中，认为应当摒弃以往僵固的、一成不变的"实体"式的"本质主义"思维，取而代之的是当世具有历史感的、生成性的关系主义思维，要看到文学艺术产生之社会与历史环境。陶东风在其所著的《文学理论基本问题》序言当中和公开发表的《大学文艺学的学科反思》《文学的祛魅》等文当中很好地发挥了布尔迪厄这一思想，认为目前阻梗中国文艺学发展缓慢的罪魁祸首就是"本质主义"思维，我们应当重新认识目前流行之文学定义产生的历史语境和社会背景，去除文学本质主义的桎梏，还文学以鲜活的生成性，这一提法在文学理论界引起了广泛的争论。① 此外，陶东风先生还在《反思社会学视野中的文艺学知识建构》《走向自觉反思的文学理论》等文当中借助于布尔迪厄的"反思性"思维对当下中国文学理论的学术机制以及存在的问题进行了反思。布尔迪厄对自己所有的研究都一直秉持着一种高度自觉的反思，这种反思不仅是对自己研究对象的反思，而且是对自身的反思，他坚持将自己对研究对象所使用的一切方法都反观性地运用到

---

① 关于这一问题的论争可以参见支宇的《"反本质主义"文艺学是否可能？——评一种新锐的文艺学话语》，张旭春的《"后现代文艺学"的"现代特征"？——评陶东风主编〈文学理论基本问题〉》，吴炫的《当前文艺学论争中的若干理论问题》，杨春时的《后现代主义与文学本质言说之可能》以及陶东风先生的回应《文学理论：建构主义还是本质主义？——兼答支宇、吴炫、张旭春先生》《略论本质主义知识论与权威主义政治之关系——回应支宇、吴炫教授》等文章。

自身，从而保持研究的敏锐性与疼痛感。这些特征在他的代表作《学术人》中体现得尤为突出。陶东风先生正是借助这一思维，质疑了中国当下文艺学关于理论的"自主性"和"纯洁性"的神话，坚持认为文学理论活动必须与文学实践保持密切联系，坚持认为文学理论研究者必须时刻反省自身的立场与占位。另外，周宪先生在《文化表征与文化研究》中借用了布尔迪厄的"文化资本争夺"分析了中国当代审美文化的分化特征，也是布尔迪厄文化思想的中国化运用。[①]

综观这些研究成果，尽管它们为我们认识和了解布尔迪厄文艺思想提供了一定的基础，但其中也存在着一些不足和缺憾。一是就翻译情况来看，布尔迪厄文艺思想方面的著作之翻译还要进一步加强。二是就研究情况来看，目前的研究要么浅尝辄止不够深入，要么零星半点不够系统，都需要进一步地系统和整合。三是在运用布尔迪厄文艺思想反思中国当代文艺学发展时，缺失了必要的布尔迪厄中国化运用的合法性考察，因为布尔迪厄有关艺术场、摄影、博物馆等文艺论述基本上都是以法国或者欧洲为主要考察对象的，我们在将其中国化的过程中一定要注意语境的转化问题。四是在努力解决上述问题的同时，要进一步加强布尔迪厄文艺思想的中国化运用，深入思考布尔迪厄文艺思想对中国当代文艺研究的建设性启示。

二 本书的研究方法、思路与构架

实事求是地讲，布尔迪厄文艺思想研究是一项困难而艰巨的任务。这样说并不是要博取同情，更不是要推诿责任，而是想要客观

[①] 参照周宪《文化表征与文化研究》，北京大学出版社2007年版，第150—155页。

地呈现研究过程中遇到的实际问题,让学术界对本书有一个更真实地认识,也为以后布尔迪厄文艺思想研究所需克服的困难指明方向。

首先是语言难题。布尔迪厄是一位法国思想家,他主要用法语创作,间或有英语文章发表。尽管布尔迪厄的主要著作都已有英语译本,但笔者不仅不懂法语,也不是英语专业出身,所以,在研究过程当中,资料的搜集及阅读是最大的困难。而且,布尔迪厄的语言比较艰涩,表达比较烦冗,正如国外有的布尔迪厄研究专家所言:"布尔迪厄既是善于修辞的文体家,又是一些深奥文章的作者。他通常用那些带有很多相互纠结的短语构成的复杂、冗长的句子写作。逗号与分号出现甚多。他的文章充满了论争、吊诡、否定以及双关语,这些都让那些不熟悉法国知识语境的读者很难理解。布尔迪厄永远不可能被轻松地理解。"[1] 对于这一难点,笔者认为除了下苦功去阅读、去了解,没有更为便捷的途径,希冀能够尽最大努力去呈现布尔迪厄文艺思想的全貌。

其次是提炼问题。正如上文所提到的,布尔迪厄思想比较驳杂,涉及领域比较广泛,笔者不仅要去了解社会学、心理学、人类学知识,甚至可能要了解一些基础的物理学、统计学知识,这无形中为提炼其文艺思想观点增添了一定的难度。同时,还涉及的另一问题就是布尔迪厄本身的定位问题。一般情况而言,布尔迪厄被公认为是社会学家、人类学家,我们当然不能为了迁就我们的研究对象,就将他直接定位成一个文学理论家或者美学家。我们的研究更多的是在他的文化社会学这个较为宽泛的理论背景下进行的,进而集中地探讨其文艺思想。而且,我们这里所讲到的"文艺",并不是国内

---

[1] David Swartz, *Culture and Power: The Sociology of Pierre Bourdieu*, Chicago: The University of Chicago Press, 1997, p.13.

学界通常所讲的"文艺学"中的文艺（因为国内目前所用的"文艺学"概念是舶来品，专指"文学学"），而是宽泛意义上的"文学与艺术"。基于对本研究上述难点的思考，计划采用以下的研究方法。

（一）研究方法

1. 文本发生学方法

过去我们研究某一文论家或者美学家时，一般做法就是按照已经高度学科化与制度化的研究方法，预设一个框架，然后牵强附会地从理论家的论述中寻找能够填充自己预设好了的框架的材料，如此，往往容易造成研究对象迁就研究者的弊端。就布尔迪厄而言，他毕生最为反对的就是宏大理论叙事，用他本人的话来讲："我对宏大理论从来没有多少兴趣，当我见到能归入宏大理论范畴的那些东西时，就禁不住对这种由虚假的大胆和真正的小心所构成的学术怪胎感到厌恶。"① 所以对于他的思想，尤其是其文艺思想，我们更难运用一个预设好的系统框架来生搬硬套。因此，对于布尔迪厄文艺思想的研究，我们决定采取一种文本发生学式的方法，并不是努力地先在地设定一个严密的体系，而是在充分阅读布尔迪厄著作、提炼布尔迪厄文艺思想的基础上，进行体悟式的研究。同时，在研究过程当中，不仰视、不俯视，而是采取一种平视的视角，力求与研究对象保持一种恰当、合理的位置关系。

2. 梳理与阐释相结合

过去我们对理论家理论思想的研究主要是以梳理为主，认为只要提炼、概括出该理论家的主要思想即可，但我们认为对任何理论家理论思想的研究都不应当只止于梳理性的工作，而应当秉持一种

---

① Pierre Bourdieu, *The Rules of Art: Genesis and Structure of the Literary Field*, Stanford: Stanford University Press, 1996, p. 177.

批判性与反思性的态度。批判他的理论思想存在着哪些不足，反思他的理论思想可以为我们带来哪些有意义的启示。一切历史都是当下史，一切国外理论家的研究也应当与中国当下实际联系起来。所以，我们决定对布尔迪厄文艺思想的研究采取一种梳理与阐释相结合的方法。

3. 比较研究法

任何理论家的理论思想都不是凭空而来的，它不仅有纵向的历史承继与开拓，亦会与同时代理论家思想产生碰撞和摩擦。所以，对布尔迪厄文艺思想的研究，我们也尽量采用纵横交错的比较方法。一方面，将其放置在历史视域中，爬梳其思想的来源与影响；另一方面，将其标列于时代的横向轴上，考量其思想的冲突与融合。唯有如此，我们才能对布尔迪厄的文艺思想有一个全面而深刻的把握。

（二）研究思路

尽管布尔迪厄有不少专门探讨文艺、美学的论著，比如《艺术的法则》《区隔》《关于电视》等，为我们研究其文艺思想提供了直接资源。但正如上文所讲，布尔迪厄思想所涉领域比较广泛，要想全面且准确地呈现其文艺思想，必须返回其思想的整个场域。

循其思想产生的脉络和场域，不难发现，"艺术场"是其文艺思想的核心。围绕艺术场，可以概括出：习性、资本、幻象是布尔迪厄文艺思想的基本概念骨架；关系性、反思性、生成性是布迪厄通过艺术场进行艺术研究的三大基本方法；审美趣味、艺术范畴、艺术史写作、电视艺术、艺术博物馆、摄影术等艺术活动的探讨，则是布尔迪厄基于其艺术场理论进行的艺术批评与艺术实践的表达。

故而，本书在微观上，沿着布尔迪厄概念方法→核心思想→艺术实践的基本研究思路进行；在宏观上，则沿着布尔迪厄文艺思想呈现→布尔迪厄文艺思想评价→布尔迪厄文艺思想的中国转场及运用的研究思路进行。希冀尽量达到理论与实践、历史与逻辑、梳理与批评的研究效果。

（三）研究目的

1. 客观、全面地呈现布尔迪厄文艺思想的全貌。目前，国内学术界对布尔迪厄的文艺思想关注要么浅尝辄止不够深入，要么过于零散不够系统，因此提炼布尔迪厄文艺思想、努力呈现其文艺思想之全貌是本书首要解决之问题。

2. 在呈现其文艺思想全貌的同时，努力考察其文艺思想的价值，反思其文艺思想的弊端，争取对其文艺思想有一个更为客观的评价。

3. 在考察布尔迪厄中国化语境转化合法性的同时，运用其理论反思中国当下的文论建设，探寻其对中国当代文论、美学建设的有益启示。

（四）逻辑框架

本书共分为六章。

第一章扼要考察了布尔迪厄的生平，简要梳理了布尔迪厄文艺思想的发展历程，有选择性地分析了其文艺思想的理论渊源，这些是了解其文艺思想全貌的基础。

第二章主要探讨布尔迪厄的核心概念工具及文艺研究方法。要想全面了解布尔迪厄的文艺思想，首先必须了解构成其文艺思想的骨架，即场域、资本、习性、幻象四个重要概念工具。场域是艺术场域概念提出的基础，也是所有文学艺术行动者进行文学艺术活动最基本的场所；资本是文学艺术行动者们借以确定位置以及改变位置的最基本的要素；习性是文学艺术行动者无意识策略选择的最根本的原因，也同时是艺术场域通过行动者与其他场域交互影响的深层关联；幻象则是艺术场域最起码的准入原则和最基本的信仰。它们共同构成了艺术场域的基本骨架。此外，这一章中我们还着重探讨了布尔迪厄的关系性、生成性、反思性文艺研究方法：关系性思维方式旨在突破以往文艺研究过程当中的实体性思维的局限，力图将文学艺术、文学艺术家放置在一个广阔的社会空间关系中去考察；生成性思维方式旨在打破以往文学艺术研究超时空演绎的弊端，力图恢复文学艺术研究过程当中的历史维度；反思性思维方式则旨在提请文艺研究者们时刻反省研究过程当中存在的种种认识论偏见，从而保障文学艺术研究的客观性与科学性。

第三章主要探讨了布尔迪厄艺术场域理论。艺术场是布尔迪厄文艺思想的核心，他通过对19世纪法国文学界、绘画界自主革命的历史性分析，总结出了艺术场的"双重位置"（统治阶层中的被统治者）与"双重结构"（有限生产场与大生产场）特征；并进一步指出了艺术作品科学分析应该具备的三个具体步骤；最为重要的是，他还在以上分析的基础上，提出了超越文艺内部与外部研究虚假对立的理论诉求。通过艺术场理论，布尔迪厄不仅具体展现与运用了其核心概念工具，而且彻底贯彻与表达了其文艺研究方法，还为分析具体的艺术活动打下了理论的基础。

第四章主要探讨了布尔迪厄基于艺术场域对审美趣味、艺术范畴、艺术史写作等狭义艺术活动的分析。布尔迪厄在恢复传统趣味内涵的基础上，对康德的"审美趣味无功利性"进行了质疑，认为对审美趣味的认识必须还原到历史语境与社会结构中去，审美趣味的纯粹无功利之下实际隐蔽执行着社会区隔的功能；布尔迪厄在追溯"范畴"原初内涵的基础上对艺术范畴进行了重新的解释，认为艺术范畴实际上是艺术家和艺术研究者们区隔自身、追求差异的一种工具；在对艺术经典进行社会机制化分析的基础上，提出了一些对艺术史写作的反思。另外，布尔迪厄还系统地阐述了其"语言符号权力"与"语言交换经济"的语言观，试图揭开语言行为背后以"预期利润"为目的的符号权力运作，对我们理解文学语言具有一定的启示意义。

第五章主要探讨了布尔迪厄基于艺术场域对电视媒介、艺术博物馆、摄影艺术等广义艺术活动的分析。布尔迪厄利用电视媒介对电视进行批判，提出了一种艺术新闻批评的可能性路径；在对博物馆进行经验性调查的基础上，提出了艺术博物馆隐蔽的社会区隔功能，指出了教育在艺术活动中扮演着不平等再生产的角色；另外，他还通过对摄影艺术的分析，进一步指出艺术活动具有社会区隔的特征。

第六章对布尔迪厄文艺思想进行了较为全面、合理、辩证的评价，在肯定布尔迪厄文艺思想有价值因素的同时，也正视其不足与缺陷。在分析布尔迪厄中国跨语境转换可能性限度的基础上，努力挖掘布尔迪厄对中国当代文艺研究的有益启示，突出其生成性与关系性文艺研究方法的重要性。

总之，布尔迪厄坚决反对宏大叙事的理论特质；追求超越艺术研究过程当中系列虚假对立的理论诉求；关系性、生成性、反思性的理论研究方法；以及对一切不公平现象无情批判的知识分子的良知对我们都具有重要的理论价值和启示意义。认真考察与探讨其文艺思想不仅可以为我们了解西方文艺思想发展的动态提供重要的参考，而且对国内当代文艺研究、文艺理论建设也具有重要的启示意义。

第一章 布尔迪厄的生平及其思想渊源

如果按照布尔迪厄本人的意图，研究其思想是绝无必要介绍其生平的。布尔迪厄从不主动谈及自己的生活经验，当被问及私人生活时更是讳莫如深。他对于知识分子自我卖弄逸闻趣事深感悲哀，认为"传记写作"是一种自恋形式，一种沉迷于自我的自鸣得意，缺少真正社会学洞见的自恋方式。① 他甚至还认为那些向他提出个人性问题的人，经常是由康德所说的"病态动机"所引发的，人们想要了解他的背景或者品味只不过是为了寻求抵抗他关于阶层与趣味论述的武器。② 如此，他不愿更多谈及个人之事，一方面是为了保护他自身话语的自主性和其所发现事实的自主性，另一方面则是对知识分子那种惺惺作态的深恶痛绝。而谈及布尔迪厄的思想渊源，也

---

① David Swartz, *Culture and Power: The Sociology of Pierre Bourdieu*, Chicago: The University of Chicago Press, 1997, p. 15. 这是戴维·斯沃茨引用布尔迪厄本人《传记幻觉》(*The biographical illusion*) 一文中的话，布尔迪厄将对思想家进行传记研究或者思想家本人进行的自传性质的东西都称为一种"传记幻觉"。对于这一问题的研究还可参见 John Speller 于 2008 年发表的《记忆与身体、记忆与思想——布尔迪厄与传记幻觉》(Memory and the Body, Memory and the Mind: Pierre Bourdieu and the Biographical Illusion) 一文。

② Pierre Bourdieu & Wacquant, L. D., *An Invitation to Reflexive Sociology*, Chicago: The University of Chicago Press, 1992, pp. 202 – 205.

将是一个复杂的问题：这一方面是因为布尔迪厄本身思想之博杂、深刻、兼容并包；同时也是因为布尔迪厄本人拒斥借他人之名提高自身之地位，拒斥对他进行随意的"贴标签"。当被问及他究竟属于哪个流派时，他就曾毫不客气地说："当人们这样发问时，其背后几乎总有一种攻击性的、归类的意图，也就是分门别类地处置你，而这种分类也意味着公开的谴责：'布尔迪厄基本上是一个涂尔干式的人物。'从说话者的观点来看，这是贬义的；它的意思是：你不是一个马克思主义者，那太糟了。这几乎总是一种贬低或败坏你的方法……我甚至认为正是这个有关学术和政治思想作用的分类模式构成了研究进程中的一个障碍，它总是通过证明不可能超越虚假的矛盾性和虚假的区分法，来破坏知识分子的创造能力。这种分门别类的标签化的逻辑恰恰是一种种族主义的逻辑，它通过将受害者禁锢在一种否定性的本质之中的方式来诬蔑他们。"① 因此，布尔迪厄反对对他的学术继承进行简单化的归约处理。然而，对于一个思想深刻、无视学科界限、具有强烈批判精神且著作等身的社会学、人类学、哲学大师而言，他的生平以及思想渊源对于他的学术活动而言又绝非无关宏旨，这一点也一再被西方研究布尔迪厄的专家们证明。

考虑到布尔迪厄个人的意图，加之我们行文的需要，我们决定对布尔迪厄的生平以及思想来源做更为简明的处理。对其生平的呈现，我们将尽量简洁且力图与其学术发展紧密相连；对其思想渊源，我们则尽量选取与其文艺思想来源相关的对象来探讨，力图做到既全面又有所侧重。

---

① 《布尔迪厄访谈录——文化资本与社会炼金术》，包亚明译，上海人民出版社1997年版，第34—35页。

第一节 布尔迪厄的生平

按照时间线索和其学术研究重心的相对变化,我们大致可以将布尔迪厄的生平分为1930—1959年、1960—1989年、1990—2002年三个阶段。第一个阶段是其求学以及人类学研究开展时期,第二个阶段则是其社会学研究系统开展时期,第三个阶段则是其哲学研究开展以及参与型知识分子特质形成的时期。

一 生为"异乡人"(1930—1959年)

1930年,布尔迪厄出生于法国一个叫德苷(Deguin)的偏远农村地区,他的祖上是穷困的流动性佃户,父亲也因家庭贫困未完成学业,只谋得一个乡村邮递员的职务,就连他的家乡方言格斯康(Gascon)如今也成为一种绝种的语言。[①] 出身的卑微,使布尔迪厄既上进又敏感。聪颖勤奋的他通过自己的努力,先后进入了波城公立中学,巴黎路易-勒-格朗高中,最终于1951年以优秀的成绩进入了巴黎盛产精英的高等学府——高等师范学院。这所学校以其严格的竞争考试、系统的课程训练、良好的教师配备著称,曾为法国培养了一大批知名的思想家。结构主义大师列维——施特劳斯、存在主义巨擘让——保罗·萨特、解构主义名流德里达、知识考古学圭臬福柯、真正意义上社会学的创始人涂尔干等等均毕业于这所学校,其中福柯是早布尔迪厄三届的师兄,德里达则是比他低一届的

---

① Michael Grenfell, *Pierre Bourdieu Key Concepts*, Trowbridge: Acumen Press, 2008, p. 12.

学弟。然而布尔迪厄"异乡人"的身份,让他显得与高等师范院校有点儿格格不入,他自己也曾说:"在法国,出生在鲁瓦河南部一个偏远的外省,它所赋予你的许多特性就好像你处在一个被殖民的位置一样挥之不去。在与法国社会核心体制尤其是知识分子体制特殊关系上,它给你一种从主观到客观上的外在性。"① 正是这种异乡人的身份,加之他自身的敏感,造成了他对学术体制以及社会体制不公平处的深入洞悉与强烈批判:教育体制、文化商品消费、性别统治、婚姻制度等都无一幸免地成为他批判与反思的对象。当然,布尔迪厄并不是唯一被巴黎同人看作"外乡人"的人,正如布尔迪厄本人所言,布尔迪厄、福柯以及德里达三个人的反体制立场,可能部分是由于他们在文化与社会上与巴黎人所在的环境格格不入的外来人的背景所导致的②。而这三位当中,布尔迪厄的批评立场更为坚定,尤其是他对教育体制的批判更是从自身的实际经验出发鞭辟入里,这在他后来发表的《学术人》《继承者》《国家精英》《再生产》中体现得淋漓尽致。

然而,不论如何,在高等师范院校的学习,尤其是严格且系统的哲学训练为布尔迪厄的学术道路打下了扎实而良好的基础。尽管布尔迪厄本人并不认为他自身哲学基础的获取与学校的哲学教育有多大的关系,他甚至认为当时大学里所教的哲学并不是很有启发性,转而研究数学与科学史,但我们也并不能就此否认学校曾给他提供了良好的阅读环境。20 世纪 50 年代的法国正是现象学的巅峰时期,也是存在主义蓬勃发展的时期,同时也是结构主义逐渐上升的时期。

---

① Pierre Bourdieu & Wacquant, L. D., *An Invitation to Reflexive Sociology*, Chicago: The University of Chicago Press, 1992, p. 209.

② David Swartz, *Culture and Power: The Sociology of Pierre Bourdieu*, Chicago: The University of Chicago Press, 1997, p. 18.

布尔迪厄不仅认真阅读了萨特的《存在与虚无》，还系统地阅读了现象学大师梅洛·庞蒂的著作，甚至还仔细研读过胡塞尔的德文原著，并对马克思哲学有着浓厚的兴趣。此外，他还仔细研读了索绪尔、涂尔干、列维-施特劳斯等人的著作。也许正是学生时代打下的良好哲学根基，才使得其所从事的人类学、社会学经验性的研究总是具有很强的理论特色，也使得他总能在理论与实践之间自由出入、游刃有余。

大学毕业以后，布尔迪厄并没有随即开展自己的学术研究，而是在巴黎的穆兰中学教了一年的哲学。随后，于1956年应征入伍，被派到了独立斗争开展得如火如荼的阿尔及利亚服役。正是在这里，他看到了战争给人民带来的伤痛，他看到了殖民者对被殖民者无孔不入的统治；也正是在这里，他开始了自己的学术生涯，于1958年出版了他的第一本人类学学术著作《阿尔及利亚社会学》。同年，他成为阿尔及尔人文学院的一名助教，同时展开了对阿尔及利亚农业以及其他社会机构更为深入的研究，并于回国后陆续发表了《阿尔及利亚的劳动与劳动者》《背井离乡：阿尔及利亚农业传统的危机》等关于阿尔及利亚的人类学著作。正是这些具有田野性质的研究作品使他获得了良好的评价，帮助他获得了国内学界较为广泛的关注和承认；也正是这些作品为他以后的研究奠定了基础，使他的研究一直都具有一种坚实的人类学根基。

二 学术事业的成功（1960—1989年）

与许多其他法国知识分子的遭遇一样，布尔迪厄由于反对法国对阿尔及利亚的战争最终被迫离开了阿尔及利亚回到了巴黎。在阿尔及利亚从事的人类学研究，使他有幸获得了巴黎大学助教一职，并成为当时著名社会学家雷蒙·阿隆①的助手。在这期间他还开始参加列维－施特劳斯的研讨班，并得到了施特劳斯的言传身教。1962—1964 年间，布尔迪厄在里尔大学短暂任教三年之后，最终由阿隆推荐被任命为法国高等社会科学研究院和国家科研中心的文化与教育社会学研究所所长。也正是这个时期，布尔迪厄寻求到了一大批志同道合的研究者，帕斯隆（J. Passron）、圣马丁（Monique de Saint Martin）、波兰斯基（Luc Boltanski）等，这些学者后来都成为布尔迪厄自己创办的欧洲社会学研究中心的成员。

在布尔迪厄成立自己的研究中心之前，布尔迪厄将其在阿尔及利亚所获得的人类学方法运用到法国的本土，并通过独著与合著的形式发表了不少的研究成果。1964 年，他与帕斯隆②合著的《继承人》出版发行，这本以调查研究为依托，分析与批判法国高等教育的著作使布尔迪厄在法国获得了更为广泛的关注，甚至还成为学生们在"五月风暴"中斗争的精神武器。此后，他们合作的《再生产》一书则为布尔迪厄赢得国际性的声誉。此外，值得一提的是，正是在这一时期，布尔迪厄开始了对文化艺术领域的关注。他与波

---

① 雷蒙·阿隆，法国著名的社会学家、哲学家。主要著作有《历史哲学导论》《政治研究》《知识分子的鸦片》《阶级斗争》等，译林出版社于 2005 年出版了其《知识分子的鸦片》一书的中译本。他也毕业于高等师范院校，与布尔迪厄有着相同的学术兴趣，但却有着不同的政治追求，这一时期的布尔迪厄只醉心于学术的研究，而阿隆则是定期对政治发表评论的知识分子，政治意见的不合最终导致了他们的决裂。但阿隆在布尔迪厄的学术道路上给予了他很大的帮助，尤其是布尔迪厄早期作为阿隆研究小组的一员时，以及布尔迪厄最终获选法兰西学院教授一职时，阿隆都起到了关键性的作用。关于阿隆与布尔迪厄之间关系的论述可以参见 David Swartz, *Culture and Power：The Sociology of Pierre Bourdieu* (Chicago：The University of Chicago Press, 1997, pp. 23 - 25) 中的论述。

② 帕斯隆（J. Passron），法国著名的社会学家、教育理论家，也是布尔迪厄最为紧密的合作伙伴，他们不仅合作了让布尔迪厄在法国社会引起广泛关注的《继承人》，而且还合著了让布尔迪厄获得世界声誉的《再生产》，但后来由于学术以及政见分歧，二者也走向了决裂。

兰斯基等人合著的《摄影术：一种中产阶层艺术》于1965年发表，这是他首次将其研究方法运用到艺术领域而形成的艺术社会学成果。

1968年，由于与阿隆政见不合，布尔迪厄组建了自己的欧洲社会学研究中心，这其实也标志着布尔迪厄的社会学研究受到了法国社会以及学术界的认可。此后，布尔迪厄开始了自己轰轰烈烈的学术事业。成立欧洲社会学研究中心的当年他就发表了《社会学家的职业》，该书可被视作其致力于社会学研究的宣言，书中规划了布尔迪厄作为社会学家所要从事的研究。1969年他与埃兰·达布尔（Alain Darbel）等人合作出版了另一本研究艺术的著作《艺术之恋》，通过对欧洲包括法国在内的20多家博物馆的实地调查，得出了艺术具有区隔作用的结论。随后，出版了其最为重要的社会学著作《实践理论大纲》（1972），该书也是其整个社会学研究计划的大纲，几乎涉及了其以后研究所运用到的所有核心观念。在以后出版发行的《实践的逻辑》以及《实践理性》等书都可以看作对此书的发挥与发展。此外，值得一提的是，布尔迪厄于1975年创办了《社会科学研究会刊》，这使得他不仅能够更好地表达自己的观点，也在客观上推动了法国社会学的发展。这一会刊的建立，实际上也体现了布尔迪厄想要建构一种新的社会学流派的信念。[①] 1979年，布尔迪厄发表了其艺术社会学的代表性作品《区隔：趣味社会学批判》，该书再次为他在世界范围赢得了声誉，也创下了其个人著作出版发行量的记录。也正是该书的广泛影响，使他于1981年获得了法兰西

---

① 实际上布尔迪厄也达成了这一信念。朋尼维兹认为，法国当代社会学可以分为四派：方法论上的个人主义或者布东的功利主义；克齐耶的策略学派；行动社会学或者图海纳的行动主义；布尔迪厄的发生结构主义。原述可参见［法］朋尼维兹的《布尔迪厄的社会学》第21页，该概括可以参考朱国华《权力的文化逻辑》，上海三联书店2004年版，第21页。

学院唯一的社会学教授的职位，达到了学术的巅峰。在这个阶段，他还出版发行了其关于语言的著作《言语意味着什么：语言交换经济学》（1982），带有点儿"自传性质"的批判学术体制的著作《学术人》（1984），分析法国高等教育的著名著作《国家精英》（1989）等等，这些都更为完整、充分地体现与表达了布尔迪厄的思想。

实际来讲，在获得了法兰西学院教授一职以后，布尔迪厄的重心逐渐从欧洲研究中心偏移了出来。为了巩固在法国社会学以及知识界的地位，加上所在职务具有一定话语能力之便，使布尔迪厄逐渐放弃了原来的学斋姿态，从学术型知识分子转向了一种干预型知识分子。1989年，他创办的旨在为知识分子提供一个独立论坛的《图书评鉴：欧洲述评杂志》，也标志着这一转向的真正开始。

三 从学术型知识分子到参与型知识分子（1990—2002年）

从做学术开始，布尔迪厄就是一位知识分子，但他所追求的知识分子形象并不是萨特那样的"总体性"政治实践知识分子。他理想的知识分子是通过一种更加谦逊的、更加负责任的方式完成其作为研究者的任务，使理论的目的与实践的目的相协调、科学使命与伦理或政治使命相协调，在摆脱纯科学的同时，摆脱楷模式的预言家，他的知识分子使命是用科学去揭开权力关系的神秘性，它的方法体现于科学的实践中而不是体现于获取政治位置的公共实践中。①对于布尔迪厄来讲，作为一位知识分子，首先应当完成的是自身科学实践过程当中的自主性与自由性，然后通过这种自主性与自由性，

---

① 参见［美］戴维·斯沃茨《文化与权力——布尔迪厄的社会学》，陶东风译，上海译文出版社2006年版，第42页。

外在地干预政治。布尔迪厄实际上是在努力地调和与解决知识分子所面对的在政治与科学之间选择的悖论，他所谓的知识分子并不是完全参与到政治中去，也并不是完全退回书斋的，而是通过科学实践的努力最大可能地去参与政治。

然而，布尔迪厄本人的知识分子生涯是兼有学术型知识分子与干预型知识分子特征的。这个转变正是从1989年创办《图书评鉴：欧洲述评杂志》开始的。他早期的活动可以看作是学术型的知识分子的表现，他通过自己一系列科学性的研究成果，不遗余力地揭露与批判社会的各种不公平，从《继承人》到《学术人》，从《艺术之恋》到《区隔》都是通过社会科学的研究完成对社会体制的批判与干预。在这个时期，他不愿意抛头露面，也不愿意参加任何的社会组织，甚至于对1968年的事件都保持沉默。

但进入20世纪80年代后期与90年代早期，布尔迪厄的媒体曝光率越来越高，他的政治积极性也越来越高涨。他甚至参与了大量阿拉伯知识分子反对美国在1991年发动的对伊拉克的战争，参加了抗议压迫阿尔及利亚知识分子的活动，还一直积极参与法国的反种族主义斗争。[1] 他利用媒体批判媒体，并出版发行了批判媒体的专著《论电视》（1996）；他利用国家体制提供给他的文化资本来批判国家体制，并发表了批判高等教育体制的《国家精英》（1989）；他积极地参与反对全球化的运动，并将自己的演讲与文章集结出版了《遏制野火——抵抗新自由主义入侵的言论》；他关心与怜悯法国下层社会人民的悲苦命运，并通过实地调查完成了社会学巨著《悲惨世界：当代社会的社会苦难》（1993）；他积极地关心妇女解放运动，

---

[1] 参见［美］戴维·斯沃茨《文化与权力——布尔迪厄的社会学》，陶东风译，上海译文出版社2006年版，第301页。

对社会深层结构当中持留的男权统治深恶痛绝,并通过《男性统治》(1998)一书对隐藏在家庭领域、学校领域、行政领域甚至于劳动领域的男性统治进行了无情的揭露与批判;"特别是到了风烛残年的晚年,他还忍着身体上巨大的病痛,走上街头,和罢工的铁路工人、没有身份的移民和失业者一道站在凛冽的寒风中,一起抗议法国政府对底层人民的漠视。"[1]

在布尔迪厄生命的最后十多年中,"布迪厄以他法兰西教授的身份不仅重新激活了60年代以萨特为代表,70年代以福柯为代表的法国知识分子介入社会政治的传统,而且以他特有的方式更新了它:结束科学中立立场,强调科学的战斗性。研究的客观性被战斗的信念所取代。从支持'三无'到攻击媒体,从介入退休金制的讨论到激烈批判政府,从解构法国知识界到严辞批评德国中央银行行长,从激烈反对全球化的经济方案到全力推动欧洲的社会,从反对波斯尼亚战争到介入法国地方社会运动,生命最后十年的布迪厄是一个百分之百的社会运动者"[2]。也正是这些不屈不挠的斗争,这些为疾苦百姓的代言,这些不遗余力批判的专著,让他获得了"法国最后一位知识分子""金融广场的左拉"等美称;也正是这些努力与成绩,法国国家科学研究中心于1993授予了他金质学术奖章,英国皇家学院于2000年颁发给他代表国际人类学最高荣誉的赫胥黎奖。

从其出生到其学术事业的开始,从其学术事业的成功再到其知识分子的转型,我们对布尔迪厄的生平进行了扼要的呈现,但我们的呈现并不是对细枝末节隐私的挖掘,也并不为满足读者的窥探欲

---

[1] 朱国华:《权力的文化逻辑》,上海三联书店2004年版,第30页。
[2] 张宁:《法国知识界解读布迪厄》,《读书》2002年第4期。

望，而是为了"知人论世"，为了更好理解他的思想。其实，布尔迪厄的文艺学思想也可以按照其学术重心的转变大致可以分为三个阶段：第一阶段是其文艺田野性考察时期，在这个阶段中，布尔迪厄对文学艺术的考察主要采用的是人类学田野性方法，对艺术的分析也主要是为其人类学研究提供资料性的佐证。第二个阶段是其艺术核心观念——艺术场形成的时期。在第一个阶段对艺术进行了大量的人类学、社会学考察的基础上，布尔迪厄才得以最终完成了自己对艺术的系统认识，并形成了以艺术场为核心的系统艺术观。第三个阶段则是基于艺术场域观念对艺术活动的考察以及对艺术的哲思时期。艺术场域观念的形成使其具有了一种相对完善的艺术观，布尔迪厄开始利用这种艺术观考察更多的艺术领域，并在这些考察的过程当中，对艺术有了更深层次的哲学之思。当然，因为布尔迪厄本身思想的复杂性、深刻性，其文艺思想发展历程并不见得如此脉络清晰，但大致地进行描绘和概括，对于我们全面认识其文艺思想是有一定裨益的。

第二节　布尔迪厄的思想渊源

正如上文所讲，布尔迪厄的思想博杂深刻、兼容并包。他本人曾表达："我认为如果你不具备那种孕育真正的再生产性的思想方法的手段的话，那么你就无法发展一种真正具有生产性的思想方法。在我看来，维特根斯坦也部分地表达过这层意思，他在《文化与价值》（Culture and Value）一书中说过，他从未发明过任何东西，他都是从别人那里得到的一切，这些人包括波尔兹曼、赫兹、弗莱格卢梭、克劳斯、鲁斯等。我也可以列出一个类似的名单，也许是比维特根斯坦更长的名单。"① 尽管这是布尔迪厄谦逊的说法,但我们的确可以从他的思想里看到诸如马克思、涂尔干、韦伯、维特根斯坦、列维-施特劳斯、巴什拉、海德格尔、奥斯汀、萨特、卡西尔、帕诺夫斯基、乔姆斯基、索绪尔等大师级人物的影子。另外,也正如上文所述,布尔迪厄反对任何形式的"贴标签"。所以,我们在梳理其思想来源时尽量秉持客观的态度,努力做到既全面又有所突出。根据他的学习历程以及学术著作中的表达,我们主要从以下几个方面探讨其思想来源:师承关系,对经典社会学理论的继承,对结构主义的扬弃,对语言学理论的关注,对现象学/存在主义的吸收。

一 布尔迪厄的业师

根据福柯的观察,1930年以来的法国哲学可以划分为两个传统,其一就是现象学/存在主义,其二就是历史与科学哲学。前者主要关注经验、知觉以及主体性,因为他们所要着力解决的就是知识与认知主体之间的关系,梅洛·庞帝的现象学以及萨特的存在主义都是属于这个传统的;后者主要关注知识自身,探求脱离于认知主体的科学理性的结构与发展,列维-施特劳斯的结构主义就属于这个传统。② 布尔迪厄基本上属于第二个阵营,而他的这种传统的形成,应该归功于他的授业老师巴什拉(Gaston Bchelard)和康吉翰(Georges Canguihem)。巴什拉与康吉翰是20世纪上半叶客观主义科学哲

---

① 《布尔迪厄访谈录——文化资本与社会炼金术》,包亚明译,上海人民出版社1997年版,第35页。

② 参见 David Swartz, *Culture and Power: The Sociology of Pierre Bourdieu*, Chicago: The University of Chicago Press, 1997, p. 29.

学的重要代表人物，他们共同指导了布尔迪厄的论文《莱布尼兹批判的翻译与评论》，可以说是布尔迪厄进入学术殿堂的引路人。在布尔迪厄与帕斯松（J. -C. Passeron）等人共同编著的《社会学的技艺：认识论基础》（*The Craft of Sociology*：*Epistemological Preliminaries*)①一书当中分别以选编与解读的方式介绍了涂尔干、莫斯、马克思等人的社会学哲学著作，里面也大量地选取与解读了巴什拉与康吉翰的著作，可以很明显地看到他们对布尔迪厄的影响。总结起来，他们对布尔迪厄的影响主要体现在以下三个方面：认识论的断裂、认识论的障碍以及认识畸形学。

巴什拉在自然科学发生巨大变革，尤其是相对论与量子力学等伟大科学发现的基础上，认为理性的先验范畴、超验主体已经不再可能。他认为科学的发展并不像以往人们认为的那样，是不断积累与扩大的过程。科学的发展必然包含着一种对以往历史的断裂与拒斥，尽管这种拒斥不是完全的拒绝，而是将原先的知识进行一种重新的排列，但科学成果并不具有连续性的特征，这就是所谓的"认识论断裂"（epistemological rupture）。康吉翰所提出的科学不连续性（discontinuity），认为科学表面上有序的进展，是通过科学知识发展中的不同插曲完成的，科学有自身发展的历史，但这个历史并不完全是线性的简单积累，其实也是认识论断裂的一种表述。布尔迪厄在自己的研究当中贯彻并发展了这一原则，他不仅将其运用到了科学学术性的研究当中，而且将它贯串到了社会学田野研究领域中。

---

① 以下关于巴什拉以及康吉翰思想的论述主要来源就是 Pierre Bourdieu, J. -C. Passeron & J. -C. Chamboredon, *The Craft of Sociology*：*Epistemological Preliminaries*, NewYork：Walter de Gruyter, 1991. 此外 David Swartz, *Culture and Power*：*The Sociology of Pierre Bourdieu*（Chicago：The University of Chicago Press, 1997, pp. 35 – 41）中也论述了巴什拉对布尔迪厄的影响，朱国华：《继承与断裂：布迪厄的哲学思想渊源》，《现代哲学》2003 年第 4 期。这些著作都提供了这方面的信息。

布尔迪厄本人是这样描述他所认知的认识论断裂的:"所谓'认识论断裂',就是将那些日常预先建构的原则以及对完善该原则的有作用的建构都加以括号,通常也就是与预先的思维模式、观念、方法,以及通过这些所建构起来的共通感、常识,或者良好的科学认知(实证主义传统所推崇与欣赏的一切)断裂。"① 通过此种表达,我们很容易看出巴什拉以及康吉翰对布尔迪厄的影响,只不过布尔迪厄将他们的"认识论断裂"融入了现象学还原性特征。另外,布尔迪厄还进一步将这种方法运用到了社会学田野研究当中,他认为:"在所有问题当中,科学首先也是至关重要应当解决的问题就是将预先建构的客体的建构过程当作研究的客体。这是科学真正的科学断裂的重点所在。"② 就是说,我们不仅要考虑科学的研究成果,更要考虑科学研究成果建构的过程本身。

与"认识论断裂"相连,巴什拉认为,我们之所以要追求一种科学建构过程中的断裂,主要是因为原先的理论可能在实际作用上对科学的进步起到了"认识论障碍"(epistemological obstrucion)的作用。他认为当一种规范科学研究形成一定的成果,并通过各种方式获得重要的统治性地位时,这种科学范式可能就会阻碍科学的进一步向前发展。他认为真正的科学过程当是一个不断反思建构的过程,通过对当前占据普遍地位科学的否定性反思,获得一种动态的迁移力,这种科学认识论方式可以叫作反思性监控工具(reflexive monitoring instrument)。布尔迪厄很明显也接受了这种观点,在他的研究过程中,自始至终贯彻着一种反思性的怀疑精神,这也最终形

---

① Pierre Bourdieu & Wacquant, L. D., *An Invitation to Reflexive Sociology*, Chicago: The University of Chicago Press, 1992, p. 251.
② Ibid., p. 229.

成了他颇具特色的反思社会学。此外，这种"认识论障碍"的提法，实际上也对布尔迪厄科学研究的建构性具有一定的启发，正是因为要不断地克服已有科学设置的障碍，所以必须在否定中寻求一种新的建构，布尔迪厄所从事的"结构的建构主义"与"建构的结构主义"与此具有一定的相似性。

另外，根据国内学者朱国华先生的研究，他认为巴什拉所致力的"认识畸形学"对布尔迪厄有一定的启发。所谓"认识畸形学"，即是指我们在研究过程中，尤其是在面对过去的研究成果时，我们往往只看到了那些正统意义上，或者说占据统治地位的科学研究，而忽略了那些次要的科学成果，如此就可能导致一种认识的畸形，而致使我们的认识不够全面，这实际上是一种寻求边缘考究的系谱学。这种提法实际上对法国思想界具有一定的影响，福柯的《疯癫与文明》《词与物》实际上都是对边缘研究域的一种系谱性钩沉。布尔迪厄在其《艺术法则》一书当中谈到文学史的写法时，就批评了只关注事先设定的优秀群体，而忽略了那些二三流作家的做法[①]，他在分析文学场生成时经常举那些并不为人熟知的作家，也可以看作巴什拉认识畸形学对他的影响。

二 经典社会学理论的继承

正如上文所述，布尔迪厄是一位既与时俱进又有着坚守的理论家。他的坚守体现在社会学领域就是对经典社会学理论的继承与发扬，尤其是以下三位经典社会学家马克思、涂尔干以及韦伯对布尔

---

① Pierre Bourdieu, *The Rules of Art: Genesis and Structure of the Literary Field*, Stanford: Stanford University Press, 1996, p. 186.

迪厄的影响更是巨大。尽管这三位理论家在社会学理论上的认识并不一致，有时甚至是尖锐的对立，但在布尔迪厄看来，他们至少共享着相同的关于社会知识的认识论与逻辑原则，也就是都基本认为对社会生活的科学解释不能还原为普遍的日常知觉经验或个体的观念或意向。① 对于这三位大师级的社会理论家，布尔迪厄采取了一种辩证综合、批判吸收的态度。

(一) 布尔迪厄与马克思

布尔迪厄的早期研究者，都简单地将其化归为马克思主义者，这实际上不仅在一定程度上扭曲了布尔迪厄本人的思想意旨，也同时违背了布尔迪厄所强烈反对的"贴标签"的做法。但马克思对布尔迪厄具有重要的影响与意义却是毋庸置疑的，布尔迪厄在自己的一系列著作中都借用了马克思的核心概念，诸如实践、资本、阶级、市场等等，并且强调政治经济场作为元场的巨大决定作用，这些都可看作对马克思的继承。

在阶级概念上，他接受了马克思通过生产力与生产关系之间的关系而划分社会阶级的观念，但却认为马克思的阶级概念具有过分的经济论决定色彩。布尔迪厄认为，社会阶级的形成不是由单一的因素决定的，而是整个社会空间共同作用的结果，其中文化象征因素也占有重要的比重。他还反对将阶级实体化的做法，认为阶级是在社会空间、场域交错中的不同行动群体的占位位置关系而已，阶级定义的本身就是一种斗争的对象。在资本概念上，他也同意马克思在《资本论》中对"资本"所做的经济领域的解读。但他在实际运用的过程中，却将资本的概念扩展出了经济领域，并形成了自己

---

① 参见 [美] 戴维·斯沃茨《文化与权力——布尔迪厄的社会学》，陶东风译，上海译文出版社 2006 年版，第 44 页。

独特的政治资本、文化资本、象征资本等概念,扩充了资本概念的适用域。对于马克思的市场概念,布尔迪厄也在一定程度上进行了发挥,将其运用到了经济领域以外的视域。在《言语意味着什么:语言交换的经济》一书当中,他将整个语言运用领域视作一个大的市场,认为人们在从事语言符号活动的过程中,也在追求一种市场利益的最大化,这显然是对马克思市场概念的借用与拓展。

另外,尽管布尔迪厄本身的理论也具有一定的决定论色彩,尤其是过多地强调了经济的作用,但他实际上却反对马克思对于经济基础与上层建筑的划分,认为这是一种必须被超越的唯心主义与唯物主义的二元论。布尔迪厄的场域概念其实正是对这种对立进行调节的一种尝试,他将社会世界理论化为一系列相对自主但在结构上同源的场域,文化生产者与他们的机构化生产领域在这里被重新整合在一起。①

此外,关于实践概念,尽管布尔迪厄承认马克思在这个概念上对他的影响。② 但实际上,他也对这个概念进行了一定的改造和发展。尤其是扩展了这个概念的模糊性维度,也就是他所致力阐述的实践感,他认为人们在从事社会活动的过程中,大部分时间并不是有意为之的,而是通过一种性情倾向积淀的习性无意识完成的,这种无意识状态也就是实践感。

(二)布尔迪厄与涂尔干

布尔迪厄对涂尔干的批判性接受很早就开始了,上文所提到的《社会学的技艺》一书中就选取与解读了不少涂尔干的著作。涂尔

---

① 参见[美]戴维·斯沃茨《文化与权力——布尔迪厄的社会学》,陶东风译,上海译文出版社2006年版,第46页。
② 《布尔迪厄访谈录——文化资本与社会炼金术》,包亚明译,上海人民出版社1997年版,第15—16页。

主要从以下几个方面影响了布尔迪厄的社会学理论。

首先，个性化与社会化之间的关系问题。涂尔干（也作迪尔凯姆）坚持认为，一切个性化的行为背后都有一定社会机制的作用，这种认知主要体现在他著名的社会学著作《自杀论》中。[①] 布尔迪厄继承了这一社会学分析方法，在其《艺术的法则》、《摄影术》以及《艺术之恋》，尤其是《区隔》等书中都充分分析了艺术欣赏、饮食、服饰等个人化行为背后的社会机制作用。

其次，关于社会分化问题。经典社会学问题包括着社会分化与社会变迁问题，而涂尔干正是社会分化社会学问题的最早论述者，他关于劳动分工导致社会持续分化的论述，在一定程度上影响到了布尔迪厄。实际上，布尔迪厄对社会空间根据不同资本分配而进行的不同场域的划分，以及在其社会学研究过程中所强调的阶层区隔，都深受涂尔干社会分化理论的影响。

最后，主体心智结构与社会结构的对应问题。涂尔干坚持认为，社会中人类知识结构、欣赏趣味结构以及思想的结构的形成与获取与社会结构具有一定的对应性。这一理论深刻影响了布尔迪厄，甚至成为布尔迪厄超越社会学主观主义与客观主义虚假对立的有力武器。这种理论在他对艺术场形成的分析中被充分运用，他认为一种新的艺术风格的形成最终取决于人们的心智结构与社会结构的契合。但值得一提的是，布尔迪厄关于这一理论的运用与涂尔干有着本质的区别，涂尔干重在分析这种对应的结构功能与规范秩序性，布尔迪厄则重在分析这种对应的生成过程以及由此形成的对原有结构的突破。

---

① 该书的中文译本由冯韵文翻译，商务印书馆 1996 年出版，2008 年再版。书中通过一系列的数据与经验性案例，描述了自杀这一作为个人行为背后的社会机理。

(三) 布尔迪厄与韦伯

布尔迪厄的理论与韦伯的理论似乎具有一种天然的相似,他从韦伯那里获取了一种综合古典社会理论的灵感。与其他研究者不同,布尔迪厄并不认为韦伯的理论与马克思的理论针锋相对,相反,他甚至认为二者可以得到一种互补。在《实践的逻辑》(*The Logic of Practice*)前言中他曾这样表达:"韦伯并不像我们通常所认为的那样用一种唯灵论的历史观来反对马克思,实际上,他将唯物主义的思维模式运用到了马克思主义唯物主义所放弃的唯灵论的领域,这有利于我们理解一种广义的唯物主义。"① 他同时又认为相对于马克思所建构的政治经济学,"韦伯建构了真正的宗教政治经济学,更确切地说,他充分发挥了所有宗教唯物主义的潜力,却并没有因此破坏其象征性特征"②。这些都对布尔迪厄造成了一定的影响,正如有些布尔迪厄研究者认为:"布尔迪厄社会学的核心命题之一就是将韦伯宗教政治经济学范式推广到所有的文化与社会生活中。"③ 分开考察的话,韦伯主要从以下几个方面影响了布尔迪厄。

首先,关于预言家(prophet)与牧师(priest)的划分。韦伯在运用社会学视角分析宗教时,认为宗教劳动者可以被划分为预言家与牧师两大类。其中牧师是具有合法性的,但却只能局限于照本宣科式的读经,也就是所谓的读经人(lector);而预言家尽管在一定时期内没有合法性,但却可以通过阐释经书,产生新的话语,也就

---

① Pierre Bourdieu, *The Logic of Practice*, Stanford: Stanford University Press, 1990, p. 17.

② Pierre Bourdieu, *In Other Words: Essays Towards a Reflexive Sociology*, Stanford: Stanford University Press, 1990, p. 36.

③ David Swartz, *Culture and Power: The Sociology of Pierre Bourdieu*, Chicago: The University of Chicago Press, 1997, p. 41.

是所谓的释经人（auctor）①。后者在宗教内部，就是所谓的具有卡里斯玛意识的宗教活动者。布尔迪厄运用韦伯的这种理论发展出了自身的符号权力理论，认为在社会各个领域，尤其是文化实践领域，人们往往通过宣称超功利性而获得一种符号象征的合法性。布尔迪厄在分析艺术场的形成时也充分利用了这一理论，并区分了艺术场中的保守派与先锋派。

其次，布尔迪厄还创造性地接受与发挥了韦伯的"宗教利益"观念。布尔迪厄在分析宗教时，把宗教信仰与信仰人的利益联系起来，认为通过信仰宗教在一定程度上为人们提供了一种实际性的利益。布尔迪厄将其扩展到了其他文化实践领域，并把利益的观念从物质的商品扩展到了观念的商品，认为人类所有的实践实际都是在追求一种物质或者符号利益的最大化，这样实际上是同时兼顾了现实的与象征的利益。并通过这一发挥，创造性地提出了自己的"文化资本"概念，关于这一概念的具体内涵我们将在第二章进行详细地介绍。

最后，韦伯关于身份群体（status groups）的概念，也在一定程度上启发了布尔迪厄关于"命名"的理论。布尔迪厄在其《谁创造了'创造者'》的长文以及《艺术的法则》中，分析了"作者""艺术家"的形成，不过是种命名权的争夺，认为了解是谁命名了"艺术家"的重要性胜过了解"艺术家"本身。

三 结构主义的扬弃

在布尔迪厄从事研究工作的开始，也就是20世纪60年代，法

---

① Pierre Bourdieu, *In Other Words: Essays Towards a Reflexive Sociology*, Stanford: Stanford University Press, 1990, p.95.

国正值列维-施特劳斯的结构主义和萨特的存在主义处于尖锐对立的时期。一个强调客观结构的制约性,一个强调主体的主观能动性。布尔迪厄不仅看到了这种对立,而且看到了隐藏在这种对立背后深刻的主观主义与客观主义的对立,他毕生的努力实际上是在克服这种广泛存在于各个研究领域的对立。他辩证吸收了两者的优点,又批判扬弃了他们的缺点,从而建构了一种新的"生成结构主义"理论,用他自己的话来说就是"建构的结构主义"或者"结构的建构主义",从上面理论的表述也可以看出结构主义的浓重痕迹,但同时也表达了与结构主义保持客观距离的态度。

(一) 布尔迪厄与列维-施特劳斯

在学生时代,布尔迪厄就参加过施特劳斯的研讨班,并得到过施特劳斯的亲身指点,在他的著作中,也曾多次表达了对这位老师的尊敬。列维-施特劳斯所做的工作实际上是将由索绪尔等人开启的结构语言学运用到非语言学的领域,并在具体理论分析实践方面做了开拓性的工作。他对布尔迪厄的影响主要集中在以下几个方面。

首先,结构关系主义思维方式。从结构语言学到结构人类学,秉承的思维方式都是关系性的而非实体性的。施特劳斯认为,人们的个体行为都可以在集体活动的结构当中找到依凭,所有的实体实际上都是结构关系上的结点。这种思维模式深刻影响到了布尔迪厄,从他的人类学研究到艺术学再到文化社会学,无不是从关系出发的。他在《实践的逻辑》一书的序言中就曾明确地表达:"一段时期内围绕着结构主义的哲学评论,忽视并掩盖了它的最重要的创新之处,这就是将结构的方法或者说将关系思维模式引入了社会科学领域。这种思维模式与实体性思维决裂,要求我们在认识任何一个成分的特征时都把它放入一个系统中来真正了解它的意义和功能……这些思维方式可以使各种各样的人产生一些此前难以想象的思维。"① 这种关系思维在他的场域理论中得到了充分的发挥。

其次，代码与解码理论。列维-施特劳斯在研究文化传递模式时，认为如果文化实践能够传达信息的话，那么这种信息必定具有一定的"代数学"结构，也就是说文化在传递的过程中具有一定的代码与解码的过程。这种理论也影响到了布尔迪厄，尤其是布尔迪厄的文艺观。布尔迪厄在其分析艺术知觉的长文《艺术知觉的社会理论大纲》(Outline of a Sociological Theory of Art Perception) 的开篇就说："任何艺术知觉都包含着一种有意识或者无意识的解码活动。"② 同时又认为："任何解码活动都要求有或多或少的复杂的密码的存在，也同时会有或多或少的精通此道的人的存在。"③ 也就是说艺术是呈现给那些能够充分掌握艺术代码并有解码能力的人的，这就为教育在艺术传递的作用上留下了空间，因为教育可以使鉴赏者掌握一定的代码，在这个过程中也就完成了教育作为艺术合法性的权力地位。

布尔迪厄在接受结构主义部分合理思想的同时，也对它进行了一定的批判性改造。尤其是在对卡拜耳社会人类学的研究过程当中，他发现了结构主义的不足，并不真正满意结构主义忽略主体能动能力的做法，并因此重新引入了"行动者"(agent) 的概念，并在这个概念的基础上重新阐释了"习性"概念，使其具有了能动的作用。

---

① Pierre Bourdieu, *The Logic of Practice*, Stanford: Stanford University Press, 1990, p. 4.
② Pierre Bourdieu, *The Field of Cultural Production: Essays on Art and Literature*, New York: Columbia University Press, 1993, p. 215.
③ Ibid., p. 218.

(二) 布尔迪厄与阿尔都塞

阿尔都塞是布尔迪厄大学时期的哲学教授之一，身为结构马克思主义的代表人物的阿尔都塞对布尔迪厄的影响主要集中在以下两个方面。

首先，关于再生产的理论。实际来讲，与其说布尔迪厄接受了阿尔都塞再生产的思想，倒不如说他通过阿尔都塞接受了马克思的再生产思想。阿尔都塞在《意识形态与意识形态国家工具》及其他重要著作中指出社会结构为了再生产自己，必须再生产生产力与生产关系，再生产劳动力的技术，而且也再生产劳动者对统治意识形态的臣服以及统治者操纵统治意识形态的能力。① 这种关于再生产的论述明显影响到了布尔迪厄，布尔迪厄的专著《教育、社会、文化领域的再生产》中充分探讨了各个领域再生产的社会机制与功能。

其次，意识形态国家机器理论。阿尔都塞认为国家的统治不仅依靠如军队、监狱、法庭等实体的机器，而且意识形态也可以作为一种国家机器发生作用。布尔迪厄接受了其"意识形态性也具有一定统治功能性"的思想，并创造性地运用到了自己的符号权力理论当中。实际上，布尔迪厄对于阿尔都塞这一理论的接受都是在批判中完成的。他不仅对"意识形态"这一提法不够满意，而且对"机器"的悲观主义功能也持一种保留的态度。在与特里·伊格尔顿（Terry Eagleton）的一次学术谈话中，布尔迪厄表达了自己对意识形态概念的看法，他认为意识形态概念常常被误用，而且内涵与外延都比较模糊，有可能会导致社会学家与其他理论家的断裂。他认为阿尔都塞及其追随者非常粗暴地运用了这个概念，他甚至直言说：

---

① Louis Althusser, *Lenin and Philosophy and Other Essays*, New York: Monthly Review Press, 1971, pp. 128 – 130.

"实际上,我不喜欢'意识形态'概念的一个重要原因是因为阿尔都塞贵族式的思维。"① 由此,他发展出了"幻象"这一概念,希冀用它来克服意识形态的模糊性以及表征性。另外,布尔迪厄也反对"机器"这一概念的过分悲观功能主义色彩,认为机器的概念忽略了斗争性与反抗性,由此,他进一步发展出了"场域"的概念,如此,场域内部的行动者通过自己的斗争直接面对着统治者们的统治。

四 语言学理论的关注

进入20世纪以来,哲学界开始了一次"语言学转向"(linguisitic turn),按照国内有的学者的总结这个转向实际上包含三个向度和两个层面。这三个向度就是由罗素、弗雷格开创的分析哲学,由索绪尔开创的结构主义语言学以及由胡塞尔开创的现象学语言观。这三个向度又可以分为两个层面,就是前两者所代表的从"自然语言观"到"符号任意性"的转向,以及胡塞尔现象学所代表的从"逻辑语言观"到"审美语言观"的转向②。实际上,这些转向都是对古典将语言作为附属于人的第二性存在的反叛,由此转向,哲学回到对语言本身的发现和思考,语言不再只是一种工具性的"器",而是人类存在的家园,甚至于人类存在的本身。布尔迪厄的语言观正是在这种转向的过程中产生与发展起来的,他广泛吸收与批判接受了诸如索绪尔、维特根斯坦、乔姆斯基、奥斯汀等人的语言理论,形成了自身较具特色的语言经济观以及语言权力象征理论。

---

① Edited by Slavoj Žižek, *Mapping Ideology*, London: Verso, 1994, p. 267.
② 参见赵奎英《当代文艺学研究趋向与"语言学转向"的关系》,《厦门大学学报》(哲学社会科学版) 2005年第6期。

(一) 布尔迪厄与索绪尔

索绪尔是结构主义语言学的创始人，同时也可被视为从"自然语言观"到"符号任意性"转向的肇始者。西方哲学传统中基本上认为语言的产生是一种自然的过程，词与物是完全对应的，然而，索绪尔明确地指出："能指和所指的联系是任意的，或者，因为我们所说的符号是指能指和所指相联结所产生的整体，我们可以简单地说：语言符号是任意的。"[1] 这种表达明确地反对了传统的所谓"词物对应论"，不仅区分了能指和所指，更进一步指出了二者联系的任意性。此外，索绪尔还打破了以往对语言研究"实体"思维的传统，引入了结构关系的方法，这种对语言的研究态度与方法直接影响到了布尔迪厄。布尔迪厄甚至于试图运用索绪尔的这种方法论作为基础，建构文化的一般理论。但他最终在研究过程中发现了索绪尔的不足，所以，尽管索绪尔在开启语言学的转向过程中起到了巨大的作用，但布尔迪厄对于他的接受基本上是在批判中完成的。

首先，尽管索绪尔在对语言的研究过程中引入了关系的视角，但是他却将语言看作一个封闭的体系，一个自我调节的自足的系统，从而抛弃了外部世界对于语言的意义。布尔迪厄显然不满意这种做法，他在肯定索绪尔功劳的基础上也更直接地对他进行了批评："现代语言学的全部命运实际上是由索绪尔的初创行为（inaugural act）所决定的；通过这种初创行为，他把语言学的'外部'要素与内部要素区别开来，并且通过为后者保留语言学的头衔，排除了所有在语言与人类学之间确立一种关联的研究，排除了讲说它的人的政治历史，甚至是语言讲说区域的历史，因为所有这些事物不能对语言

---

[1] ［瑞士］索绪尔：《普通语言学教程》，高名凯译，商务印书馆1999年版，第102页。

知识本身有所增益。尽管结构主义语言学被假定为源自语言被赋予的自治性（这种自治是相对于该种语言生产、再生产和使用的社会条件而言的），但它如果不实施意识形态的影响，即将一种科学性的表象赋予给对历史产品的自然化，即赋予象征性的对象，它就无法成为占支配地位的社会科学。"① 由此，可以看出布尔迪厄试图连接语言以及语言背后的社会历史条件，试图将语言从自身的牢笼中拯救出来。

其次，尽管索绪尔区分了言语（Parole）与语言（Language），认为语言是人类社会性总的语言系统，而言语则是单个言说者个人对语言系统的使用。但是，他却过于强调了语言的总体性，而几乎完全忽视了言语的个人能动性。布尔迪厄认为这种语言观有导致语言裹足不前的嫌疑，是一种语言共产主义幻象。

在对索绪尔结构语言学批判的过程中，布尔迪厄发现了维特根斯坦语言观的重要启发性。

（二）布尔迪厄与维特根斯坦

维特根斯坦对布尔迪厄来说有着非凡的意义，他不仅经常在其著作中引用维特根斯坦的话，而且曾直接表达："维特根斯坦可能是在我困难的时刻对我帮助最多的哲学家。他是智性处于困窘时期的一个救星，例如当你不得不对像'服从规则'这样如此明显的事提出质疑时，或当你不得不描述像把实践付诸实践这样如此简单、事实上又同样难以言喻的事情时。"② 事实也正如布尔迪厄所说，当布尔迪厄困顿于索绪尔的结构主义语言学时，正是维特根斯坦后期的语言哲学观给予了他突破的灵感。

---

① ［法］布尔迪厄：《言语意味着什么——语言交换的经济》，褚思真、刘晖译，商务印书馆2005年版，第2—3页。
② 《布尔迪厄访谈录——文化资本与社会炼金术》，包亚明译，上海人民出版社1997年版，第10页。

后期的维特根斯坦同样也认识到了将语言抽离出现实生活，而致使语言走向抽象逻辑分析的危险，他意识到语言应当回归与面对复杂的现实生活，语言研究者应当仔细描绘与阐述语言的不同用法，从而掌握语言的游戏规则。他所提出的"语言游戏说""意义即使用"以及回归生活形式的理论都对布尔迪厄产生了巨大而深远的影响，致使布尔迪厄的语言研究走向了一条努力发掘语言产生的历史、社会条件，发现语言背后社会机制的研究道路，从而使他完成了颇具特色的语言经济以及语言符号权力理论。当然，对后期维特根斯坦影响巨大的奥斯汀的语言学理论对布尔迪厄也产生过巨大的影响，布尔迪厄也曾多次引用过奥斯汀的《如何以言行事》（*How to Do Things With Words*），鉴于奥斯汀理论与后期维特根斯坦理论颇多相似之处，此处不再赘述，后文谈到布尔迪厄的语言观时再做交代。

3. 布尔迪厄与乔姆斯基

提到布尔迪厄的语言学理论，乔姆斯基对他的影响尽管不是很大但却绝非不值一提。乔姆斯基提出了"生成语法"，区分了语言能力/语言操作（competence/performance），旨在突破索绪尔的结构主义语言学，正是这些努力寻求突破之处的过程对布尔迪厄产生了一定的影响。

乔姆斯基提出生成语法以描述和解释语言能力为主要目标，不仅注意到了语言主体能力的作用性，而且注意到了语言本身的变迁性。这对布尔迪厄产生了一定的影响，布尔迪厄曾表达："当我看时接近于察觉到作为执行话语（和实践）模型的不足之处时——乔姆斯基的著作（他的著作认识到了生成性倾向的重要性），在我看来就是包含了一些基本问题的社会学。"① 可见，布尔迪厄不仅从乔姆斯

---

① ［法］布尔迪厄：《言语意味着什么——语言交换的经济》，褚思真、刘晖译，商务印书馆2005年版，第2页。

基的生成性倾向中获取了语言理论的灵感，甚至于将它运用到了其他社会学研究领域当中，正是这种大胆的借用，使布尔迪厄的研究总是具有一种强烈的社会历史感。

其次，一般语言研究者认为乔姆斯基所区分的语言能力/语言操作只是索绪尔的语言/言语区分的等价物。然而，实际上乔姆斯基的区分旨在突破索绪尔的机械性，他肯定了个别言语行动者的能动能力，展示了语言能力的创造性。这点也启发了布尔迪厄，使布尔迪厄认为语言实践是具有主动创造与革新能力的。另外，有的学者研究认为，布尔迪厄的"习性"与乔姆斯基的"生成语法"可做类比①。

五　现象学\存在主义的吸收

布尔迪厄对现象学也有着一定的借鉴与继承，甚至于一度被有的研究者认为代表着一种现象学的潮流。② 然而，布尔迪厄更多接受的仍然是从其业师巴什拉与康吉翰那里继承而来的历史与科学哲学，他对现象学的接受基本上是通过一种批判性的视角进行的。他所关注以及阅读到其作品的现象学家有萨特、胡塞尔、海德格尔、梅洛·庞蒂等，在这里我们只择要谈一下萨特、梅洛·庞蒂对他的影响。

（一）布尔迪厄与萨特

正如上文所提到的，布尔迪厄在学生时代就认真阅读过萨特的

---

① 邱天助：《布尔迪厄文化再制理论》，台北：桂冠出版社2002年版，第42页。
② 高宣扬先生在其《布迪厄的社会理论》一书当中，将现象学在法国的存在状态分成了八个流派，也就是萨特的存在主义现象学、梅洛·庞蒂所代表的身体生存现象学、列维纳斯所代表的伦理学现象学、里克尔所代表的诠释学现象学、德里达所代表的解构主义现象学、福柯所代表的以"自身的历史本体论"为中心的崭新现象学，以及由利奥塔和布尔迪厄所代表的现象学。参见该书的第2—3页中的论述。

《存在与虚无》。有的学者认为萨特在该书导论《存在的追求》中所指出的问题背景，即是布尔迪厄《阿尔及利亚社会学》论述的主要层面。①

萨特作为高扬人类主体性的代表人物，肯定了人类意识的绝对自由，肯定了人类意识对于客观结构的超越与超脱，人类意识活动具有超越性、自由性、能动性与可塑性。布尔迪厄认为萨特在《存在与虚无》当中唤醒了一种革命意识，通过一种想象性的变化形成了意识性的转变。② 也就是说，布尔迪厄认为这是一种主体能动性的革命意识，他也从这一意识当中寻求到了一种折中结构主义被动性的方式，不论是他的"行动者"概念的提出，抑或是"习性"理论的发明，都是结构主义与存在主义现象学的结合，他不仅看到了客观结构的规约性，也同时看到了主观主体的能动性。

另外，布尔迪厄以福楼拜的作品《情感教育》为案例在《艺术的法则》中对文学场的生成过程所进行的分析，也直接受到了萨特的启发，因为萨特也曾经以福楼拜为分析对象写下了文学批评巨著《家庭白痴》。但是，萨特只是借助于对福楼拜的分析来充实自己的哲学思想，而布尔迪厄则纯粹是以场域视角对文学场生成进行了梳理与分析。

（二）布尔迪厄与梅洛·庞蒂

相对于其他现象学家，布尔迪厄比较乐于承认他接受过梅洛·庞蒂的思想。在一次访谈中，他曾表达："梅洛·庞蒂是独特的，他对人文科学感兴趣，对生物学也感兴趣。当我们对于目前现状的关注，与政治性讨论的宗派主义的过于简单化不相吻合时，梅洛·庞蒂会让你了解这种对于现状的思考应该是怎样的，例如：在关于历

---

① 邱天助：《布尔迪厄文化再制理论》，台北：桂冠出版社2002年版，第33页。
② Pierre Bourdieu, *The Logic of Practice*, Stanford: Stanford University Press, 1990, p. 42.

史、关于共产党、关于莫斯科审判的写作中,他似乎超越了学术体制中存在的哲学上的咿呀学语,而体现出一种极富潜能的方式。"①青年时代的布尔迪厄想要从事的"情感经验现象学"研究实际上就是在梅洛·庞蒂的直接启发下萌生的。

梅洛·庞蒂作为现象学的重要代表人物,对于现象学最重要的贡献就是对身体进行了知觉现象学的分析。梅洛·庞蒂认为身体作为一个知觉体,是一个味觉、嗅觉、听觉、触觉等知觉统一、完整的整体。同时又对世界进行了还原,认为世界是一个不应按照自然科学划分的一种纯粹自然自在的整体。作为身体的知觉体是与作为纯粹自然自在的自然整体相对而在的,主体身体与世界具有一种前对象性的接触,是一种浑然的统一。这种关于身体的认识,对布尔迪厄产生了巨大的影响,这种影响也就是华康德所说的:"布尔迪厄尤其接受了梅洛·庞蒂关于主体与世界之间的前对象接触的内在的身体性,以求重新确认身体作为实践意向性的来源,作为建构在前对象经验水平之上的主体间交互意义的源泉。"② 正是这种启发,促使布尔迪厄完成了"实践感"的建构,认为社会行动者与世界之间的关系,并不是我们通常所认为的那样是简单的主客体关系,而是建构在关系与决定惯习的世界之间的本体论契合。③

至此,我们介绍了布尔迪厄的生平以及思想渊源。正如上文所提及的那样,布尔迪厄不仅反对为他作传,也同时反对对他"贴标签",因此我们所做的工作相对简约,希冀通过此工作更好地理解其文艺思想。

---

① 《布尔迪厄访谈录——文化资本与社会炼金术》,包亚明译,上海人民出版社1997年版,第4页。
② 详见 Pierre Bourdieu & Wacquant, L. D., *An Invitation to Reflexive Sociology*, Chicago: The University of Chicago Press, 1992, p. 20。
③ Ibid., p. 21.

第二章 布尔迪厄的概念工具及文艺研究方法

布尔迪厄认为社会学领域中所存在的主观主义与客观主义的虚假对立，同样存在于文学艺术研究中。主观主义者对文学艺术的认知如同宗教皈依者对神性的信仰一样，认为艺术是具有卡里斯玛意识形态天才的创造，只能进行"信仰"与感知而不能进行任何形式的分析。同时客观主义者则只关注到了艺术作品与社会结构的对应关系，以及艺术对积淀原型的表达等。布尔迪厄认为，这两种对文学艺术的理解都具有一定的片面性，忽略了主观中的客观性以及客观中的主观性，他在研究过程中力图克服这种虚假的对立。为了抵制主观主义那种只诉诸主观体验的"虚无性"，布尔迪厄提出了"行动者"（agent）的概念，这个"行动者"不仅本身积淀了结构主义所讲的"结构性"的东西，而且具有一定的能动作用。正如布尔迪厄所表达的那样："我指的是行动者，而不是主体，行动不是仅仅执行一条规则或服从一条规则。社会的行动者无论是在古代社会还是在我们现在社会，都不是像钟表那样依照它们不理解的法律而被自动化地控制着。在最复杂的游戏中，例如，婚姻交换或仪式实践中，行动者都采用了生成习性的具体化原则。"① 可见，布尔迪厄所谓的"行动者"并不是主观主义的，甚至不同于我们通常所讲的"主体"。如从布尔迪厄在不同领域的论述来看，倒是像综合了由康德所开启的社会学（伦理学）层面的、胡塞尔开启的认识论层面的以及由海德格尔开启的本体论层面的"主体间性"。② 他不仅注意到了行动者在交往过程中与其他行动者的关系问题，也注意到了行动者对客体的认知过程，同时包含了行动者与社会结构乃至世界的本源性关系。

同时，为了抵制客观主义那种机械因果决定论，布尔迪厄提出了"社会空间"（social space）的概念。正如布尔迪厄所指出的那样，这一概念的提出旨在克服过往对社会团体（group）研究的实体思维模式，代之以关系思维方法，故而他所谓的社会空间不同于地理空间（geographic space），而是指不同权力与资本占有者在以同源性为基础的互相交往过程中形成的关系空间。他认为即使在地理空间上很远的人，在社会空间中也会互相产生作用，反之亦然。③ 如果说过往的阶级理论主要关注的是相似与认同，布尔迪厄的社会空间理论则主要关注差异与区隔，由这些差异与区隔则形成了不同的场域，而不同资本的占有则导致了行动者在场域中占位的不同以及行为策略的差异。所以，可以说社会空间理论引出了布尔迪厄的资本

---

① 《布尔迪厄访谈录——文化资本与社会炼金术》，包亚明译，上海人民出版社1997年版，第10页。

② 在西方哲学中，主体间性有着不同的模式，学者王晓东在其专著《西方哲学主体间性理论批判》中甚至总结出来了亚里士多德模式、康德模式、费希特模式、胡塞尔模式、海德格尔模式、马克思或哈贝马斯模式（该书由中国社会科学出版社2004年出版）六种模式。实际来讲，大致可以将主体间性在西方的模式概括为社会学（包括伦理学）模式（主要关注社会主体之间的交往关系问题）、认识论模式（主要关注人与世界客体的认知关系）、本体论模式（关注人与世界的存在性关系）。

③ Pierre Bourdieu, "Social Space and Symbolic Power", *Sociological Theory*, Vol. 7, No. 1, p. 16.

与场域概念，而行动者概念则引出了布尔迪厄关于习性的论述，因为在布尔迪厄看来"使用这一概念（也就是习性—引者注）创造性地对行动者与世界关系做了非唯理智论的、非机械论的分析"①。

布尔迪厄在分析艺术场域产生时正是以这一系列概念为骨架进行的，所以我们在对布尔迪厄艺术场生成与结构进行分析与研究之前，有必要对这些概念工具（concept tools）进行一定的梳理与考察。另外，一般情况而言，什么样的研究方法在一定程度上决定了什么样的研究面貌，布尔迪厄文艺研究的特殊方法，在一定程度上决定了其文艺思想的全貌。所以，本章内容主要包括布尔迪厄的核心概念和布尔迪厄文艺研究主要方法两个部分。

第一节 布尔迪厄艺术场域所涉及的主要概念

正如前文所说，布尔迪厄在探讨艺术场域的过程中主要是通过其特有的系列概念工具进行的，而这些概念工具的具体内涵以及它们与艺术场域有何关联，它们是如何在艺术场域中发挥作用的，将是我们必须面对与回答的问题。除了上文所提到的场域、习性、资本这三个概念之外，我们还将着重探讨一下"幻象"，因为这一概念在布尔迪厄文学艺术场结构中也起着至关重要的作用。

一 场域

如果说探讨布尔迪厄的文艺思想首先必须探讨艺术场域的话，

---

① 《布尔迪厄访谈录——文化资本与社会炼金术》，包亚明译，上海人民出版社1997年版，第11页。

那么要想真正了解艺术场域我们则必须对场域概念进行一定的探讨。布尔迪厄这一貌似常识性的概念背后实际上隐藏了高度的技术性和极其广阔的内涵。事实上，场域概念在布尔迪厄的概念工具中并不是较早出现的，但却后来者居上，成为布尔迪厄关注最多、运用最多的概念工具。根据布尔迪厄国外研究者托马逊（Patricia Thomson）的研究，布尔迪厄于1966年发表的《知识分子场域与创造性规划》（Intellectual Field and Creative Project）一文中首次使用了"场域"概念，并借助这一概念分析了不同占位的知识分子在场域中对场域信念的共同信仰与追求。① 此后，布尔迪厄一边充实这一概念，一边运用它分析了诸如教育、文化、电视、文学艺术、住房、社会机构等问题，可以说在场域概念进入布尔迪厄的视域以后，他所有的研究均摄入了一种场域的视角。那么场域究竟是什么呢，它有哪些特性呢，我们应当如何去分析一个场域呢，场域概念有没有其分析弊端呢？下面我们逐一来探讨。

事实上，布尔迪厄并不热衷于对概念下一些非常专业的定义，相反他提倡使用一种开放式的概念（open concepts），这是因为开放式的概念不仅可以引导我们拒绝实证主义的方式，而且"更精确地说，它可以持续不断地提醒我们概念的定义必须放在系统中观察才有意义，概念的设置必须以一种系统的方式在经验研究中发挥作用。像习性、场域以及资本这些概念都必须放在他们所构成的理论系统中去，而不能孤立地去理解"②。他又进一步指出："概念的真正内涵正来自各种真正的关系，只有在各种关系中，概念才

---

① Edited by Michael Grenfell, *Pierre Bourdieu Key Concepts*, Trowbridge: Acumen, 2008, pp. 67–68.
② Pierre Bourdieu & Wacquant, L. D., *An Invitation to Reflexive Sociology*, Chicago: The University of Chicago Press, 1992, pp. 95–96.

能获得其真正的意义。"① 正是在这样的思想指引下，布尔迪厄对其所有概念几乎都没有给过很详尽的定义式的介绍，即使有定义的描述，也都是从分析的角度、关系的视野出发，并不追求一劳永逸的做法。关于场域概念，布尔迪厄在一再被问及定义问题时，给过这样一个勉为其难的回答："从分析的角度看，一个场域可以被视为一个网络，或者是一个构型，在这个网络或构型当中有着不同位置的客观关系。这些位置的存在以及它们对于他们的占有者、行动者以及机构的决定性，都是通过他们在权力与资本的分配过程中所获得的目前的或者潜在的情景客观决定的——而通向具体利润的权力与资本的占有则在场域中具有至关重要的作用——同时也是通过其与其他位置之间的客观关系（支配关系、从属关系、同源关系等）而得到界定的。"② 另外，布尔迪厄还认为场域"指的就是那种相对自主的空间，那种具有自身法则的小世界"③，任何场域"都是一个力量之场，一个为保存或改变这种力量之场的较量之场"④，每个场域"都是资本的特殊形式构成的地方"⑤。从布尔迪厄对场域概念的种种论述以及运用中，我们可以将其特征概括为以下几点。

（一）关系性

正如上文所提到的，布尔迪厄提倡一种开放式的概念，努力在关系中寻求概念的定义，场域概念则是这种关系思维最重要的结晶。

---

① Pierre Bourdieu & Wacquant, L. D., *An Invitation to Reflexive Sociology*, Chicago: The University of Chicago Press, 1992, p. 96.
② Ibid., p. 97.
③ ［法］布尔迪厄：《科学的社会用途——写给科学场的临床社会学》，刘成富等译，南京大学出版社2005年版，第30页。
④ 同上书，第31页。
⑤ 同上书，第32页。

布尔迪厄曾直言表达："根据场域概念思考就是从关系角度思考。"①事实上，他运用场域概念的初衷也就是为了克服传统的实体思维，从而走向一种关系式的思维。他甚至认为黑格尔著名的"存在即为合理"可以修改为"存在的就是关系的"，因为他认为社会世界就是由各种各样独立于个人意识和个人意志的客观关系而构成的，而场域就是由这些客观关系构成的一个个网络或者构型。布尔迪厄提醒人们运用场域思维，不仅要考虑到场域内部各种行动者之间的关系结构，而且还要考虑到场域之间的各种互动关系，他将这种理论思维贯彻到包括艺术场域在内的几乎所有研究当中。在考察艺术场域的过程中，他不仅关注到了艺术场域内部创作者所处的历史、社会环境以及他与其他行动者的关系，而且还考察了艺术场域与政治场域尤其是经济场域之间的互动关系，这些很好地体现了场域的关系性思维特征，实际上关系性也成了他研究的重要方法论旨归，关于这点我们在下文也将有详细的论述。

（二）自主性

在布尔迪厄看来，场域指的就是那种相对自主的空间，那种具有自身法则的小世界。每个场域都有自身的逻辑和必然性，有其自主性，而且不同场域之间的自主性是不可化约与等同的，一个场域的逻辑和必然性是不能够支配其他场域运作的，这就保障了不同场域的自律性（autonomous）。布尔迪厄在分析艺术场域的形成过程时，首要分析的就是这种自律性的获取。但是，布尔迪厄在承认场域自律性的同时，并没有完全否弃不同场域之间的相互作用，他认为场域之间是可以相互影响的，只不过这种影响必须通过场域自律性的

---

① Pierre Bourdieu & Wacquant, L. D., *An Invitation to Reflexive Sociology*, Chicago: The University of Chicago Press, 1992, p. 96.

折射。正如布尔迪厄所说:"无论外部限制的形式是什么,它总是只有通过'场域'的中介才能发挥作用,通过'场域'的逻辑成为'中项'。有关'场域'自主权的最重要的表现之一,就是它对外部限制和要求进行'折射'的能力,并通过一些特殊形式把它们再现出来。"他接着指出:"应该说,如果一个'场域'的自主程度越高,那么,它的折射能力就越大,外部限制也就越有变化,而且常常会变得面目全非。因此,'场域'的自主度以它的折射能力为主要指标。相反,'场域'的他律性主要表现为外部问题,特别是政治问题,能够在其中直接地被反映出来。"① 可见,场域获得承认的首要指标就是自主性问题,而自主性高低的主要指标就是折射性问题,这些在布尔迪厄分析艺术场域时也得到了充分的体现。他不仅分析了艺术场的自律性形成过程,而且分析了艺术场是如何对经济场与政治场进行折射性反映的。

(三)斗争性

对于布尔迪厄来讲,场域内外都不是风平浪静的,而是充满了持续性的变革与斗争。在他把场域看作许多潜在和正在活动力量的空间时,实际上已经承认了场域同时也是一个争夺的空间,场域中占有不同资本的行动者根据自己的占位选择不同的斗争策略,或者保守,或者继承,或者起而颠覆。用布尔迪厄的话来讲:"在一个场域中,各种行动者和机构根据构成游戏空间的常规与规则(与此同时,在一定形势下,他们也对这些规则本身争斗不休,)以不同的强度,因此也就是具有不同的成功概率,不断地争来斗去,旨在把持作为游戏关键的那些特定产物。那些在某个既定场域中占支配地位

---

① [法]布尔迪厄:《科学的社会用途——写给科学场的临床社会学》,刘成富等译,南京大学出版社2005年版,第30—31页。

的人有能力让场域以一种对他们有利的方式运作,不过,他们必须始终不懈地应付被支配者(以'政治'方式或其他方式出现)的行为反抗、权利诉求和言语争辩。"① 可见,在这个斗争过程当中,那些占有支配地位的、资历较深的人为了维护自己拥有的一切,倾向于采取保守策略;而想要进入该场域支配行列的那些具有一定资本的人则倾向于采取继承的策略;同时那些持有一些新的信念,企图通过其占有的资本来重新书写场域结构的人们则倾向于采取颠覆的策略。场域中的这些斗争尽管不都是有意为之,却实实在在形成了差异与区隔。布尔迪厄正是运用场域的这种斗争性分析了艺术场域中的持续不断的风格变化以及艺术革命的原因,区分了艺术场域中的正统(orthodoxy)与异端(heresy)。同时,在被问及场域的边界问题时,布尔迪厄认为这也和斗争有着一定的关系。他认为对场域边界不应该做任何先验性的回答,而应当在总结与观察场域持续斗争的过程中经验性地获得。场域的边界问题本身就是一个斗争的过程,而场域的界限最终位于场域效果停止作用的地方,这一点对于我们思考文学艺术的边界问题具有一定的启发意义。

(四) 同构性

布尔迪厄在实际运用场域概念的过程中发现了不同场域之间在结构和功能上的同源性。他认为不同场域之间在不同类型上诸如行动策略、统治关系、变迁机制上都具有一定的同构性。简单来讲,就是说在一个场域占有一定资本而处于统治性的阶层,在另一个阶层中也可能处于优先的地位,并可能采取相似的行为策略,但是这种同构却决不能简单地等同或化约。如此,场域之间便具有了一定

---

① [法] 布尔迪厄、[美] 华康德:《实践与反思——反思社会学导引》,李猛、李康译,中央编译出版社1998年版,第140页。

的联系，而且由于同构性的逻辑使得任何场域所发生的事件都是多元决定的（overdetermined），此处发生的可能会以另一种方式表现在另一个地方，这就在一定程度上避免了单一决定论的危险。布尔迪厄将这种同构性思想也带入了其对文学艺术场的分析，比较特殊的是，在这个分析过程中，他不仅关注到了艺术场与其他场域的同构性关系，而且还关注到了艺术场自身诸如生产场与消费场、批评家在知识场中的地位和公众在权力场中的地位的同构性。[1]

  场域的这些特性，也决定了我们对于场域研究的方法与步骤。布尔迪厄认为要对一个场域进行研究或者利用场域进行研究至少要分为以下三个必不可少的步骤。首先，必须分析要研究的场域与权力场域之间的位置关系。尽管每个场域都有一定的自律性，有自己活动的准则，但它并不是真空存在的，我们必须要分析它与其他场域之间的关系，而它与作为元场域与权力场域之间的关系则应当是首要分析的。比如说文学艺术场在权力场中就处于从属性的地位，所以文学艺术场中的艺术家、作家等只能是"统治阶层中的被统治阶层"（dominated fraction of the dominant class）。其次，必须认真勾勒与分析出行动者或机构所占据位置之间的客观关系结构。不同行动者之间根据自身所占有资本之不同在场域中占据了不同的位置，并且通过自身的位置与其他位置形成一定的关系，这些关系是分析场域结构的重点之所在，场域的现状与发展趋势均可以通过对它们的分析来发现。最后，我们必须认真分析行动者的惯习。惯习实际上就是一定社会历史经济条件内化为行动者的一系列位性（disposition），通过对它们的分析，可以了解行动者在不同场域之间以及在

---

[1] Pierre Bourdieu, *The Rules of Art: Genesis and Structure of the Literary Field*, Stanford: Stanford University Press, 1996, pp. 161–165.

同一场域之中的行动轨迹，从而保持对场域分析的动态性。① 这三个对场域分析的步骤实际上也构成了布尔迪厄社会学的一般研究方法，他在对教育场、知识分子场以及艺术场的分析过程中都秉承了这一分析方法。

布尔迪厄通过场域理论的建构，将社会空间划分成了一个个有着自主性的小空间，并通过对这些小空间以及小空间之间的关系的分析，从而关系性、建构性地完成对社会阶层、社会变迁甚至整个社会的认知，可以说在一定程度上克服了实证主义、实体思维以及阶级还原等弊病。但它也并非完美无缺的理论，因为正如布尔迪厄自己所认识的那样，并不存在什么一劳永逸、包打天下的理论，而只有更适合历史与现实、更具说服力与阐释力的理论。上文所提到的西方布尔迪厄的研究者托马逊对场域概念提出了四项批评，值得我们思考。首先，场域的边界过于模糊，使得场域概念在场域交叉的地方的阐释力大大降低；其次，布尔迪厄划分了太多的场域，使得分析操作的强度大大增加；再次，尽管布尔迪厄发明了习性理论，但场域理论本身尤其是场域内部仍具有过强的决定论色彩，从而在一定程度上降低了场域的变迁性；最后，布尔迪厄对场域之间的关联分析的不够。② 尽管我们不尽同意这些批评，但是对于场域概念和理论的运用，具有布尔迪厄式的反思性是必要的。另外，我们在分析场域的时候，有一个重要的问题没有涉入，那就是场域的结构问题，这是因为场域的结构与布尔迪厄的另一个核心概念具有十分密切的关系，这就是"资本"。

---

① Pierre Bourdieu & Wacquant, L. D., *An Invitation to Reflexive Sociology*, Chicago: The University of Chicago Press, 1992, pp. 104 – 105.

② Edited by Michael Grenfell, *Pierre Bourdieu Key Concepts*, Trowbridge: Acumen, 2008, pp. 78 – 80.

二 资本

要想更充分地认识场域概念尤其是场域的结构问题，要想最终清晰地认识布尔迪厄的文化社会学的全貌，必须还要了解布尔迪厄的"资本"这一概念。布尔迪厄明确地表示："场域的结构——注意，这里我们正在逐渐建立起场域这一概念的操作性定义——则是由场域中灵验有效的特定资本形式的分配结构所决定的，这意味着若我们对特定资本形式的知识确凿肯定，我就能分辨出这个场域中所有有必要分辨的东西。"① 同时他还认为："只有在与一个场域的关系中，一种资本才得以存在并且发挥作用。这种资本赋予了某种支配场域的权力，赋予了某种支配那些体现在物质或身体上的生产或再生产工具（这些工具的分配就构成了场域结构本身）的权力，并赋予了某种支配那些确定场域日常运作的常规和规则，以及从中产生的利润的权力。"② 一句话："要想构建场域，就必须辨别出场域中运作的各种特有的资本形式。"③ 那么，布尔迪厄所谓的资本究竟具有什么样的内涵呢？他与经典马克思主义的资本有哪些区别呢？它有哪些形式呢？这些不同的资本形式分别在布尔迪厄的文化社会学中扮演什么样的角色呢？下面我们逐一进行探讨。

如同对待场域概念一样，布尔迪厄并不愿意给出资本概念比较明晰的定义。为着满足研究的需要，我们姑且将他对资本概念的一些描述性话语作为定义来理解，布尔迪厄曾这样描述："资本是积累

---

① ［法］布尔迪厄、［美］华康德：《实践与反思——反思社会学导引》，李猛、李康译，中央编译出版社1998年版，第147—148页。
② 同上书，第139页。
③ 同上书，第147页。

的劳动（以物化的形式或'具体化的''肉身化'的形式），当这种劳动在私人性，即排他的基础上被行动者或行动者小团体占有时，这种劳动就使得他们能以具体化的或活的劳动的形式占有社会资源。资本是一种铭写在客体或主体结构中的力量，它也是一条强调社会世界的内在规律性的原则……它需要花时间去积累，需要以客观化的形式或具体化的形式去积累，资本是以同一的形式或扩大的形式去获取生产利润的潜在能力，资本也是以这些形式去进行自身再生产的潜在能力，因此资本包含了一种坚持其自身存在的意向，它是一种被铭写在事物客观性之中的力量，所以，一切事物并不都具有同样的可能性或同样的不可能性。"① 如果单看"资本是积累的劳动""需要花时间去积累""获取生产利润"等论述的话，这些与马克思的资本概念并无二致。因为资本概念在马克思那里主要指的是能够生产剩余价值的价值，一种以货币和劳动为中间形式的生产积累过程，一种价值的增值，一种经济制度，一种生产的关系。可实际上，布尔迪厄所理解的资本概念尽管保留了马克思资本概念的部分含义，尤其是经济领域的劳动价值内涵，但他做的更多的则是对资本概念在各个方面尤其是在运用领域方面进行了扩展。简单来讲，如果马克思更多关注的是榨取剩余价值的剥削层面的资本的话，那么布尔迪厄则主要关注的是通过资本所直接或间接表达的各种权力关系。② 正如上文所讲，布尔迪厄的资本概念是和场域概念紧密相连的，他曾这样论述："各种的资本，就像扑克牌游戏中的王牌一样，

---

① 《布尔迪厄访谈录——文化资本与社会炼金术》，包亚明译，上海人民出版社1997年版，第189页。
② 关于马克思与布尔迪厄资本概念的不同之处也可以参考 David Swartz, *Culture and Power*: *The Sociology of Pierre Bourdieu*（Chicago: The University of Chicago Press, 1997, p. 74）中的论述。

是既定场域中获取利润的决定性因素（事实上，对于每个场域或者次场域都有一种与之相匹配的资本，而它们都是该场域中的具有决定力量的关键性东西）。"①可见，对于布尔迪厄而言，有多少种场域似乎就相应有多少种资本，且必须在具体场域的分析过程中分析这些资本的至关重要性（at stake）。为了认知与研究的方便，布尔迪厄将资本分为三种基本形态：经济资本、社会资本、文化资本。除这三种基本形态外，他还不惜笔墨着力论述并在研究中大量运用了另一种资本——符号资本。所谓经济资本简单来讲是指货币与财产，用布尔迪厄本人的话来讲就是"可以立即直接转换成金钱，它是以财产权的形式被制度化的"②。所谓社会资本"是实际的或潜在的资源的集合体，那些资源是同对某种持久性的网络的占有密不可分的，这一网络是大家共同熟悉的、得到公认的，而且是一种体制关系的网络，换句话说，这一网络是同某个团体的会员制相联系的，它从集体性拥有的资本的角度为每个会员提供支持，提供为他们赢得声望的'凭证'，而对于声望则可以有各种各样的理解"③。简单来讲"它是以某种高贵头衔的形式被制度化的"④。而特定行动者占有的社会资本的数量"依赖于行动者可以有效加以运用的联系网络的规模的大小，依赖于和他有联系的每个人以自己的权力所占有的（经济的、文化的、象征的）资本数量的多少"⑤。布尔迪厄所描述的经济资本和社会资本相对来讲并不难理解，而文化资本与符号资本（symbolic capital）则复杂得多。

---

① Pierre Bourdieu, *Language and symbolic power*, Cambridge：Polity Press, p. 230.
② 《布尔迪厄访谈录——文化资本与社会炼金术》，包亚明译，上海人民出版社1997年版，第192页。
③ 同上书，第202页。
④ 同上书，第192页。
⑤ 同上书，第202页。

布尔迪厄的文化资本概念主要指的是通过教育资格所完成的一种教育凭证，但实际上它包含了各种各样的资源，"比如词语表达能力、一般的文化意识、审美喜好、学校系统的信息、教育文凭等"①。通过对这些资源的理论性描述，他实际上是想表明文化最终也可以作为一种权力资源存在。在布尔迪厄看来，文化资本可以有三种不同形式的存在。1. 具体的状态，也就是文化通过身体所传承、凝聚下来的持久的性情倾向（disposition）。这种文化资本的积累方式是最为隐蔽不彰的，它从儿时的家庭教育开始直至学校教育甚至于社会教育，都在努力地传承着具有差异的文化资源，使这些内化为身体的一部分，内化成一种习性，从而完成一种文化先天上的差异与区隔。正如布尔迪厄本人所论述的那样："文化资本可以在不同程度上，在不同的阶段中通过社会和社会中的阶级来获得，这种获取并没有经过精心的策划，因而文化资本是在无意识中被获得的……文化资本的传递和获取的社会条件，比经济资本具有更多的伪装，因此文化资本预先就作为象征资本而起作用，即人们并不承认文化资本是一种资本，而只承认它是一种合法的能力，只认为它是一种能够得到社会承认（也许是误识）的权威。"② 关于文化资本具体化状态的实际运用，在《继承人》一书中表达的尤为明显，他细致分析了大学生的学前习性与学中教育的各种关系。2. 客观化的状态，也就是"在物质和媒体中被客观化的文化资本，诸如文学、绘画、纪念碑、工具等等，其在物质性方面是可以传递的"③。但必须了解的

---

① David Swartz, *Culture and Power*, Chicago: The University of Chicago Press, 1997, p.75.
② 《布尔迪厄访谈录——文化资本与社会炼金术》，包亚明译，上海人民出版社1997年版，第195—196页。
③ 同上书，第198页。

是，这个传递过程只是合法的所有权的继承。比如说，继承与占有了一幅名贵的画，只是你在客观上拥有了这幅画的经济资本意义上的文化商品，而并不就意味着你同时拥有了对这幅画的象征性方面的解码与欣赏能力。所以，布尔迪厄认为"文化商品既可以呈现出物质性的一面，又可以象征性地呈现出来，在物质方面，文化商品预先假定了经济资本，而在象征性方面文化商品则预先假定了文化资本"①。文化资本的客观化状态向我们提出了一个文化能力方面的要求。3. 体制化、机构化的形式存在。对于此种形式的文化资本，布尔迪厄主要指的是教育机构以及教育制度。他认为教育在文化的生产与再生产过程当中扮演了至关重要的角色，尤其是通过体制化教育而赋魅的那些文凭与证书。"学术资格和文化能力的证书起了很大的作用，这种证书赋予其拥有者一种文化的、约定俗成的、经久不变的、有合法保障的价值。可以说正是社会炼金术生产了这种文化资本，这种文化资本相对于其承担者而言，甚至相对于该承担者在一定时间内有效占有的文化资本而言，具有一种相对的自主性。"②文凭与证书实际上是官方的一种保障，"而它与简单的文化资本之间确立了一种根本性的差异，而那种简单的文化资本则不断地去被人要求去证明自身的合法性"③。综上所述，布尔迪厄所谓的文化资本概念其实也就是一种以身体的、客观的、体制化存在的一种表征差异与区隔的资源形式，它的价值在某种程度上表达为"稀缺性"，它通过自身的再生产可以维护社会的再生产。与它最为接近，但也有诸多不同的资本就是符号资本。

---

① 《布尔迪厄访谈录——文化资本与社会炼金术》，包亚明译，上海人民出版社1997年版，第198页。
② 同上书，第200页。
③ 同上书，第201页。

在布尔迪厄这里，符号资本概念是与符号暴力概念相连的，是一种独立于其他资本形式又与其他资本形式紧密相连的较为抽象的资本形式。布尔迪厄在总结以往的符号理论的基础上，认为符号系统具有认知、交往和社会分化三种重要的功能。符号可以留存过往的一些东西，从而能够达到一种认知的目的，同时人们可以通过符号来互相交流以达到一种交往的目的。布尔迪厄强调最多的则是符号的社会分化功能，通过这种功能可以掩盖性地完成各种貌似合法性的统治。① 布尔迪厄认为符号具有掩盖政治、经济等直接暴力性统治的功能，所以说，政治性、经济性的权力在表达自己的统治时总是需求一种不那么暴露、软性的表达方式，而符号正好具有这种掩饰性的功能。布尔迪厄认为符号实践总是以一种"超功利"的面目呈现，通过拒斥实践利益、功利性特征来实现自身符号权力的合法性。纯政治、纯经济在不能够自由表达自我的地方就必须转化成符号性的权力来完成自己的统治，这就在一定程度上导致了受制者们的误识（misrecognition）②，从而和统治者们一起完成了对自己的统治。在这个过程中，"那些能够在将自身利益转换为超功利过程中获得一定利益的个人或者群体，就获得了布尔迪厄所说的符号资本"③。在这个意义上讲，符号资本是一种被拒绝的资本（denied capital），它总是试图将功利性的东西变成超功利性的。正如布尔迪厄所说：

---

① 关于布尔迪厄对符号系统的论述可以参考 Pierre Bourdieu, *Language and Symbolic Power* (Combridge: Polity Press, pp. 164 - 166) 中的论述，他以表格的形式详细区分了符号系统的认知、交流以及社会分化三个重要功能。
② "误识"（misrecognition），是布尔迪厄在讨论符号权力过程中经常运用到的一个重要概念，它主要指的是在符号权力"超功利"性的欺骗下，人们对统治产生了错误性的判断，甚至不认为那是一种压迫性的统治，从而与统治者一道儿完成对自己的统治。
③ David Swartz, *Culture and Power: The Sociology of Pierre Bourdieu*, Chicago: The University of Chicago Press, 1997, p. 90.

"符号性，从这一词一直以来被接受的意义上讲，它并不指称那些具体的、物质性的作用，简单地说，它代表的是无偿性的，也就是说无功利性，无关切性的。在一种以拒绝承认经济之客观真实性，也就是说拒绝承认赤裸裸的利害关系以及功利性打算，经济资本若想要发挥作用则必须通过一种否定自身原则的转变。符号资本就是这么一种被拒绝承认的资本，它被承认具有合法性，也就是说误识为一种资本。"① 可见，符号资本就是这样一种通过非功利性粉饰完成其他形式统治的一种资本形式。②

另外，布尔迪厄还谈到各种资本之间在一定的条件下是可以相互转换的，但转换的难易程度并不相同。从经济资本向社会资本、文化资本转化相对简单，反之较难。布尔迪厄认为这种可转换性实际上也是行动者行动策略的基础，他这样表述道："资本的不同类型的可转换性，是构成某些策略的基础，这些策略的目的在于通过转换来保证资本的再生产（和社会空间占据的地位的再生产）。"③

三　习性④

从实际情况来看，在布尔迪厄所运用的众多概念中，习性概念

---

① Pierre Bourdieu, *The Logic of Practice*, Stanford: Stanford University Press, 1990, p. 118.

② 布尔迪厄关于符号资本的更多论述可参见［法］布尔迪厄《实践理性：关于行为理论》，谭立德译，生活·读书·新知三联书店 2007 年版，第 95—103 页；［法］布尔迪厄《帕斯卡尔式的沉思》，刘晖译，生活·读书·新知三联书店 2009 年版，第 283—290 页中的论述。

③《布尔迪厄访谈录——文化资本与社会炼金术》，包亚明译，上海人民出版社 1997 年版，第 209—210 页。

④ 该词法语为 habitus，也被译为"惯习"，学者高宣扬先生则将其翻译为"生存心态"。

应当是出现最早、运用最广、内涵也最丰富的一个。布尔迪厄认为，他重新运用这一历史上曾被大量关注过的概念的主要目的就是为了克服客观主义的机械论与主观主义的目的论之间的虚假对立，同时规避实证主义的唯物论与唯智主义的唯心论之间的两难选择，从而回避方法论上的个人主义与整体主义的尴尬去从。① 根据西方布尔迪厄研究专家戴维·斯茨沃的观察，布尔迪厄于1967年翻译的潘诺夫斯基（Panofsky）的《哥特式建筑与经院主义》一书的前言中首次使用了习性的概念，由于受到潘诺夫斯基的影响，这一时期布尔迪厄的习性概念主要强调的是思想模式或方式，或行为的认识能力。② 随着布尔迪厄研究的深入，布尔迪厄才将其从规范与认知的方面扩展到了行为与实践的方面。

布尔迪厄对习性概念的运用如同其他的概念一样，也未曾明确地对其下过定义，甚至因为在使用过程中的语焉不详而被批评为是一种"概念怪物，经常以一种含混的、隐喻的方式被使用"③。同时也因为该概念承载了太多的理论内涵，被指责为"理论的万金油"④。然而这就是布尔迪厄的理论特色，也正是上文所讲到的"开放式概念"。对此，我们只能在他的众多描述中，在他的经验性运用中去发现、总结该概念的内涵。布尔迪厄有这样两段对习性概念的描述，从中我们大致可以分析出该概念的核心内容。首先，习性是

---

① 布尔迪厄关于习性概念作用的论述可以参考其著作《帕斯卡尔式的沉思》，刘晖译，生活·读书·新知三联书店2009年版，第161页；[法] 布尔迪厄《实践与反思——反思社会学导引》，李猛等译，中央编译出版社1998年版，第164、171页。

② David Swartz, *Culture and Power: The Sociology of Pierre Bourdieu*, Chicago: The University of Chicago Press, 1997, pp. 101 – 102.

③ [法] 布尔迪厄、[美] 华康德：《实践与反思——反思社会学导引》，李猛等译，中央编译出版社1998年版，第73页。

④ David Swartz, *Culture and Power: The Sociology of Pierre Bourdieu*, Chicago: The University of Chicago Press, 1997, p. 96.

"持续的、可以转换的倾向系统,它把过去的经验综合起来,每时每刻都作为知觉、欣赏、行为的母体发挥作用,依靠对于各种框架的类比性的转换,习性使千差万别的任务的完成成为可能"①。后来,他又对此进行了一定的补充,认为:"与特定阶层的生存条件相联系,产生了习性,这就是一个持久的、可转换的位性(disposition),也就是一些结构化了的结构(structured structures),这些结构倾向于发挥促结构能力的结构功能(structuring structures),也就是说,发挥产生与组织实践与表象的原则的作用,这些实践与表象可以客观上与其结果相适应,却同时可以不以有意识的策划作为前提,也无需以掌握要达到这些目标的那些必经的程序与手段为前提。"② 这里,我们可以通过分析以下布尔迪厄描述中常用到的几个关键词来认识习性概念:位性、结构化的结构、促结构化的结构、策略、无意识。

1. 位性。英语与法语皆为 disposition,国内学者多数将其译为"性情倾向",也有部分学者将其译为"配置"。笔者认为这两种译法都有一定的优点,却又均未能体现出布尔迪厄运用这一词的微妙之处。布尔迪厄经常性地将这个词与位置(position)放在一起使用,是因为他看到了 disposition/position 这两个词之间所存在的同源性。布尔迪厄在晚年这样论述道:"在大部分情况下,试图分辨在实践中什么取决于位置的作用和什么是配置的产物是徒劳的,行动者将配置带到位置中,配置支配着行动者与世界的一切关系,尤其是他们对位置的认识和评价,进而他们保持位置的方式,接

---

① 转引自[美]戴维·斯沃茨《文化与权力——布尔迪厄的社会学》,陶东风译,上海译文出版社 2006 年版,第 116 页。
② Pierre Bourdieu, *The Logic of Practice*, Stanford:Stanford University Press, 1990, p. 53.

下来还有这个位置的'现实'本身。"① 可见，disposition 在一定程度上是对位置的持留与反映。简单来讲，行动者在场域当中占据什么样的位置就会形成他在这个位置上的 disposition。那么，如此看来，将 disposition 翻译成"性情倾向"尽管很形象地描绘出了由位置所导出的一定的性向，但在字面上却很难表现出二者之间的关系。同时，我们看到 disposition 在更多情况下指的是行动者所具有的持续但可变更的性向，更多指向一种主观性，翻译成"配置"则偏向了客观性。因此，笔者认为将 disposition 翻译成"位性"似乎更为恰当，一方面，它体现了与 position 在语言上的同源性，另一方面，它又体现了该词偏向行动者的特性，同时暗含了它与位置理论层面上的联系。我们可以看到布尔迪厄在对习性概念进行描述的过程中，位性一词表征了它的性质。位性在布尔迪厄看来："非常适用于表达惯习概念所涵盖的内容。首先，它表达了一种组织化行动的结果，这与结构之类的意思颇为相近；它同时也表明了一种生存方式，一种习惯定性状态（尤其是在身体方面），尤其是，一种倾向、趋好、资质以及偏好。"② 实际上，布尔迪厄在很多情况下都将习性与位性混用，只不过位性更多情况下偏重于习性中的"结构化了的结构"的部分，多少少了一些能动性。布尔迪厄在论述文学场的生成过程中的前两个阶段时，深入分析了位置与位性之间的辩证关系，也可见该词对于布尔迪厄的重要意义。

2. 结构化了的结构与促结构化的结构。布尔迪厄所认为的习性

---

① ［法］布尔迪厄：《帕斯卡尔式的沉思》，刘晖译，上海三联书店 2009 年版，第 183 页。
② Pierre Bourdieu, *Outline of a Theory of Practice*, Cambridge: Cambridge University Press, 1977, p.214.

概念不仅仅是位性的积淀，而且具有一定的能动性。也就是说，习性不仅具有持留、积淀的功能，而且具有一种能动、形塑的反作用。在历史中传承，同时在历史中不断生成，并积极地以一种通常无意识的状态形塑环境。在布尔迪厄看来，习性是不同于习惯（habit）的，因为习惯不仅没有表达出习性"促结构化的结构"的能动性，而且不能表达出习性概念动态的生成性①。实际上，布尔迪厄在发展习性概念的过程中深受乔姆斯基"生成语法"思想的影响，他肯定了习性概念的主动性、创造性和生成性，只是这种生成性并不局限于乔姆斯基所谓的先验心理，而是与场域紧密相连的社会化经验性过程。这个过程不仅是心理层面上的，也更多体现在身体上，因为"最严肃的社会命令不是面对心智的，而是面对身体的，身体被视为一种记号"②。简单来讲，布尔迪厄所讲的"促结构化的结构"就是指被身体记号的系列位性，通过场域而发挥着一种新的区隔与差异形成的能力。我们必须看到的是，尽管这两种提法一定程度上表达了布尔迪厄习性理论的辩证性，但习性更多情况下是非常抵制变化的，即使有变化也是"非常缓慢的、倾向于完善而不是改变初始的倾向"③。这一点，也为众多研究者所诟病，他们认为这一概念具有较强的决定论色彩。但不论如何，布尔迪厄看到了习性的能动作用，并且在实际的社会分析过程中也获得了经验性的佐证，这一点在《区隔》当中表现得尤为明显。"惯习不是宿命"，而且，"它是稳定

---

① 乔姆斯基以及布尔迪厄所运用的生成性都是 generative，都肯定了发展性与创造性，实际上现代哲学所提倡的生成性应当是 becoming，因为这个词体现了现代哲学中重视时间性的特征。关于这点，我们将在下文中有详细的论述。
② ［法］布尔迪厄：《帕斯卡尔式的沉思》，刘晖译，上海三联书店 2009 年版，第 165 页。
③ ［美］戴维·斯沃茨：《文化与权力——布尔迪厄的社会学》，陶东风译，上海译文出版社 2006 年版，第 125 页。

持久的，但并不是永久不变的①！"那么，习性的这种"促结构化的结构"能力是通过一种什么方式进行的呢？布尔迪厄认为在大多数情况下，都是以一种无意识的状态呈现，很少是"深思熟虑"的结果。

3. 无意识策略。正如前文所说，布尔迪厄创造性地重新运用习性概念的一个重要目的就是克服主观主义与客观主义之间的虚假对立。布尔迪厄认为的主观主义就是"把行动描绘成某种自觉的意图的刻意盘算、苦心追求，描绘成某种良知自觉之心，通过理性的盘算，自由地筹划着如何确定自己的目标，使自己的效用最大化"②。为反对主观主义，布尔迪厄将实践活动"看作一种实践感的产物，是在社会建构的'游戏感'的产物"③。布尔迪厄通过对卡比尔人礼物交换、婚姻制度等大量的经验性研究，认为实践的理论并不等同于实践中活生生的实践关系，实践过程并不像我们通常所认为的那样清晰、有意识，实践的逻辑更多遵循的是一种紧迫性、模糊性以及不确定的特征。这种基于模糊性、不确定性的实践感正如游戏一般"做必须做这件事情时所应该做的事，而不需把必须做的事情明确提出来作为目的"④。就像对其他问题的追问方式一样，布尔迪厄对于实践的追问采取的也不是实践是什么的方式，而是实践如何产生、实践产生的条件与机制是什么的追问方式。习性作为布尔迪厄用来阐述实践感最重要的概念，自然体现了这种未必经过理性深思熟虑的策略行为。通过习性，"行动者不是规则或规范的机械遵循

---

① [法]布尔迪厄、[美]华康德：《实践与反思——反思社会学导引》，李猛、李康译，中央编译出版社1998年版，第178页。
② 同上书，第164页。
③ 同上。
④ [法]布尔迪厄：《实践理性——关于行为理论》，谭立德译，上海三联书店2007年版，第161页。

者,而是'即席演奏家',他们对于不同的环境所提供的机会与制约倾向性地做出反应"①。

通过对上面几个关键词的分析,我们可以大致看出布尔迪厄习性概念的性质、存在形式以及作用方式。其实,习性概念与场域概念也如习性与资本抑或场域与资本概念一样都是不可分开来理解的,尤其是习性与场域概念之间的关系实际上体现了布尔迪厄文化社会学的"二重性"特征。二重性是不同于二元对立的,二元对立一般是倾向在对立中完成对"二元"理解的,更多强调的是对峙与冲突;二重性则更多强调的是融合,你中有我,我中有你。习性与场域是历史性行动分别在身体中和在事物中的两种呈现:"所谓惯习,就是知觉、评价和行动的分类图式构成的系统,它具有一定的稳定性,又可以置换,它来自社会制度,又寄居在身体之中(或者说生物性的个体里);而场域,是客观关系的系统,它也是社会制度的产物,但体现在事物中,或者体现在具有类似于物理对象那样的现实性的机制中。当然,社会科学的对象就是惯习和场域之间的这种关系所产生的一切,即社会实践与社会表象,或者在被感知、被评价的那些现实形式中展现自身的场域。"② 一个是社会历史身体的承担,一个是事物的承担,布尔迪厄认为这两者之间有一种"双向模糊的关系"(double and obscure relation),或称为"本体论契合"(ontological correspondence),也就是说:"场域形塑着惯习,惯习成了某个场域(或一系列彼此交织的场域,它们彼此交融或歧异的程度,正是惯习的内在分离甚至是土崩瓦解的根源)固有的必然属性体现身体

---

① [美]戴维·斯沃茨:《文化与权力——布尔迪厄的社会学》,陶东风译,上海译文出版社2006年版,第116页。
② [法]布尔迪厄、[美]华康德:《实践与反思——反思社会学导引》,李猛、李康译,中央编译出版社1998年版,第171页。

上的产物。"① 另一方面,"惯习有助于把场域建构成一个充满意义的世界,一个被赋予了感觉和价值,值得你去投入、去尽力的世界"②。也就是说,习性在一定程度上承载着场域的结构性特征,而场域又是习性的共时性与历时性的生存土壤。布尔迪厄在分析艺术场域产生的过程中,认为艺术场的形成或者变革都需要社会机制与个体心智之间的契合才能够最终得以完成,强调的就是习性与场域之间的这种"本体论契合"。实际上,谈到布尔迪厄的艺术场域以及习性的无意识策略问题,我们都无法绕开布尔迪厄另外的一个关键概念,那就是幻象。因为,幻象不仅是场域成为可能的一个重要性前提,也是习性在场域中表达自身的必要工具。进一步讲,事关幻象的游戏正是"心智结构和社会空间的客观结构之间的本体论默契关系的产物"③。

四 幻象

布尔迪厄在自己的社会学分析中一直保持着对"超功利性"的高度怀疑。他认为在那些已经陷入危机的追求荣誉的社会当中,"超功利"根本是无从谈起的,而且"人们开始用货币来估算一个人的工作和价值"④;而在那些法律健全、讲究体面的社会里,可能存在一些超功利的习性,"然而,毫无疑问,这些社会领域并不完全受超功利性支配。在怜悯、德行、无私的表象后面,有着难以捉摸的、

---

① [法]布尔迪厄、[美]华康德:《实践与反思——反思社会学导引》,李猛、李康译,中央编译出版社1998年版,第171—172页。
② 同上书,第172页。
③ [法]布尔迪厄:《实践理性——关于行为理论》,谭立德译,上海三联书店2007年版,第129页。
④ 同上书,第142页

被掩盖的利益"①。因此，他一方面扩展了弗洛伊德的无意识、力比多等概念，将它们从心理层面推广到了整个社会层面；另一方面，他又将经济学领域"利益"的概念也广泛运用到了文化、政治等各个社会领域。就这一点我们必须看到的是，布尔迪厄并没有因此落入功利主义的行列，因为在功利主义那里，利益是超历史的、普遍的、是人类学意义上的不变体，而布尔迪厄的利益"是一种历史的建构，只能通过历史分析，通过经验观察后的事后总结，来加以体会，而不是以某些虚幻的关于'人'的概念进行先验推断得出的"②。可见，布尔迪厄所谓的利益必须是与场域相连的，也正如他自己所说："'利益'概念不是单数的，而是复数的，随着时间和地点的变化而近乎无穷的变化——有多少场域就会有多少相关的利益。"③ 然而，令布尔迪厄感到尴尬的是，那些墨守成规的人，一看到利益一词，就指责他是唯经济主义的。所以，在更多的情况下，他更喜欢用"幻象"这个词。④

幻象，法语为 illusio⑤，英语为 illusion，皆来自拉丁文的 iudus，原意就是游戏，illusion 就是 in-indus，也就是在游戏之中的意思。布尔迪厄在分析场域时，经常将场域与游戏相比，他认为尽管场域不像游戏那样是深思熟虑的产物，场域的规则也不像游戏规则那样明白无疑，但是在场域里的行动者就像在游戏中的人一样，都认为游戏是值得玩的，而且在进入之前都需要一笔投资，并为这个投资而

---

① ［法］布尔迪厄：《实践理性——关于行为理论》，谭立德译，上海三联书店 2007 年版，第 143 页。
② ［法］布尔迪厄、［美］华康德：《实践与反思——反思社会学导引》，李猛、李康译，中央编译出版社 1998 年版，第 159 页。
③ Pierre Bourdieu, *In Other Words*, Stanford：Stanford University Press, 1990, p. 87.
④ ［法］布尔迪厄、［美］华康德：《实践与反思——反思社会学导引》，李猛、李康译，中央编译出版社 1998 年版，第 157 页。
⑤ 国内有的学者，比如谭立德先生将这个词翻译为"幻觉"。

竞争，这种毋庸置疑的投资就是"幻象"。首先，幻象是一场游戏，一个场域的准入原则。要想进入一个场域，你必须交纳一定的入场费用，你必须有一定的玩这场游戏最起码的资本，不论这种资本是经济资本、文化资本或者政治资本。其次，幻象是保障一场游戏、一个场域进行下去的基本信仰。也就是说，"幻象即对游戏利益和赌注价值的基本信仰，这种信仰是这种从属性固有的"①。或者说，"幻觉，就是被卷入游戏，被游戏攫住的行为，就是相信并不是得不偿失，或简单地来说明事情，就是值得去游戏"②。你尽可以去怀疑游戏的规则，但是却不能对游戏本身提出质疑，这是因为，"幻象是讨论的毋庸置辩的条件。意欲讨论论据，就应该相信这些论据值得讨论并且无论如何都相信讨论的价值。幻象并非属于人们提出和捍卫的明确原则、论点的范畴，而是属于行动、陈规、人们做的事情的范畴，人们之所以做这些事情，是因为事情人该做，而且人们总是这么做。所有投身于场中的人，支持正统的人或支持异端的人，他们的共同点在于心照不宣地赞成相同的定见，这种定见使得他们的竞争成为可能并规定竞争的界限"③。最后，幻象是一场游戏，一个场域斗争的焦点。不同的场域有着自身不同的利益与幻象，这些利益与幻象不仅是场域得以存在与延续的条件，也是场域中不同行动者醉心争夺的目标。比如布尔迪厄所举的宗教场域中，神职人员为获取象征地位的权杖的争夺，连这样一个看似超功利的场域，也有着自身值得角逐的幻象。

---

① ［法］布尔迪厄：《帕斯卡尔式的沉思》，刘晖译，上海三联书店2009年版，第3页。
② ［法］布尔迪厄：《实践理性——关于行为理论》，谭立德译，上海三联书店2007年版，第128页。
③ ［法］布尔迪厄：《帕斯卡尔式的沉思》，刘晖译，上海三联书店2009年版，第114页。

布尔迪厄在分析文学场的过程中，也大量运用到了幻象这一概念，并将文学幻象与艺术品拜物教放在一起进行了分析。简单来讲，所有的幻象（当然包括文学幻象）正如宗教中神甫的信仰，对身在其中的人来讲，相信与尊崇是毫无置疑的，是不讲条件的，是醉心于其中并坚信能够有所回报的。但是，正像韦伯对宗教信仰社会历史的还原性分析一样，布尔迪厄对文学幻象也希望进行一个历史性的还原，他提请我们不能过于沉醉，而要努力认清自己迷醉于其中的那个所谓的集体信仰产生的社会历史根据，如此，我们才能够带着清醒去享受文学的乐趣，而不至于执迷不返。

上面我们探讨了与布尔迪厄艺术场域紧密相连的几个概念，这对于下文将要进行的关于布尔迪厄艺术场生成的描述至关重要。实际上，布尔迪厄艺术场所涉及之概念工具远不止这些，比如实践、信念、合法性（ligitimacy）、共谋、误识等，都与艺术场域有着重要的联系。在这些众多的概念工具当中，布尔迪厄运用最多的应当是场域、资本与习性概念了，并且还在《区隔》当中给出了一个描述他们之间关系的公式：[（习性）（资本）] + 场域 = 实践。[①] 这个工具提醒我们，在分析认识与分析实践活动时，不仅要看到带有一定资本的行动者的心智习性，同时也要看到场域的社会历史与结构，只有它们之间的本体论契合才能够构成一种所谓的实践感，布尔迪厄在分析艺术实践活动时就严格坚持了这个工具所体现的内容。他有一段关于艺术品的话，深刻地体现了这一点："实际上，对艺术品和审美经验所做的非历史分析在现实中所把握到的是某种机制，这种机制喜欢存在于双重状态之中：既存在于物之中，又存在于精神之中。在物

[①] Pierre Bourdieu, *Distinction, A Social Critique of the Judgement of Taste*, Cambridge Mass: Harvard University Press, 1984, p. 101.

中，它以一个艺术场域的形式存在，亦即一个相对自主的社会世界，它是一个缓慢形成过程的产物。在精神中，它以一些意向（disposition）的形式存在着，而这些意向则是由创造场域的同一过程所创造的，它们直接顺应于这一场域。当物和精神（或意识）趋于一致时，既是说，当眼光就是与之相关的场域的产物时，那么，由于提供了所有产品，对于这一眼光来说，场域就直接构成了意义和价值。"①

在分析了布尔迪厄上述核心概念以及它们之间的关系之后，接下来我们将谈谈布尔迪厄文艺研究的主要方法。

第二节　布尔迪厄文艺研究的主要方法

布尔迪厄的文艺研究方法是与其社会学一般研究方法紧密相连的。在社会学领域，布尔迪厄毕生都在追求克服要么结构要么能动者、要么系统要么行动者、要么集合体要么个人之间的两难选择，他努力抛弃方法论上的个人主义，同时又拒斥方法论上的整体主义。总结起来，他主要想要克服的就是主观主义与客观主义之间的对立，也就是萨特与斯特劳斯的对立、理论主义与现象学、存在主义与结构主义等系列对立的根源。这些努力主要体现在他关系性、生成性以及反思性方法论上。

一　关系性思维

布尔迪厄研究专家戴维·斯沃茨认为："关系性思维是布尔迪厄

---

① ［法］布尔迪厄：《纯美学的历史起源》，周宪主编《激进的美学锋芒》，中国人民大学出版社2003年版，第48页。

的作为科学的社会学观念的核心。"① 布尔迪厄不间断地批判"实体主义"（substantialism），认为它是发展社会世界真正科学知识的主要障碍。实事求是地讲，关系性思维并不是布尔迪厄的原创，它甚至有着自身相对完善的变化、积累过程，比如，俄国形式主义者泰恩雅诺夫、法国社会学家勒温、社会学家埃利亚斯，以及萨丕尔（Sapir）、皮亚杰、列维-斯特劳斯、雅各布森、布罗代尔（Braudel）等都是关系性思维的倡导者，卡西尔在《实体与功能》中认为近代科学的标志就是关系的思维方式。② 布尔迪厄的忠实研究者华康德先生甚至认为这一关系性思维的传统最早可以追溯到涂尔干和马克思。马克思在《1857—1858年经济学手稿》中关于社会并不是由个人组成的，个人是各种联结和社会关系的总和的论述，被他认为是最为简明与清晰地表达了关系性思维的论断。③ 通过布尔迪厄自身对该问题的描述我们可以看出，他所运用的关系性思维主要来自结构主义以及卡西尔的影响。在前文介绍布尔迪厄的思想来源时，我们已经明确指出了布尔迪厄是作为一个结构主义者进入学术圈的，尽管后来他通过自己的研究发现了结构主义的不足，并最终与结构主义决裂，但是对结构主义的关系性思维方法却一直赞不绝口："在一个时期内围绕结构主义所做的哲学评论，忽视并遮蔽了可能是结构主义之主要创新的东西：将结构方法，说得更简单些，是将关系思维方式引入社会科学。该思维方式与实体论思维方式决裂，导致任何一种成分的特征将通过把该成分同其他成分结合为系统的各种

---

① David Swartz, *Culture and Power: The Sociology of Pierre Bourdieu*, Chicago: The University of Chicago Press, 1997, p.61.
② ［法］布尔迪厄、［美］华康德：《实践与反思——反思社会学导引》，李猛、李康译，中央编译出版社1998年版，第133页。
③ 同上书，第16页。

关系来显示，是这类关系给出了该成分的意义和功能。困难而又不多见的事情，并不是拥有称'个人见解'的东西，而是能多少有助于产生和使人接受某些非个人的思维方式，这些思维方式能使各种各样的人产生一些以前难以想象的思想。关系（或结构）思维方式在数学和物理学领域得以立足是艰难和费时的，它在社会科学领域的应用也遇到了种种特殊的障碍。如果人们对此有所了解，就不难估量把该思维方式的应用范围扩大到语言、神话、宗教、艺术这类'自然'象征系统是何等的成就。"① 他认为关系性思维首先发轫于自然科学领域，结构主义者们将其引入人文社会科学领域是一大建树。同时，布尔迪厄在关系性思维的运用上也深受卡西尔的影响，在《实践的逻辑》《区隔》《艺术的法则》包括《文化生产场》等著作中，他都主动介绍并承认卡西尔在《实体与功能》一书中通过关系性思维与实体性思维的决裂对他的巨大影响。被卡西尔称为实体论的思维模式的倾向，以赋予不同的社会现实以特权为目的，这些现实仅仅因为他们自身，并只为它们自身考虑，因此损害了通常看不见的、将它们联系起来的客观关系。② 实体主义思维赋予"实体"或"日常现实经验"以高于关系的特权，因为他将行动者的年龄、性别、职业等视作是独立于它们"活动"于其中的关系的力量。③ 布尔迪厄认为这种实体性的思维方式实际上是对研究对象简单化的处理，或者说并没有建构起来真正的社会科学的研究对象。

---

① ［法］布尔迪厄：《实践感》，蒋梓骅译，译林出版社2006年版，第5页。
② Pierre Bourdieu, *The Rules of Art: Genesis and Structure of the Literary Field*, Stanford: Stanford University Press, 1996, p. 181.
③ Pierre Bourdieu, *Distinction, A Social Critique of the Judgement of Taste*, Cambridge Mass: Harvard University Press, 1984, p. 22. 更多关于"实体思维"的论述也可以参见同书第21—23页中的论述。

布尔迪厄运用关系性思维的特别之处在于：首先，他认为对研究对象进行关系性思维观照，是建构科学研究对象的首要步骤。以往实体思维的弊端在于将现实的、日常体验的东西当作理所当然的东西拿来直接进行研究，这就忽略了这些"实体"所处的各种复杂的社会空间关系，忽略了必要的科学对象的建构步骤。他的场域观念在某种意义上就体现了抵制"实体"的思维，从而构建科学对象的方式："场域观念乃是一种概念手段，浓缩地表现了构建对象的方式，这种构建方式可以用来指导研究中所有的实践选择，或确定它们的方向。它的作用可以被看作一种唤起记忆的记号：它告诉我，我必须在研究的每一个阶段都确信，我所构建的对象并未陷入赋予它最独特性质的关系网络而不能从中凸显出来。场域的观念提醒我们，只要一涉及方法，第一条必须考虑的准则就是要求我们利用一切可以利用的手段，想方设法抗拒我们骨子里那种用实体主义的方式来考虑社会世界的基本倾向。"[①] 要想通过关系性思维建构社会科学真正的研究对象，在布尔迪厄看来这是一种相当困难与复杂的过程。因为在大多数时候，我们只能从个人或具体制度之间各种性质的分布来把握社会空间，因此可获得的资料都是与个人和机构联系在一起的，也就是说，我们所面临的初始材料几乎都是以一种"实体"的方式呈现的，并不是一开始就显露无遗地凸显了它们之间的关系。布尔迪厄认为要克服此种困难，需要对行动者群体进行一种跨表格比较（cross-tabular comparison），也就是说要有一组行动者或制度机构的相关性质的列联表（比如，在分析19世纪法国文学场时，布尔迪厄就有一个详细的列联表，表征了当时社会空间下的文

---

① ［法］布尔迪厄、［美］华康德：《实践与反思——反思社会学导引》，李猛、李康译，中央编译出版社1998年版，第351页。

学场内外各个行动者、团体之间的复杂关系）。① 除此之外，他还要求建立一个模型，这个模型并不需要用数学或抽象的形式来证明它的严格性，但是必须通过这个模型将相关的材料联系起来，使这些材料能够作为一种自我推进的研究方案发挥作用，这也就是一个关系系统。其次，布尔迪厄还将关系性思维广泛地运用到了对文化、艺术、阶层的分析甚至于生活方式当中，以实际行动拓宽了关系性思维的运用领域。尤其是在分析艺术活动的过程当中，布尔迪厄更是将关系性思维发挥得淋漓尽致。他在《文化生产场》的开篇就讲："没有什么领域可以比得上关系思维在文学与艺术生产领域的启发功能了。"② 他将关系性思维贯串于整个文化生产场的分析过程，尤其是在对艺术场的历史生成与结构进行分析时，更是处处体现了关系性的思维方式：艺术场内部不同行动者位置之间的关系，艺术场与权力场及其他场域之间的关系，艺术价值是如何产生的，艺术家是如何被命名的等等。实际上，正如布尔迪厄所表达的那样，运用场域的概念进行思维也就是运用关系进行思维。所以，在他看来，艺术场域中的各个要素都不是孤立存在的，必须将其放在一定的位置关系上来看待。比如，他在探讨艺术品价值的生成时，就列出了一个长长的关联列表："作品科学不仅应考虑作品在物质方面的直接生产者（艺术家、作家），还要考虑一整套因素和制度，后者通过生产对一般意义上的艺术品价值和艺术品彼此之间差别价值的信仰，参加艺术品的生产，这个整体包括批判家、艺术史学家、出版商、画

---

① Pierre Bourdieu, *The Rules of Art: Genesis and Structure of the Literary Field* (Stanford: Stanford University Press, 1996, pp. 122 – 124) 中的关于 19 世纪法国文学场的细节表格，实际上就是布尔迪厄关于文学场的一种列联表。此外，在《区隔》当中也有很多类似的表达，都表达了布尔迪厄对关系性思维的贯彻与坚持。

② Pierre Bourdieu, *The Field of Cultural Production: Essays on Art and Literature*, New York: Columbia University Press, 1993, p. 29.

廊经理、商人、博物馆馆长、赞助家、收藏家、至尊地位的认可机构、学院、沙龙、评判委员会等等。此外,还要考虑所有主管艺术的政治和行政机构(各种不同的部门,随时代而变化,如国家博物馆管理处、美术管理处等等),它们能对艺术市场发生影响,或通过不管有无经济利益(收购、补助金、奖金、助学金等)的至尊至圣地位的裁决,或通过调节措施(在纳税方面给赞助人或收藏家好处)。还不能忘记一些机构的成员,他们促进生产者(美术学校等)生产和消费生产,通过负责消费者艺术趣味启蒙教育的教授和父母,帮助他们辨认艺术品、也就是艺术品的价值。"[1] 也正是在这种关系性思维的指导下,布尔迪厄的艺术场域才具有了与经验主义的被动性决裂的同时,又不堕入宏大理论空洞话语的理论建构性;才具有了那种超越艺术内部研究与外部研究的潜质。

但是我们也必须看到布尔迪厄的关系性方法具有一定的问题与弊端:首先,他所强调的关系基本上属于斗争或者竞争关系,在一定程度上忽略了合作与对话(哈贝马斯看起来是在他相反的维度上取得了一定的成就),尤其是他以成对划分(比如高雅/低俗)的方式来探讨支配与被支配的斗争关系也稍显简单化;[2] 其次,他所倡导的场域关系性列表过于烦冗与庞杂,在实际研究过程中操作性不强。

二 生成性思维

华康德在为《实践与反思》一书所作的前言中写道:"一种真正

---

[1] [法]布尔迪厄:《艺术的法则》,刘晖译,中央编译出版社2001年版,第276—277页。
[2] David Swartz, *Culture and Power*: *The Sociology of Pierre Bourdieu*, Chicago: The University of Chicago Press, 1997, p. 63.

新颖的思维方式,即生成性的思维方式,其标志之一就是它不仅能超越最初被公之于世受各种因素限定的学术情境和经验领域,从而产生颇有创见的命题,而且还在于它能反思自身,甚至能跳出自身来反思自身。"① 他认为布尔迪厄与时代共享了一种思维方式,也就是生成性思维,也正是这种思维方式使布尔迪厄的研究具有了持久不断的批判能力和永葆常新的反思能力。

实事求是地讲,布尔迪厄的生成性(genarative)思维也并不是他个人的原创,这也是为什么我们说"他与时代共享了这一思维方式",但布尔迪厄将这一思维广泛地推广到了社会科学的各个领域,并与其结构主义的出身相结合发展出了一种"生成结构主义":"实际上,我们所需要的,是一种几乎前无古人的结构性历史学,它能在所考察的结构的相继而起的各个阶段之中,确定以往维持或转变这种结构的斗争的结果,并且找到此后出现的转型原则,这些原则通过构成这一结构的力量之间的各种矛盾、张力和关联体现出来。"② 这种生成结构主义在某种程度上克服了现代哲学生成性思维所造成的那种无休止的解构,从而给生成的非确定性加上了确定性维度,避免了历史相对主义,使现代哲学的生成性思维更具辩证性了。

布尔迪厄通过强调历史性与关系性来将生成性思维作为反抗以往"本质主义"强有力的工具。关于他所强调的关系性我们在上文已经介绍过,现在我们主要来分析一下布尔迪厄生成性思维的历史维度,而且就实际情况来看,布尔迪厄也更多地在历史维度上运用生成性思维。布尔迪厄批评以往的本质主义者总是倾向于将特殊的

---

① [法]布尔迪厄、[美]华康德:《实践与反思——反思社会学导引》,李猛、李康译,中央编译出版社1998年版,前言二,第11页。
② 同上书,第127页。

经验普遍化为一般性的规则,而其实"这种经验本身就是一种制度,它是历史创造的产物,它的存在理由只能通过恰当的历史分析来重新评价"①。以往的"哲学家对本质的分析只记录了本质的实际分析结果,历史本身通过自主化过程就客观地对本质做了实际分析"②。他认为,将社会学和历史学分开是一种灾难性的分工,所有的社会学都应当是历史的,而任何历史学也应当是社会学的。他的场域概念的一个重要作用之一"就是想消除再生产和转型、静力和动力学或者结构和历史之间的对立"③。他通过对法国文学场和马奈时代的艺术场的经验性考察得出结论:"如果我们不对场域的结构进行共时性的分析,就不能把握该场域的动力机制;同时,如果我们不对结构的构成、不对结构中各种位置间的张力、以及这个场域和其他场域,尤其是权力场域间的张力进行一种历史分析,也就是生成性分析,我们也不能把握这种结构。"④ 他还进一步指出:"从历史的角度来看,历史化曾经是所有启蒙斗争的最有效武器之一,以反对蒙昧主义和专制主义,或更普遍地,反对一个特定社会空间的历史的、因而是偶然的和随意的原则的绝对化或自然化的所有形式。"⑤ 而且,他所认为的历史性是一种双重的历史化:"行动的原因因而不是在一种纯粹的认识关系中直面世界如同直面一个客体的一个主体,更不是对行动者施加一种形式的机械因果关系的一个'环境';它不处于

---

① [法]布尔迪厄:《纯美学的历史起源》,周宪主编《激进的美学锋芒》,中国人民大学出版社2003年版,第47页。
② 同上书,第53页。
③ [法]布尔迪厄、[美]华康德:《实践与反思——反思社会学导引》,李猛、李康译,中央编译出版社1998年版,第126页。
④ 同上书,第126—127页。
⑤ [法]布尔迪厄:《帕斯卡尔式的沉思》,刘晖译,生活·读书·新知三联书店2009年版,第103页。

物质的或象征的行动目的中,也不处于场的限制中。它存在于两种社会状态之间,躯体化的历史与物化的历史之间,或更确切地说,以(社会空间或场的)结构和机制的形式表现在事物中的历史与以习性的形式体现在身体中的历史之间的同谋关系中,这种同谋关系建立了这两种历史实现之间的一种几近神奇的呼应关系。"① 这也就是所谓的个体发生学与系统发生学的共同关注、心智图式与社会图式之间的历史性"本体论契合"。

布尔迪厄将这样的历史生成性思维广泛运用到了文化领域尤其是对于文学艺术的分析上。在进行文学艺术的历史生成性分析之前,他不仅极力反对那种完全不顾历史性的做法,同时也批判了"解构主义"的生成历史观,他认为:"'解构主义者'只能依据否定模式来运作的艺术制度社会学从来不会得出自己合乎逻辑的结论:它那暗含的对制度的批判是不成熟的,尽管这足以引起一种伪革命的欣快战栗。而且这一批判通过宣称与旨在揭露非历史和本体论为基础的本质之企图的彻底决裂,很有可能阻碍对美学倾向和艺术品之基础的探索,因为艺术品实际上就定位于艺术制度的历史之中。"② 这也就是说,以往的解构主义所强调的历史性是一种相对主义的历史性,他们为了批判的快感连着结构与制度本身都一同否定掉了,从而致使艺术品失去了自身存在的家园,将一切都导向了虚无。布尔迪厄所追求的生成结构主义考虑到了这些,并努力避免对文化艺术品分析的过程陷入历史相对论的危险:"历史科学考虑到这个事实并且努力揭示文化作品的生产和接受的个人或集体的历史或社会可能

---

① [法]布尔迪厄:《帕斯卡尔式的沉思》,刘晖译,生活·读书·新知三联书店 2009 年版,第 177 页。
② [法]布尔迪厄:《纯美学的历史起源》,周宪主编《激进的美学锋芒》,中国人民大学出版社 2003 年版,第 46—47 页。

性条件,连同这些条件的相应局限性,但丝毫没有妄图通过将这些产品还原为偶然或荒谬来贬低它们;恰恰相反,历史科学试图揭示文化生产场遭受的经济和社会限制在科学方面不利的作用,增加和强化使文化产品摆脱这些作用的手段。历史科学将它自身制造的认识工具反过来用于自身,尤其用于它制造工具的社会空间,它具备这样的手段,能够少部分地避开它赋予认识的经济和社会决定论的作用,并消除它施加的并首先施加在自己身上的历史主义相对化的威胁。"① 在涉及文学艺术领域时,布尔迪厄认为以往的本质主义艺术分析者所犯下的共同错误如同他们在社会学其他领域犯下的错误一样,在于"要么心照不宣、要么明目张胆地把艺术品的主观经验看作客体,却不考虑这种经验和它运用其上的课题的历史性,而艺术品的主观经验就是作者的经验,也就是某个社会的一个文明人的经验。这就是说,这些分析不知不觉地将个别情况加以普遍化,并由此将艺术品定位的个人经验转换为一切艺术人士的超历史标准"。② 这种分析所导致的结果就是:"它们最终拒绝分析被看作值得进行美学评价的作品之所以如此产生和形成的条件;它们无视自己引起的美学配置得以产生(系统发生)及随着时间流逝不断再生(个体发生)的条件问题。"③ 鉴于此,布尔迪厄要求对文学艺术的分析进行一种"双重历史化",也就是说,不仅要首先注意到艺术场域本身结构的历史性发展与生成,同时也要兼顾到在艺术场域中的行动者们的习性的历史性发生,并努力观照它们之间的"本体论契合",从而形成对作品的科学性分析。通过这样的历史生成性分析,我们不仅

---

① [法] 布尔迪厄:《帕斯卡尔式的沉思》,刘晖译,生活·读书·新知三联书店2009年版,第138—139页。
② [法] 布尔迪厄:《艺术的法则》,刘晖译,中央编译出版社2001年版,第344页。
③ 同上。

可以看出历史性在身体（行动者习性）上的作用与积淀，从而祛魅那种"创造者"的卡里斯玛意识；又可以看出历史性在外部世界（艺术场域）上的持留与体现，从而祛魅那些所谓的无功利性、无偿性的先验经验；与此同时，还可以看出个体心智结构与外部物化世界之间的那种通过生成性、历史性而达成的无意识契合。所以，布尔迪厄不论是在分析19世纪法国文学领域时，还是在分析绘画领域时，都首先对它们的自律过程进行了历史性的分析，同时也对自律带来的新的制度以及在场域当中的行动者们的资本、位置以及习性进行了历史性的分析。

三 反思性思维

关于布尔迪厄的反思性（reflexivity，又译为反观性、自反性等），华康德曾说过这样的话："如果存在着一个使布迪厄能够在当代社会理论的图景中出类拔萃的单一特征的话，那就是他引人注目的对反思性的迷恋。"[①] 从早期的阿尔及利亚田野研究到卡尔拜人风俗习惯的研究，再到《学术人》中对学术圈子自身的研究，布尔迪厄逐步完成了他的反思性社会学。他一直坚持将运用到研究对象的科学工具转而针对自身，自始至终强调需要对社会学家和塑造社会学家的世界回过头来予以反思，并努力对每一项社会科学的知识获取的社会条件都予以批判性的反观，这也就是他所努力建构的"社会学的社会学"（sociology of sociology）。他坚信"社会学的社会学是社会认识论的一个根本性的向度。它远非社会学众多专业性的分支

---

① ［法］布尔迪厄、［美］华康德：《实践与反思——反思社会学导引》，李猛、李康译，中央编译出版社1998年版，第38页。

之一，而是任何严格的社会学研究必不可少的先决条件"。在他看来："社会科学中出现错误的一个主要根源就在于，它与它的研究对象之间有着不加控制的关系，而社会科学还往往将这种关系投射到对象身上。"① 所以，他认为在社会科学认识论上"应该历史化进行历史化的主体，客观化进行客观化的主体"②。

不过，实事求是地讲，布尔迪厄并不是第一个，也并不是唯一一个倡导反思性观念的理论家。这里也可以列出一个长长的名单：布卢尔、伯杰、泰勒、古尔德纳、马尔库斯，包括奥尼尔、吉登斯等都是反思性的倡导者。但布尔迪厄与他们的不同之处在华康德看来至少体现在以下三个方面："首先表现在他的反思社会学的基本对象不是个别分析学者，而是根植于分析工具和分析操作中的社会无意识和学术的无意识；其次，他的反思社会学必须成为一项集体事业，而非压在孤身一人的学究肩上的重负；而在第三个方面，他的反思社会学不是力图破坏社会学的认识论保障，而是去巩固它。"③这也就是说，他与以往反思性的不同之处首先在于他避免了那种自我陶醉式的自恋型自我分析，其次他并不像其他反思性倡导者那样只把反思性当作一种无限解构的工具，恰恰相反，而是通过反思努力维护与巩固社会科学的客观性。那么，以往社会科学认识论中究竟存在哪些偏见呢？他究竟是通过哪些步骤来完成他独特的反思性的呢？

正如上文提到的，布尔迪厄认为以往的社会科学认识论中缺少

---

① ［法］布尔迪厄、［美］华康德：《实践与反思——反思社会学导引》，李猛、李康译，中央编译出版社1998年版，第100页。
② ［法］布尔迪厄：《科学之科学与反观性》，陈圣生等译，广西师范大学出版社2006年版，第45页。
③ ［法］布尔迪厄、［美］华康德：《实践与反思——反思社会学导引》，李猛、李康译，中央编译出版社1998年版，第39页。

了对研究者与研究对象之间关系的控制,以至于研究者的立场不自觉地投射到研究对象中,这些不加控制的投射就导致了一定的社会科学认识论的偏见。反思性社会学的任务就是要发现这些偏见并努力控制它们,从而使社会科学的研究更加客观化。布尔迪厄认为这些偏见主要表现在以下几个方面首先,需要清晰地认识与控制研究者的社会出身以及社会标志(阶层、性别、种族)投射给研究对象的价值、倾向与态度。布尔迪厄认为研究者们在进行社会科学研究的过程当中,难免会将个人的社会背景作为研究的基础投射给研究对象。比如说,一个出身低微、占有少量资本的学者与一个出身显赫、占有较多资本的学者对待切合自身程度不同的问题必然会导致一种无意识的不同态度,而这种无意识的投射在布尔迪厄看来是必须进行反思与控制的,不然很难保障科学研究的客观性。布尔迪厄认为如果研究者能够辨认那些渗透到自己的研究概念、研究方法的个人倾向或利益,那么他将在客观性方面获得更大的成功。

其实,事关研究者的社会背景对于研究客观性的影响是较为明显的,也是被最广泛承认的扭曲社会科学客观性的偏见,但是接下来的偏见则是较难被人们认识与考虑的。第二条偏见与研究者的场域位置具有密切的关系,布尔迪厄认为,研究者的社会背景对于社会科学客观性的影响在绝大部分情况下并不是直接的,而是需要通过文化生产场尤其是学术场的调节,这就意味着要"把场域分析的视角运用于社会科学的实践自身"①。布尔迪厄认为,以往的社会科学研究者总是固执地相信自己的研究就是一种客观、中立、普遍性与绝对化的化身,因而往往把自己"看作不受(社会因素)限定的、

---

① David Swartz, *Culture and Power: The Sociology of Pierre Bourdieu*, Chicago: The University of Chicago Press, 1997, p. 272.

'自由漂移的'（free-floating）、并且被赋予某种符号尊严的人物"①。而这些"信念"恰恰遮蔽了他们作为文化生产场中一员的那种为争夺符号权力合法性的集体无意识策略行为。对于布尔迪厄来说，反思性就意味着要结合他们在文化生产场中或者学术场中的位置特征，揭示这种集体无意识和社会无意识行为，以及这种无意识行为带来的偏见。"这就不仅仅是说，在每个具有相对自主性的文化生产内部，文化生产者所生产的符号商品例如学术著作、文学作品，都可以从生产者自身所拥有的资本的数量和构成以及所处的位置空间、他与占据不同场上位置的别的生产者之间的结构关系等方面加以考察，也就是分析生产者作为区隔策略的话语实践与生产者本身的资本、习性及其行动轨迹与场域的互动关系；进而言之，还必须针对文化生产场域权力场以及整个社会之间的结构关系来揭示知识人和权力场的无意识的共谋性。"② 这实际上就是要求联系研究者所在的整个知识分子场域以及所有相关体制来反思研究者知识理想与"卡里马斯意识"背后所深藏的那种争夺学术符号合法性、学术承认的"实际利益"的驱动。反思性因此便不止是个人性的承担，而是一项集体性的事业了；"反思性也因此要求构建所有相互竞争的利益与斗争立场的（包括社会学家的）知识分子场域，以便降低社会学家把一种思想斗争立场投入研究对象中的可能性。"③ 实际上，布尔迪厄也把这种反思性运用到了对艺术场域的分析当中，他认为艺术场域当中那种新老艺术行动者们的不断更迭，根本上也是一种符号权力

---

① ［法］布尔迪厄、［美］华康德：《实践与反思——反思社会学导引》，李猛、李康译，中央编译出版社1998年版，第47页。
② 朱国华：《权力的文化逻辑》，上海三联书店2004年版，第145页。
③ ［法］布尔迪厄：《文化与权力——布尔迪厄的社会学》，陶东风译，上海译文出版社2006年版，第307页。

合法性的争夺，这在接下来的第三章中我们将会着重探讨。

布尔迪厄反思社会学的第三个维度是"布尔迪厄对反思性理解中最具原创性的部分"①。布尔迪厄认为反思性社会学的反思，不仅要从研究者外在的社会背景以及学术场域中的符号争夺入手，更要深入地反思学术研究者某些根深蒂固的偏见，这种偏见就是布尔迪厄所说的"唯智主义"（intellectualist）或"唯理论主义"（theoreticist）。它其实也可以称作"认识论中心主义"（epistemocentrism）或者"科学家群体的自我中心主义"（ethnocentrism of the scientist），指的就是研究者通过一种"抽身而出"从而外在于世界、高高在上的姿态观察与研究对象，总结出一套可以包打天下的理论规则，从而不加反思地到处运用这种理论去肢解和阐释社会世界的姿态。这种姿态与偏见被布尔迪厄指责为"学究谬误"（scholastic fallacy），这种学究谬误犯下的最大的错误就是忽略了理论逻辑与实践逻辑之间的种差，将实践的知识全部归拢于理论知识之下，希冀用理论知识的预设来"一揽子"规划与解决现实实践问题，从而造成了理论与实践之间无法弥合的鸿沟。当然，布尔迪厄提出这一偏见，并不是认为理论知识毫无价值，而是想要指出在研究的过程当中必须了解理论知识的局限，充分认识到在大部分情况下生产理论知识的条件并非产生实践的条件。

鉴于"唯智主义"者造成的学究谬误，布尔迪厄的反思性社会学呼吁一种"参与性对象化"（participant objectivation），也就是说，不仅要将客体、主体而且要将主体与客体之间的对象化关系都作为社会学的研究对象，颠覆以往的那种高高在上的"抽身而出"的做

---

① Pierre Bourdieu & Wacquant, L. D., *An Invitation to Reflexive Sociology*, Chicago: The University of Chicago Press, 1992, p. 39.

法，从而回归一种主体置身于世界当中，与实践充分相连的研究。然而，遗憾的是布尔迪厄并没有在理论上提供一种可操作性的"参与对象化"的方法，而且他本身也认为那"即使是不可能的，也是特别困难的"①，但即便如此，这种反思性的方法也给了我们一种理论上的警醒与启示。

对社会科学研究中存在的这三种偏见的批评，实际上构成了布尔迪厄反思社会学的步骤与概貌，布尔迪厄希冀通过反思性来弥合理论与实践之间的鸿沟，并保障科学研究的最大程度的客观化。但是，与此同时，布尔迪厄也将反思性运用到了自身的反思性社会学理论上来，认为反思性不可能完全达到的，它只能在一定程度上实现，因为"任何外在于斗争场域的'绝对'立场是不可能达到的"②。所以，反思性理论也同样不是一劳永逸和包打天下的，只是我们要在社会科学研究过程当中时刻提醒自己不要陷入上述的三种偏见之中，从而最大限度地实现客观性。

综上所述，布尔迪厄的这三种文艺研究方法，不仅关注到了社会结构的各种横向关联（关系性），而且涉及了社会历史的纵向脉络发展（生成性），更时刻保持着对研究者自身立场的反省（反思性），具有相当程度的科学性与深刻性。那么，布尔迪厄究竟是如何通过这些概念工具与研究方法对艺术场域进行研究的呢？这便是我们接下来要探讨的问题。

---

① Pierre Bourdieu & Wacquant, L. D., *An Invitation to Reflexive Sociology*, Chicago: The University of Chicago Press, 1992, p.68.
② ［法］戴维·斯沃茨：《文化与权力——布尔迪厄的社会学》，陶东风译，上海译文出版社2006年版，第311页。

第三章 布尔迪厄文艺思想的核心

——艺术场域

  布尔迪厄关于文学艺术的研究是从对博物馆以及摄影术的经验性考察开始的，早在20世纪60年代他就与他的合作伙伴出版了《艺术之恋》与《摄影术》。在这个时期，他的文艺研究仍然更多地服务于其人类学、社会学研究的需要，对博物馆与摄影术的分析也旨在为其人类学、社会学研究提供资料性佐证，但正是这些田野性的考察使布尔迪厄坚定了对文学艺术进行社会科学分析的信心，为其符号象征权力、文化资本提供了理论的基础，也为其艺术场域的提出埋下了伏笔。在经历《区隔》中对康德美学批判性考察以及其场域理论逐渐成熟的基础上，他萌生了分析艺术场域之社会起源的想法，并随后通过《艺术的法则——文学场的生成与结构》（1992）、《文化生产场——文学艺术论集》（1993）、《自由交流》（1994）等著作完成了对艺术场域的考察。尤其是《艺术的法则——文学场的生成与结构》一书，布尔迪厄以福楼拜的《情感教育》为对象切入，详细分析了19世纪以来法国文学艺术场的产生过程以及结构特征。书中旁征博引，对法国文学艺术史随手拈来，不仅分析了部分知名的法国作家、艺术家，而且还钩沉了众多二三流艺术家作为分析对象，充分展现了布尔迪厄深厚的艺术史知识积累以及超强的分析能力。

事实上，艺术场域社会起源及结构分析的完成，同时也是布尔迪厄文艺思想成熟的标志。要想全面认识布尔迪厄的文艺思想，必须深刻了解他的艺术场理论。在这一章中我们将分艺术场的历史形成、艺术场的结构特征以及艺术场的重要作用三个部分来分析布尔迪厄的文艺思想的核心：艺术场。

第一节 艺术场域的历史形成

布尔迪厄对艺术场的分析大致是按照以下的逻辑展开的：首先，承认艺术场域、艺术自律、艺术的纯凝视是存在的；但与此同时，这种存在是有其一定社会历史条件的，而不是由普遍认为的卡里斯玛意识所形成的；其次，在艺术场域形成、艺术自主化的过程当中，也同时出现了新的"制度化"，需要进行认识与分析，而且这个制度化过程的社会历史条件多与艺术场域形成的历史条件重合。因此，首先我们必须考察艺术场域的历史形成；其次认识伴随艺术自主化所形成的艺术场域的结构特征以及制度化特征；最后，分析艺术场域的重要功用。

布尔迪厄在《文化生产场——文学艺术论集》与《艺术的法则——文学场的生成与结构》两部著作当中以法国19世纪绘画与文学为例，详细论述了艺术场的形成过程。布尔迪厄认为，文学和其他艺术形式尤其是绘画具有一定的相似性与同源性，艺术场与文学场都隶属于较高层次的文化生产场，尽管在涉及绘画等领域时他更多用的是艺术场概念，而涉及文学问题时他更多用的是文学场概念，但从"艺术的法则：文学场的生成与结构"（着重号为引者加）这样的题目也可以看出布尔迪厄对文学与其他艺术形式同源性与相似性的肯定，加之国内一般也将文学列入艺术的一种重要形式，所以我们在行文过程中也不再做详尽的区分，不论绘画、文学或者其他艺术形式都统一纳入艺术场这个核心概念中来。在布尔迪厄看来，不论是绘画艺术或者是文学创作自主性的形成都具有一定的自身发展规律以及社会历史背景，分析与认识这些社会历史背景，不仅是了解纯凝视、纯美学、艺术场域的前提，更是对它们进行进一步批判性考察的必要条件。这首先是因为不论从种系发生学角度或者从个体发生学角度来看，纯凝视的诞生都是和具体条件相连的，因此我们必须首先分析它们是如何诞生的①。其次是因为艺术场域在自主化的过程中也在逐渐制度化②，因此我们又必须考察它的历史化结果。下面我们对之逐一论述。

一 艺术场域形成的内部动因

在绘画领域，布尔迪厄以马奈（Edouard Manet）为例论述了艺术场自主性的形成过程以及纯凝视（Pure gaze）的诞生，在文学领域布尔迪厄则主要以波德莱尔、福楼拜为例论述了法国文学场的历史生成。就布尔迪厄在上述两本著作中的论述来看，他认为绘画领域的艺术革命与文学领域的革命几乎是同时发生的，因此，我们在认识艺术场域的历史形成过程时有必要将这两个领域都纳入分析的

---

① ［法］布尔迪厄：《纯美学的历史起源》，周宪主编《激进的美学锋芒》，中国人民大学出版社2003年版，第48页。
② 同上书，第49页。

范围。

(一) 绘画领域之自主革新

就上文我们对场域概念的分析可以看出,任何场域出现的首要的也是最关键的因素就是"自主性"的获得,艺术场的形成自不例外。现代绘画运动在法国大致发生于19世纪七八十年代,布尔迪厄认为这场符号性革命的第一阶段就是由马奈完成的,紧随其后的才是大家所熟知的印象派。① 马奈出生于1832年,他开始学习绘画的时期,法国绘画正处于新古典主义、浪漫主义、写实主义并行交杂的年代,这也许正是马奈绘画中呈现出多元元素并存的原因所在。在这几个流派当中,兴起于18世纪晚期法国大革命之后的新古典主义得到了官方的极大认可,从而建立了学院派的规范。这种流派是由大卫与安格尔等人共同完成的,它们往往具有强烈的伦理含义,要求绘画必须与社会的现实以及观念的变迁联系在一起,甚至于试图将古罗马的宏大意味以及英雄主题融入绘画当中去。② 就布尔迪厄的总结来看,学院派艺术以及由此形成的学院凝视 (academic gaze) 的基本美学原则主要表现在两点上:绘画技巧、技法之熟练与作品内容、主题的可读性。③ 1. 技法之熟练。学院派中有着相对严格的师徒制度,老师对学生有着一种绝对的权威,而这种权威的确立又有严格的教育制度作为保障。任何一个从事绘画学习的新手都必须

---

① Pierre Bourdieu, *The Field of Cultural Production: Essays on Art and Literature*, New York: Columbia University Press, 1993, p. 238.
② 大卫 (Jacques-Louis David, 1748—1825),法国著名的学院派画家,新古典主义的开创者,他的代表作有《马拉之死》《贺拉斯兄弟的宣誓》等。安格尔 (Ingres),法国著名学院派画家,新古典主义的中坚,代表作有《瓦尔宾松的浴女》《荷马至圣》《泉》等。
③ Pierre Bourdieu, *The Field of Cultural Production: Essays on Art and Literature*, New York: Columbia University Press, 1993, pp. 239–249.

接受学院派严格的技法训练，尤其要求临摹老师的画作。画家基本上没有什么创新可言，只要认真描摹抄袭前辈的绘画，迎合学院制度的技巧即可。因此，在学院派的绘画统治下，尽管绘画家们个个都有着高超的绘画技巧，却是不断地在重复着相同的东西，他们似乎只有绘画生涯，并没有自我的创作生涯。2. 主题的可读性（readability）。所谓主题、内容的可读性也就是说，绘画的内容主题必须描述一定的事件、传达一定的信息，而且尤其要求传达出一定的道德伦理说教的信息。绘画的内容必须健康、向上，甚至这种信息还必须力求表达皇室的道德光辉，表达政府的伟大。① 用布尔迪厄自己的话来讲："这种'可读性'绘画的目的与其说是为了'看'，不如说是为了可读，可阐释。"② 正是这种可读性要求绘画者有着基本的绘画知识以便于从事绘画鉴赏的"解码"活动，所以学院派也力图培养艺术家的博学多识，以便为艺术主题与内容的可读性服务。简单来讲，这种美学原则与要求与中国传统之"文以载道"的要求是如出一辙的。另外，就学院派来讲："技巧是服膺于主题表达意图的，也就是说服膺于通常我们所讲的功用的。"③ 就上述的分析我们可以看出，学院派绘画，实际上就是指那种通过师生相传，严格培训，描摹临袭而形成的绘画风格。也正因此，这种绘画风格往往相对比较传统与保守。学院制度占有着对于画家们艺术作品水平高低的评判权，而且拥有他们是否能够获得官方承认、获取出展机会的决定权，尤其重要的是，他们还掌握着代表了当时最重要的绘画奖项罗马大奖的授予权。正是因为这些特权，导致

---

① Pierre Bourdieu, *The Field of Cultural Production: Essays on Art and Literature*, New York: Columbia University Press, 1993, p. 243.
② Ibid., p. 245.
③ Ibid..

了学院派自身无限的膨胀，常常毫无理由地拒斥其他绘画风格，稍微与之相左的都将被放逐边缘。同时也正是因为这些特权，导致那些刚刚踏入绘画领域的画家们对于学院制度异常的恭顺，不敢越雷池半步，从而致使他们的画作千篇一律，平平庸庸，只会不断重复着师辈们的技巧与主题。那么学院派究竟为何会具有如此之大的特权呢？答案是明显的，因为它是一种国家认可的艺术，是国家（state）给予它了不同于其他画派的巨大特权。如此看来，画家们苦苦追求所谓的罗马大奖、沙龙展出只不过是为了得到官方的认可与承认而已，也唯其如此，他们才能获得象征性的符号权力，获得"艺术家"的命名与称号，获得与控制政治权力的人物们合谋的特权。[①] 也就是说，他们的绘画水平在更多情况下并不是通过自身的绘画能力所体现出来的，而是通过对官方、对学院艺术的认可与附庸的程度完成的。国家与学院艺术大师们共同完成，或者说国家通过学院艺术大师们表达自身的艺术符号暴力，他们划定艺术的规则，制定艺术的定义，确认谁是艺术家或者谁不是艺术家等等。对艺术如此严格的控制所造成的严重不自由的氛围，为很多有着创新意识、特立独行的画家们所反感，马奈便是其中最具反抗精神的那一位，他率先通过自己的绘画举起了反对学院派画风的大纛。

众所周知，19世纪法国的画家如果想要得到绘画界初步的承认，必须努力赢得在官方沙龙上展出自己画作的机会。而1863年的沙龙展则是法国绘画史上比较特别的展出，因为那年浪漫主义绘画派大师德拉克罗瓦的去世使由学院派组成的评审团更加的苛刻与嚣张，

[①] Pierre Bourdieu, *The Field of Cultural Production: Essays on Art and Literature*, New York: Columbia University Press, 1993, pp. 243–244.

大约有四千多人落选。艺术家们再也无法忍受这种学院制度的钳制，举行了抗议活动，迫使拿破仑三世下令再举办一次"落选者沙龙"。马奈的著名的《草地上的午餐》正是原先被拒绝而又重新参展的，这幅画的横空出世对学院派构成了一种巨大的挑战，它也因此引来了众多褒贬不一的批评，马奈因此一夜成名。

　　从画面来看，马奈的这幅绘画与学院派的画有着很大的差异。画中的人物并不是神祇、英雄或者是历史性的事件表达，而是有着原型的现实人物。后来的研究者认为，画中左边的男子可能就是马奈的弟弟，右边的男子是马奈的朋友，而画中的裸体女子则是马奈最细化的一个模特。也正是这个端坐于衣着得体的绅士中间的裸体女子引起了学院派们的巨大不满，他们认为马奈的这幅画有伤风化，冒犯了公众的威严。然而，在马奈看来绘画不见得一定要包蕴特定的伦理道德指向，只描绘作者脑中之印象，达到一种表达，至于内蕴可以留为欣赏者思考。也就是说马奈看重的是"再现"本身，而非"被再现之事物"。这幅画不仅在主题选择上与以往学院派有着巨大的不同，而且在绘画技巧上也呈现了与学院派的巨大不同，学院派所要求的那种细腻的线条在这幅绘画中表现的并不是那么明显。相反，马奈的这幅画在色彩的运用上下足了功夫，并且大量运用了以往学院派限制运用的红、蓝、黄、黑等色彩。另外，马奈也放弃了以往学院派所追求的那种背景的典雅感，代之以生活化的景物；并且画中的透视之法也与传统迥异，采用了一种俯、仰、平多视角融合的方法。所有这些，都表达了马奈对于学院制度的反抗，这种反抗也为他招来了不少学院派的批评。就布尔迪厄的总结来看，这些批评主要集中在以下几个方面。1. 绘画技巧不完善。许多对马奈持批评意见的批评家们认为马奈对"绘画的基本规则就像孩童一样无知"①，认为他根本就不懂绘画，"只不过是拿着刷子胡制草图而已"②。他们认为马奈的画只不过是一些未完成的草图而已。2. 无甚意义可言。学院派画家们一般认为，一幅绘画必然要传达某种意义与信息，可以是伦理道德上的，也可以是社会事件的，更可以是精神上的。但马奈的画并没有帮助人们，或者说在绝大多数时候并不想要传达这种意义。批评者批评马奈想要表达什么，却往往不说出口，给人一种无奈的期待。③ 3. 缺乏道德精神。学院派最不能容忍马奈的也正是这一点，认为马奈的绘画缺乏道德精神，甚至于多少有些道德的低俗。连他曾经的老师库迪厄也通过对他的《喝苦艾酒的人》的批判批评他是"失去所有道德意识的人"④。而且，在《喝苦艾酒的人》这幅画当中，马奈还采用了最为学院派不屑的静物画法。

然而，马奈并不是孤独的，与其同时代的文学家波德莱尔、左拉、马拉美都是他忠实的欣赏者与支持者。波德莱尔认为马奈的反叛还不够彻底，没有完全地表现自我，他曾热情洋溢地赞扬马奈的画："将对当代现实的明确喜好——这已不失为一种好的征兆——同某种丰富、感性、大胆的想象力完美结合，如果缺乏这种想象力，可以说所有最出色的才能都将群龙无首。"⑤ 法国另外一位呼出"我控诉"强音的、具有强烈反叛精神的作家左拉，也是马奈的好友加支持者，马奈还画过一幅《左拉画像》赠予他以示友好。左拉无条件地喜欢与赞扬马奈的画："您需要画个裸女，就选择了奥林匹亚，第一个出现在您面前的女子；您需要一些明亮发光的点，就画了一

---

① Pierre Bourdieu, *The Field of Cultural Production: Essays on Art and Literature*, New York: Columbia University Press, 1993, p. 247.
② Ibid..
③ Ibid., p. 249.
④ Ibid., p. 248.
⑤ Cachin, F.:《马奈：画我所见》，朱燕译，上海译文出版社2006年版，第29页。

束花,您需要一些黑色的点,就在画面一角摆上了个黑人女人和一只猫。这一切说明了什么?您不太清楚,我也一样。但我知道,您成功地画出了一幅属于画家的画,甚至属于伟大画家的画,将光线与阴影、物与人的种种实质以一种特殊的语言,生动有力地演绎出来。"① 有趣的是,波德莱尔和左拉又同时是下文我们将要分析的文学场形成过程中的中坚力量。除了这些作家外,在绘画圈内,马奈还得到了诸如莫奈、塞尚等人的追捧与支持。

由"画我所见"的马奈领头,加之后来的莫奈、塞尚等印象派画家们的努力,绘画界最终形成了声势浩大的公开反对学院派保守画风的符号性革命。绘画不再是由学院制度统治下的单一重复了,呈现出了一种从"一神"到"多神"的转变;从"他律"到"自律"的转变;从"外在"到"内在"的转变;从看重"再现之物"到看重"再现"本身的转变……布尔迪厄也曾这样描述马奈等印象派画家所取得的成就:"马奈发起的象征革命破除了一个终审法庭的最高权威进行评价的可能,这个法庭自诩能够解决艺术方面的所有争端:中心立法者(长期以来由法兰西学士院代表)的一神教让位给不确定的诸神竞争。对法兰西学士院的质疑,使表面看来结束了的艺术生产历史恢复运转,这种艺术生产被封闭在限定的可能性空间里,而质疑开辟了可能性的无限空间。马奈摧毁了艺术专制主义固定而绝对的视角的社会基础。"② 然而这种种转变并不是轻易获取的,它不仅有着上述绘画界自身不断反省的原因,同时也有着外部社会历史条件的原因。因为文学界与绘画界的自主形成共同拥有着相同的外部历史条件,所以我们将在接下来的对文学场形成分析中

---

① Cachin, F.:《马奈:画我所见》,朱燕译,上海译文出版社2006年版,第53页。
② [法]布尔迪厄:《艺术的法则》,刘晖译,中央编译出版社2001年版,第163页。

来介绍这些条件。

(二) 文学领域之自主革新

相较于绘画领域自主性获得过程而言，布尔迪厄对于19世纪法国文学自主以及文学场的历史形成有着更为详尽的描述。《艺术的法则》一书的整个第一个部分都在探讨文学场的历史形成过程。布尔迪厄认为文学场之所以可以在政治、经济、文化、道德等众多因素中相对独立地存在，之所以在一定程度上可以拒斥它们的制约，必然经历自主的获得、双重结构的出现、符号财富市场形成三个阶段。实际上，自主的获得对于文学场的出现仍然是最为重要的，而双重结构的出现以及符号财富市场的形成则是文学场完善以及再生产的体现。

如同绘画领域一样，文学领域在自主性获得之前也完全是结构的附属物 (structural subordination)。这种结构的从属性主要表现在两个方面，布尔迪厄是这样描述的："这就到了一种真正的结构附属性，它按照作家在文学领域中所处的不同位置对他们施加不同的影响。它主要通过两种基本的手段：一方面就是市场，他对于文学活动要么通过销售数据或者票房收入进行直接的准许或者限制；要么通过报业、出版业、插图以及文学产业的其他形式所提供的新的职位间接地进行作用。另一方面，就是持久的关系，这些关系建构在生活方式以及价值体系互相认同的基础上，它尤其通过沙龙的影响将一部分作者与特定的社会高层联系起来，而且有助于引导国家对艺术资助的趋向。"[1] 简单来讲，就是市场的商业逻辑作用和国家、宫廷政治势力的庇佑与资助。尤其是政府机构和宫廷王室成员，他

---

[1] Pierre Bourdieu, *The Rules of Art: Genesis and Structure of the Literary Field*, Stanford: Stanford University Press, 1996, p.49.

们对文学领域直接进行管理，不仅通过制裁等手段随意打击自己不喜欢的文学流派，更是通过分配物质利益和象征利益来直接表达自己的喜好。① 当时大多数的文学沙龙被拥有政权的人把持着，他们把自己的观念通过种种的形式强加给艺术家们。所以，这一时期的法国文学领域如同绘画领域一样乌烟瘴气，毫无自主性可言。法国这一时期的文学流派主要是资产阶级艺术和社会艺术。资产阶级艺术家们紧密而又直接地与统治者相联系，无论他们的出身、生活方式和价值体系都是如此，② 他们的创作形式则大部分都是与市场利益直接相连的戏剧。社会艺术（实用艺术）在法国1848年革命时期则恰逢其时，他们一般并不关注艺术的形式及内蕴而只追求文学的社会政治功用。

所有这些都引起了文学领域有着艺术精神与艺术追求的文学家们的强烈不满。波德莱尔和福楼拜等人担当起了绘画领域马奈及印象派所挑起的重任，他们用自己的创作吹响了反抗的号角。这场文学领域自主之革新在布尔迪厄看来是由波德莱尔制定了最初的斗争规则，并最终由福楼拜来完成与完善的。实际上，对当时法国乌烟瘴气的文学状况提出质疑，力求创造与推行一种新的法则做出过贡献的群体来自不同的阶层：首先是拉丁区为数众多的青年，他们要求废除和制裁对权力的妥协，尤其在戏剧方面；其次是尚弗勒里和杜朗蒂的现实主义集团的青年，他们以政治—文学理论对抗资产阶级艺术保守的'理想主义'；最后主要是"为艺术而艺术"的提倡者们。然而，"他们的共同点在于他们的创作是与服务于权力或市场

---

① Pierre Bourdieu, *The Rules of Art: Genesis and Structure of the Literary Field*, Stanford: Stanford University Press, 1996, p.50.
② ［法］布尔迪厄:《艺术的法则》，刘晖译，中央编译出版社2001年版，第87页。

需要的生产截然相反的"①。这正是波德莱尔最初提倡与最想要建立的规则，这个"基本法则就是相对于经济和政治权力的独立；换句话说，只有当构成某种文学或艺术指令的特定法则，既建立在从社会范围加以控制的环境的客观结构中，又建立在寓于这个环境的人的精神结构中，这个环境中的人从这方面来看，倾向于自然而然接受处于它的功能的内在逻辑中的指令"。以至于"只有对权力和荣誉、甚至表面看来最权威的法兰西学士院以至诺贝尔文学奖采取漠然的态度，与当权者及其价值观保持距离，才能立刻得到理解，甚至尊敬，并因此得到回报。结果这个做法越来越被推而广之，作为合法行为的实践箴言确立起来"②。其实，在布尔迪厄看来，波德莱尔的反叛还是不够彻底的，而且在某些时刻波德莱尔会表现出模棱两可的态度，这是由波德莱尔本身的习性以及困顿的生活所造成的。他一方面始终如一地拒斥"资产阶级"生活，另一方面却又急于得到社会的承认，布尔迪厄很体谅地认为这是"革命的缔造者们为建立新秩序而与过去决裂的所有困难"③。但不管怎样波德莱尔通过他那种"发自内心、无法抑制、合乎情理又未经深思熟虑的一种心灵律动，即习性的'选择'"④所创造出来的作品对法国当时的传统文学产生了巨大的冲击。

福楼拜有着与波德莱尔相同的艺术追求，所不同的是他是带着相对富足的家产进入的文学圈，因此不用面对波德莱尔所面临的经济上的困顿，这也致使他的反叛更为彻底。他既反对"社会艺术"的虚假理想，同时又反对"资产阶级艺术"的制度化、道德化特征；

---

① [法] 布尔迪厄：《艺术的法则》，刘晖译，中央编译出版社2001年版，第76页。
② 同上。
③ 同上书，第78页。
④ 同上书，第82页。引文根据英文版稍作了改动。

他既反对纯粹的现实主义,同时又反对浪漫主义。福楼拜在谈及他的《包法利夫人》时曾这样描述过"双重拒绝"的公式:"我憎恨X,但我并非不憎恨X的对立面:人家以为我钟情于现实,而我却厌恶它。因为我正是出于对现实主义的憎恨才写这部小说。但我并不是不憎恨虚假的理想,我们全都被流逝的时光欺骗了。"①他的反叛促使他走向了第三条路线即"为艺术而艺术"。然而,我们要注意的是福楼拜本人对于戈蒂耶的纯艺术说也并不是完全赞同的,福楼拜本人所要追求的美学目标是"好好描写平凡的人"。这个目标体现出了福楼拜力图融合诗意与平凡、内容与形式、艺术与现实为一体的美学追求。他想要打破文学创作中对立面不可融合的清规戒律,而不让文学只消耗在非此即彼的相互对立的术语当中。"好好描写平凡的人"这样的美学追求使文学的主题没有了高低贵贱之分,使现实中平凡的东西获得诗意也成为一种可能,从而达到一种"呈现在平常画面上的一种迷醉式的、美丽的、优雅的、独特的风格","在最平庸的传奇中的最热烈、最沸腾的感情"的艺术效果。②所以,布尔迪厄认为:"福楼拜之所以具有彻底的创新性并赋予他的作品一种不可比拟的价值,在于他至少在否定的意义上与整个文学领域建立了关系,他处于这个文学领域当中,把冲突、困难和问题全部承担起来。"③当然这种美学纲领现如今已经成为大家所熟知的艺术知觉模式,任何一个平凡的物件都有可能成为超凡的艺术品,杜尚的《泉》便是最好的代表。关于这点,我们下文中还会讲到。

由于波德莱尔、福楼拜等人的努力,文学领域也如绘画领域一

---

① [法]布尔迪厄:《艺术的法则》,刘晖译,中央编译出版社2001年版,第95页。
② 同上书,第115页。按英语原文略有改动。
③ 同上。

样获得了显著的自主性,"为艺术而艺术"的文学纲领也逐渐在场域中获得了确定性位置、获取了自身的合法性。他们继续与资产阶级艺术做斗争,并逐渐获取了优胜性的地位,如此文学场便产生了布尔迪厄所说的双重结构,这也就是所谓的文学场中限制生产场与大生产场之间的结构性对立。同时,在限制生产场中又有着获得承认的先锋派和新到的先锋派之间的对立,他们为了在限制生产场中占据合法性的统治地位,获取更多的象征性资本而互相斗争,这都体现了布尔迪厄所讲的场域的斗争性。限制生产场与大生产场的对立又在文学场中形成了两套经济逻辑,简单来讲,也就是所谓的短期生产循环与长期生产循环两种经济逻辑,这无疑可以看出生产循环的长度构成了衡量场中文化机构位置的标准之一。在限制生产场占据主导位置的文学场中,作为象征性符号资本生产的长期生产循环模式也取得了优胜性的地位。它并不刻意追求一种短期的、眼前的经济利益,相反往往采取拒斥经济资本的方式获取象征性的文化资本:"无论对于作家还是批评家,画商还是出版商或剧院经理,唯一合法的积累,都是制造出一种声名,一个有名的、得到承认的名字。"① 这也就是布尔迪厄所说的文学场"颠倒的经济世界",由它最终形成了文学场象征性符号资本市场。

二 艺术场形成的外部条件

正如上文所说,艺术场的形成不仅需要绘画、文学等艺术领域自身进行不断的反思与反省,同时还离不开其外在的社会历史条件。

---

① [法]布尔迪厄:《艺术的法则》,刘晖译,中央编译出版社2001年版,第182页。

艺术场域的形成最终还依赖内外条件的相互契合。归结起来，促使艺术场域形成的外部条件主要有以下几点。

1. 社会经济的飞速发展。马奈与波德莱尔等人生活的年代，正是法国拿破仑三世统治的第二帝国时期。第二帝国统治历时18年，具有一定的经济基础和相对稳定的社会条件。这一时期，法国的经济飞速发展并完成工业革命。铁路交通、银行信贷、金融业、储蓄业、工业尤其是重工业均得到了长足的发展。工业化推动了城市化的进程，经济的飞速发展又为文化、教育事业提供了有力的保障，尤其是拿破仑三世统治后期以自由帝国模式取代了早期的专制帝国模式，给思想界也带来了更自由的氛围。所有这些都为文学艺术的自由、自主提供了便利的背景条件。

2. 受教育人数的增加。经济的发展促进了教育的发展，布尔迪厄认为教育在艺术场自主化的过程中起到了至关重要的作用。他这样表述道："拥有特殊资本的人和被剥夺了特殊资本的人之间的持久战是象征产品供给的不断变化的动力，那么还要考虑的是，持久战要想达到象征力量关系的深刻变化即推翻体裁、流派或作者的等级制度，只能依靠相同意义的外部变化。而这些变化中，最具有决定意义的无疑就是受教育人口（各种水平教育体制上）的增加。"[①] 首先，受教育人口的增加致使靠写作为生或靠文化机构提供的小行业的数量增加，一定程度上繁荣了文化事业。其次，受教育人数的增加为新的艺术规则带来了潜在的阅读者与消费者。潜在阅读者的增加又扩大促进了报纸和小说的发展，促使了可供选择的小行业的增加。另一方面，工业化促进了城市化的进程。大批受过人文科学和

---

① ［法］布尔迪厄：《艺术的法则》，刘晖译，中央编译出版社2001年版，第158页。

修辞学教育的青年人涌入城市谋生，他们看到了教育发展带来的文化行业的繁荣，而且进入这个行业不仅不需要很多的经济资本，相反在某种意义上是以拒斥经济利益为前提的，这正好符合了他们的习性以及位性。因此，他们大多选择了走向文学之路："这条道路充满浪漫成功的一切魅力，而且它与政府部门的职位不同，不需要任何学校保证的资格；或者他们别推向沙龙极力推崇的艺术道路。"①一方面，他们仅有的教育资本使他们保持着创作的热情；另一方面，他们少得可怜的经济资本又促使他们从创作开始就有着先天的先锋意义。所有这些，都为艺术场域的自主多元提供了良好的条件。

3. 波希米亚阶层的形成。波希米亚阶层实际上是落拓不羁的代名词，法国1848年前后实际上存在着两批"波希米亚"。最早的波希米亚团体拥有统治者的一切特征，但有一点除外："他们是大资产阶级家族、破产或破落贵族的穷亲戚、外国人或像犹太人境遇悲惨的少数成员一样。这些'资产者'要么如皮萨罗所说的'身无分文'，要么其年金勉强够放弃本钱存钱，他们仿佛事先就因双重的或分裂的习性而被赋予了一种悬而未决的地位，也就是统治者中的被统治地位。"② 这些人拥有着与资产阶级几乎相同的出身和生活习性，却又不得不过着"老百姓"一样平常而困顿的生活，这令他们产生了极其矛盾的心理。他们靠文化资本以及天生的"品味"创造着权威的身份，以最低的代价获得服装上的特立独行、饮食上的不同寻常，以及爱情上的拜金主义和消遣上的纯化脱俗，而真正的"资产阶级"获得这一切则需要付出高昂的代价。③

---

① [法]布尔迪厄:《艺术的法则》，刘晖译，中央编译出版社2001年版，第69页。
② 同上书，第72页。引用时参考英文原文略有改动。
③ Pierre Bourdieu, *The Rules of Art: Genesis and Structure of the Literary Field*, Stanford: Stanford University Press, 1996, p. 57.

所有这些都吸引了来自外省平民家庭的贫困年轻人们，他们构成了"第二批波希米亚团体"。这些年轻人们与那些"镀金波希米亚"们不同，因为完全地缺乏经济资本，他们比起那些过了气的资产阶级们更接近平民，也因此更具有反叛精神和先锋意识，布尔迪厄认为他们才"构成了真正的知识分子后备军"①。他们甚至于愿意忍受贫困从事第二职业来维持自身的艺术活动。他们的生活方式既有悖于官方的画家、雕刻家，同时也有悖于资产阶级的生活方式，他们将生活引入艺术当中，在艺术中直接表现现实的生活。波德莱尔、马奈是波希米亚阶层中最具代表性的人物，他们都宁愿选择放逐自我的波希米亚表现方式，也不愿依附于资产阶级的权贵，也正是这些努力造就了文学艺术在一定程度上能够独立于外在世界的束缚，可以更多地诉诸自身的律令。

正是上述这些艺术领域内外的共同条件使艺术获得了一种自律的可能，使艺术世界成为社会空间中的一个相对独立的小的空间，从而使他律的条件只能通过艺术场中介才能够产生作用。这种艺术场域的高度自主化、艺术的"纯"美学特征的诞生在布尔迪厄看来无疑促进了艺术的丰富与繁荣。然而，布尔迪厄又不无担忧地提醒我们："艺术场域在自主化的过程中逐渐制度化；各种行动者（艺术家、批评家、历史学家、美术馆长等），以及作为这一世界特征的种种技术、门类和概念（类型、潮流、时期、风格等）也就在自主化过程当中被创造出来了。某些和'艺术家'或'创造者'概念（以及命名和构成这些概念的词语）同样常见和显著的概念，也是漫长而缓慢的历史过程的产物。"②

---

① Pierre Bourdieu, *The Rules of Art: Genesis and Structure of the Literary Field*, Stanford: Stanford University Press, 1996, p.57.
② ［法］布尔迪厄：《纯美学的历史起源》，周宪主编《激进的美学锋芒》，中国人民大学出版社 2003 年版，第 51 页。

布尔迪厄对待艺术自主有着较为复杂的态度：一方面，他详尽地介绍与分析了艺术自律的形成、纯凝视的诞生，认为它能够使艺术丰富与繁荣、独立与纯化；另一方面，他又认为这个艺术场域自律的过程伴随着新的制度化与结构化，担忧这个自律的过程只能导致区隔与差异，导致艺术领域永无休止的革命与排他性。他似乎在分析艺术场域历史形成之初就保持了一种批判性的态度。那么，究竟是什么导致了他这种批判性的态度呢？布尔迪厄究竟有哪些具体的担忧呢？艺术场在自主的过程中又形成了哪些新的结构与制度呢？在这些新的制度与结构下，我们该怎样去理解与分析作品呢？这就涉及艺术场域的制度与结构问题了，也是我们接下来要解决的问题。

第二节 艺术场域的制度与结构特征

在布尔迪厄看来，艺术自律与艺术场域的形成，并不代表艺术完全独立于社会空间之外，成为铁板一块。相反，在艺术自律成为普遍默识的理论规则时，我们更应该去认识和把握它在社会空间中所处的位置以及它与整个社会空间的关系，不仅在关系中理解它的生成，而且在关系中认识它的运作。在艺术自律的过程当中，布尔迪厄有着这样的担忧："值得注意的是，所有那些忙于对文学或艺术作品进行科学性研究的人，总是忽略了对这样一种社会空间的思考，即创作了这些作品及创造了其价值的那些人所处的社会空间。"[①] 这也就是说，当我们一味地高呼艺术自律、"为艺术而艺术"，一味地

[①] 《布尔迪厄访谈录——文化资本与社会炼金术》，包亚明译，上海人民出版社1997年版，第79页。

为艺术赋予无穷魅力之时，就有可能走向卡里斯玛意识形态的形上先验境地，走向另一个危险的极端。要避免这一危险，我们首先应做的工作就是，重新还原与认识艺术场域在社会空间中的位置以及艺术场域与权力场域的关系。

一 艺术场的双重位置

布尔迪厄认为，艺术场的形成过程也同时完成了它作为场域的一般特征："从某种角度看，文学场（或科学场）像所有其他场一样：文学场涉及权力（例如，发表或拒绝出版的权力）；它也涉及资本，被确认的作者的资本，它可以通过一篇高度肯定的评论或前言，部分地转到年轻的、依然不为人知的作者的账上；在此，就像在其他场一样，人们能观察到权力关系、策略、利益等等。"① 但与此同时，它之所以是艺术场而不是其他什么场域，必然又有着自身与其他场域所不同的特征。比如，它对权力的关系是一种以反叛为前提的，尤其对经济权力采取了一种颠倒的经济策略；它所涉及的资本多是没有直接经济利益但却可以转化为经济利益的文化资本和象征性资本；它所采用的行为策略也多是围绕幻象而进行的无意识行为策略等等。这所有的一般性与特殊性则是由它在权力场域中所处的位置所决定的，并同时表征着这个位置。

布尔迪厄用了一个简单的图例（如图 1）来表征文学艺术场与权力场以及社会阶层空间之间的关系。

通过这个图例，我们可以直观地看出文学艺术场首先在社会阶

---

① 《布尔迪厄访谈录——文化资本与社会炼金术》，包亚明译，上海人民出版社 1997 年版，第 80 页。

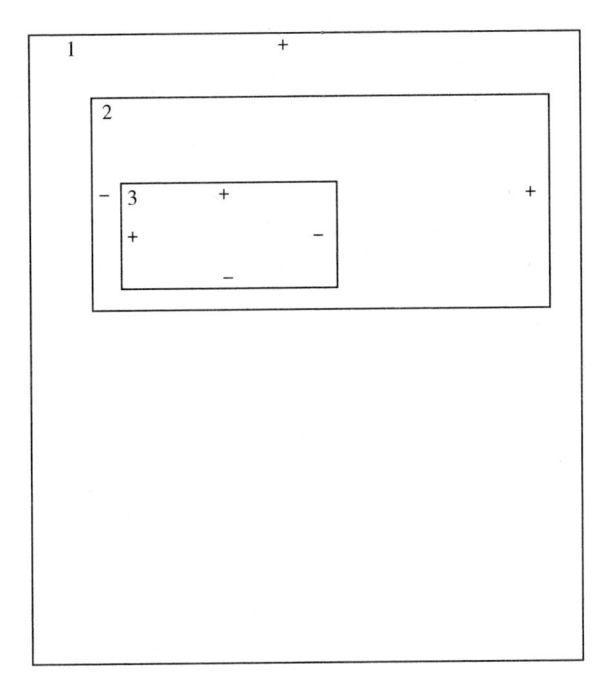

图 1　权力场与文学艺术场关系图

说明：1 代表社会阶层空间，2 代表权力场域，3 代表文学艺术场；正号代表统治极，负号代表被统治极。

资料来源：Pierre Bourdieu, *The Field of Cultural Production: Essays on Art and Literature*, New York: Columbia University Press, 1993, p. 38.

层空间中占据的是统治性的地位，在权力场中却同时又是被统治的，这就是所谓的文学艺术场的双重位置特征：统治阶层中的被统治者。布尔迪厄对此是这样描述的："艺术家和作家，或更笼统地说，知识分子其实是统治阶级中被统治的一部分。他们拥有权力，并且由于占有文化资本而被赋予某种特权，他们中的一些人甚至占有大量的文化资本，大到足以对文化资本施加权力，就这方面而言，他们具有统治性；但作家和艺术家相对于那些拥有政治和经济权力的人来说又是被统治者。为了避免不必要的误解，我不得不强调这一统治已不再像过去那样是通过个人之间的关系（像画家和委托制作画像的人之间的关系，或作家与资助人之间的关系）来实施的，如今这一统治采取的是结构性的统治的形式，它是通过非常普遍的机制，如市场机制来实施的。这一被别人统治的统治者，这个统治者中的被统治者的矛盾位置，解释了知识分子为什么会采取模棱两可的立场，这种模棱两可恰恰是与平衡这个岌岌可危的立场的企图相联系的。"① 其实，艺术场的这种"统治阶层中的被统治"双重位置也正可以解释布尔迪厄对于它的复杂立场：一方面，艺术场在权力关系中处于被统治的地位，所以必须寻求自主化，寻求自律，以抵抗政治、经济、传媒等外在力量的控制；另一方面，它在社会阶层空间中处于统治地位，那么为了维护自身的统治性，它必须寻求差异，塑造自身的合法性，完成自身与被统治阶层的区隔，这也正是布尔迪厄对其保持高度的警惕性与反思性的原因所在。

那么，艺术场是如何塑造自身的合法性的呢？艺术场的双重位置直接导致了哪些结构性特征呢？它又是如何在这些结构性特征下运行的呢？下面我们来考察一下艺术场的结构特征。

二 艺术场的双重结构

（一）限制生产场与大生产场：艺术场的双重结构

正如前文所论述到的，在艺术场自主的争取过程当中，形成了一种双重结构，那么这种双重结构究竟指的是什么呢？布尔迪厄认为："一方面是纯生产的一极，其中的生产者倾向于仅有别的生产者（他们也是竞争者）当他们的主顾，诗人、小说和剧作家也在其中，

---

① 《布尔迪厄访谈录——文化资本与社会炼金术》，包亚明译，上海人民出版社1997年版，第85—86页。

他们被赋予了类似的位置特征，但处于可能是相互对立的关系中；另一方面是大生产的一极，大生产顺应广大公众的要求。"这也就是所谓的"保留给生产者的纯生产和满足广大公众需求的大生产之间的根本对立"①。简单来讲，就是限制性生产场和大生产场。限制性生产场实际上就是被标举为"艺术而艺术"追求艺术纯化的艺术次场，而大生产场则是更多服从于他律原则，为了更直接利益而生产的艺术次场。这样的艺术场域的双重结构又导致了一种双重经济逻辑："在一个极点上，纯艺术的反'经济'的经济建立在必然承认不计较利害的价值、否定'经济'（'商业'）和（短期的）'经济'利益的基础上，赋予源于一种自主历史的生产和特定的需要以特权；这种生产从长远来看，除了自己产生的要求之外不承认别的要求，它朝积累象征资本的方向发展。象征资本开始不被承认。继而得到承认、并且合法化，最后变成了真正的'经济'资本，从长远来看，它能够在某些条件下提供'经济'利益。在另一个极点上，是文学和艺术产业的'经济'逻辑，文学艺术产业将文化财富的交易与其他交易一视同仁，看重的是传播，以及由发行量衡量的直接的和暂时的成功，满足于根据顾客先在的需要进行调整（尽管如此，这些机构与场的所属关系仍通过下面的这个事实表现出来，即这些机构想要兼有一般经济机构的经济利益和保证知识机构的象征利益，只能拒绝唯利是图的最粗俗的形式，避免全部公开它们的有关目的）。"② 这也就是所谓的短期生产循环与长期生产循环两种经济逻辑。上述的限制生产场一般采用的是长期生产循环的模式，其中的艺术创造者并不以眼前的经济利益为主要的目的，他们追求的是文

---

① ［法］布尔迪厄：《艺术的法则》，刘晖译，中央编译出版社2001年版，第150页。
② 同上书，第175页。

化资本以及象征性资本的积累,而大生产场则一般采用短期生产循环模式,只看重作品的发行量以及销售量,看重的是经济资本的积累,相应他们积累的文化资本就少。在高度自律的艺术场中,"为艺术而艺术"的限制性生产是占据支配地位的,这些先锋艺术家们通过自身的信心和不妥协,努力践行着场域的"信念",以期以现实的受难获取未来的拯救:"无论对于作家还是批评家,画家还是出版商或剧院经理,唯一合法的积累,都是制造出一种声名,一个有名的、得到承认的名字,这种得到认可的资本要求拥有认可事物(就是签名章或签名的效用)和人物(通过出版、展览等等)的权利,进而得到赋予价值的权利,并从这种操作中获取收益的权利。"① 与此同时,从事大生产的那些创作者们只能生产一些"没有前途的畅销书"②。这就是所谓的艺术场域"颠倒的经济"的逻辑表现:"至少在文化生产场域中最自律的区域,观众们追求的是一种另类的艺术(比如象征主义诗歌),正如一般意义上总结为'输者赢'一样,在其中经济实践遵循的是一种倒置的经济原则:之于商业,它拒绝追求任何的利润,并且不承认投入与金钱回报之间有任何关联;之于权力,它谴责追逐短暂的成功;之于制度化文化权威,未经过任何学术训练或者授誉的倒视为一种高尚。"③ 所以,简单来讲,所谓"颠倒的经济"逻辑指的就是:占有较多经济资本、追求短期生产循环的产品处于被统治的地位,相反占有较多文化资本以及象征资本、短期缺乏经济资本的产品则处于统治的地位。

其实,在艺术场域的这种双重结构的对立之下,还能够细分出

---

① [法]布尔迪厄:《艺术的法则》,刘晖译,中央编译出版社2001年版,第182页。
② 同上书,第181页。
③ Pierre Bourdieu, *The Field of Cultural Production: Essays on Art and Literature*, New York: Columbia University Press, 1993, p.39.

更多的双重性结构对立。在限制性生产场中，存在着那些已经获得成功的先锋派与尚在追求合法性的先锋派之间的对立与斗争；在大生产中，则存在为官方权力而生产的作家和为广大民众而生产的作家之间的对立与斗争。在某种意义上讲，正是艺术场域的双重结构张力才致使其具有很强的斗争性。

（二）艺术场的斗争性

艺术场域的双重结构决定了艺术场域内部充满了各种各样的斗争，这也正是我们上文在介绍场域概念时总结出来的重要特征之一。那么这些斗争的目的是什么呢，也就是它的深层原因在哪？这些斗争又是如何在双重结构特征下运行或者说它的动力机制在哪呢？这就涉及了艺术场的斗争问题。

1. 艺术合法性

布尔迪厄认为："文学（等）竞争的中心焦点是文学合法性的垄断，也就是说，尤其是权威话语权利的垄断，包括说谁被允许自称'作家'等，甚至说谁是作家和谁有权利说谁是作家；或者随便怎么说，就是生产者或产品的许可权的垄断。"[①] 这就是说，艺术场中的各种斗争都是围绕着"合法性"（legitimacy）的问题展开的，斗争的参与者都积极采取各种方式塑造自身的合法性，并努力将这种合法性普遍合法化（legitimation）。这里就牵涉出"合法化"以及"合法性"的概念问题了。可以肯定地说，布尔迪厄并不是最早运用这一概念的人，但却是最早将这一概念运用到文学艺术领域的人。其实，早从古希腊开始，这一概念就已经被纳入先哲们的讨论视域了。时至今日，"合法性"概念主要在法学、社会学以及哲学领域中运

---

① ［法］布尔迪厄：《艺术的法则》，刘晖译，中央编译出版社2001年版，第271—272页。

用。法学对合法性的关注主要集中在依凭法律来判断权力的有效性上；哲学对合法性的关注则更多集中在理论层面上，也就是合法性的道德以及普遍性层面；而社会学对合法性的关注则更多集中在它的实际运用层面，也就是说关注权力运作以及获取合法性的不同途径等。① 韦伯在"合法性"概念的阐释上做出了巨大的贡献。他在思考行动者为何会服从权力的问题时，发展了以往简单的认为是由于行为者对于武力威胁的恐惧、对风俗习惯无意识遵循等原因的说法，而认为这种服从更多情况下是一种"对合法性的信仰"，他认为："所有经验都充分表明，在任何情况下，统治都不会自动地使自己局限于诉诸物质或情感的动机，以此作为自身生存的基础。相反，任何一种统治都试图唤醒和培养人们对其合法性的信念。"② 布尔迪厄关于"合法性"的论述实际上就深受韦伯的影响，在布尔迪厄看来，合法化的过程其实也就是权力社会区隔以及自然化的过程，也就是说所有的斗争参与者都在通过塑造自身的"稀缺性"来完成与其他行动者的区隔，从而掌握命名的权力。在艺术场域中，这种合法性是以"定义"和"名分"的形式来完成的："内部斗争，特别是使得'纯艺术'和'资产阶级艺术'或'商业艺术'的维护者互相对立并导致前者拒绝给后者作家名分的内部斗争，不可避免地采用了'定义'这个词固有的冲突形式：每个人都想推行场中最有利于他的利益的局限性，或者也就是真正从属于场的条件定义（或赋予作家、艺术家或科学家身份的头衔），这个定义是证明他适得其所

---

① 刘拥华：《布迪厄的终生问题》，上海三联书店 2009 年版，第 135—136 页；同时也可参考谈火生《作为社会—科学概念的"合法性"如何可能》（《中国社会科学评论》2005 年第 3 卷）一文中的论述。

② 引自 [德] 哈贝马斯《合法化危机》，刘北成、曹卫东译，上海人民出版社 2000 年版，第 127 页。

的生存的最佳方式。因此，当最'纯粹'、最严格和最狭隘的定义维护者认定某些艺术家（等）并不真正是艺术家，或不是真正的艺术家，并否认后者作为艺术家的存在，他们就是从自己作为'真正'艺术家的角度，想在场中推行作为场的合法视角的场的基本法则、观念与分类的原则（法则），这个原则决定了艺术场（等）非如此不可，也就是让艺术成为艺术的场所。"① 他们通过这种命名或者定义的方式，使自身的存在合法化，并力求使这种合法化普遍化成为场域的通用法则，从而占取支配地位，努力唤醒和培养人们对其合法性的信念。

布尔迪厄还认为这个定义斗争的焦点就是界线，及由此而来的等级，确定界线、维护界线，就是维护场中的既定秩序。场的最典型特征之一就是它的动态范围转化为一种合法界线的程度，合法界线受到明文规定地进入权的保护。他还进一步指出艺术场的准入原则相对较低："文学或艺术场的特征与大学场的不同之处尤其表现在前者系统化程度很低。它们最有意义的一个属性就是它们界线的极端可渗透性和它们提供职位以及与此同时碰到的合法性原则定义的多样性：对动因属性的分析证实了这个场既不要求与经济场继承程度相同的经济资本，也不要求与大学场继承程度相同的学术资本，甚至不要求如权力场领域如政府的高级职位。"② 从实际情况来看，也正是艺术场这种准入原则的灵活性导致了这个场中斗争的更为复杂化，使其合法化的过程也更加复杂，合法性的准则也更加易变。所以，在艺术场中取得合法地位的那些行动者总是更加积极地"培养人们对其合法性的信念"。那么，这个准入原则究竟又是指的什么呢？这个信

---

① ［法］布尔迪厄：《艺术的法则》，刘晖译，中央编译出版社2001年版，第271页。
② 同上书，第274页。引用时参考英语原文略有改动。

念或者这个信仰是什么呢？这就是我们接下来要讲的艺术"幻象"。

2. 艺术幻象

布尔迪厄认为："为获得文化产品模式的合法定义而进行的斗争有利于持续再生产对游戏的信仰。对游戏的兴趣和赌注即幻象，幻象也是游戏的产物。每个场从在游戏中投资的意义上来看，都生产其幻象的特定形式。"① 上文我们在介绍"幻象"这一概念时也曾分层次介绍了其特征：首先，它是一个场域的准入原则；其次，它是一个场域能够进行下去的基本信仰；最后，当它形成之时，它又同时是场域角逐的目标。那么，文学幻象也就是指在文学场中，所有文学行动者所毫不怀疑、坚定追求的一种，并认为值得投入与争夺的东西。这个值得大家一致投入与付出的东西究竟是什么呢？布尔迪厄并没有给出一个明确的定义。国内有的学者曾这样总结："文学幻象不是指对某一具体文学观念的普遍认同，而是指所有文学场的占位者都一致认同，文学是神圣的、崇高的甚至是超验的，总之是值得追求的某种极高的价值，它可能包括对独创意识形态，对天才的神秘性，对文学超越功利关系的艺术自主性等信念的崇拜。"② 实际上，就文学场来讲，似乎和宗教场一样，它的幻象同样属于那种"超功利性的功利"，通过对所谓的独创意识形态、天才的神秘性等文学观念的拜物教式的认可，为文学赋魅，为创造者赋魅，从而获得一种合法性的象征性资本，获得一种名誉、声誉、地位。正如布尔迪厄所说："对游戏（幻象）以及其赌注神圣价值的集体性信仰同时也是游戏功能进行的条件和产物；集体信仰是圣化权力的基础，这种权力使那些圣化的艺术家可以通过神奇的签名（或印章）把某

---

① ［法］布尔迪厄：《艺术的法则》，刘晖译，中央编译出版社2001年版，第275页。
② 朱国华：《颠倒的经济世界：文学场的结构》，《天津社会科学》2006年第6期。

些产品变为神圣的物品。"① 唯其如此，杜尚的马桶才有可能成为现在看来带有反讽性质的艺术品。

然而，文学行动者对于文学幻象的集体信仰不仅是文学场域发展与完成的一个重要条件，同时伴随的直接后果则是导致了文学与外在社会世界的疏离。文学只沉迷于自身的幻象之中时，也可能导致一定的迷狂与谬误，如此，文学很可能丧失本身应当具有的社会担当精神，失去对公共领域的关怀。这些也正是布尔迪厄在《艺术之恋》与《区隔》当中所着力分析与批判的。他甚至认为："我们只有消除幻象、中止互相勾结与串通，才能建立一种关于艺术品的科学。"② 他还呼吁要对构成这些幻象的现实本身有一个深入的了解，让幻象进入一种能够阐明的模式当中。③

然而，布尔迪厄这种要彻底消灭幻象的理想在场域存在的地方似乎是永远实现不了的，我们能做的也就是让幻象进入"一种能够阐明的模式当中"去，而要建构这种适当的阐明模式则必须诉诸对艺术场域中占位、位置、习性以及可能性空间的分析。

3. 位置、占位、位性及习性

布尔迪厄认为，要想真正了解场域斗争的深层原因以及动力因素，使"幻象"得到一个比较明晰的阐释，则必须认识场域当中行动者们的位置、占位、位性甚至于习性等要素之间的关系。而就实际情况看来，这些也正是布尔迪厄对艺术场斗争论述当中最为复杂、最难理解的部分。我们在上文探讨习性概念时，已经较为详尽地交代了习性、位性的内涵以及它们之间的关系，那么占位、位置又是

---

① Pierre Bourdieu, *The Rules of Art: Genesis and Structure of the Literary Field*, Stanford: Stanford University Press, 1996, p. 230.
② Ibid.
③ Ibid.

什么呢？它们与习性、位性之间的关系是什么呢？

我们可以首先通过语义学的视角来分析一下位置、占位、以及位性之间的关系。布尔迪厄在分析问题的过程当中十分注意概念之间的语义关联，而位置、占位、位性之间在他看来，就存在一定的语义性关联。"位置"的英文表达为position，而"位性"则是disposition，"占位"则是position-taking。如按语义分析的话，位性disposition中的dis-前缀多表达的是"分开、分类、分离"以及"安放"之义，那么disposition直译的话也就是将"位置分类安放"的意思，同时也表达出了那种由位置形成的分离化与差异化的特征。简单来讲，位性就是不同位置通过行动者"身体"载体所表现出来的差异化特性。如此，我们也不难理解有人将dispositon翻译为"性情倾向"了。而占位position-taking是在position后面加上了一个进行时的分词"-taking"作为后缀。这个进行时形式实际上就表征了占位一词的"可能性"特征，也就是说它是一种进行中的状态或者说是一种未然的状态。简单来讲，占位一词实际上是说明了位置的未来行动方向或者策略。用布尔迪厄自己的话来讲："这些占位是客观潜能，'要做'的事情，要发起的'运动'，要创办的杂志，要打击的对手，要'超越'的既定占位，等等。"① 那么，它们之间的具体关系是什么呢？

布尔迪厄认为，艺术场域是由行动者及其作品的不同位置组成的客观关系网，每个位置客观上都被它与其他位置的客观关系决定。"所有的位置从它们的存在本身及它们加在占据者身上的决定性上看，依靠它们在场中的结构中，也就是资本（或权力）的空间分配结构中当下和潜在的状况，资本的拥有左右着在场中达成的特殊利

---

① ［法］布尔迪厄：《艺术的法则》，刘晖译，中央编译出版社2001年版，第282页。

益的获取。"① 这也就是说，在艺术场中，资本占有的不同形成了不同的位置，不同的位置关系构成了场域的存在，也同时构成了该位置上行动者们的不同策略行为的选择，而这些不同行为策略之间的竞争性则又构成了场域的斗争。在其中，"与不同的位置相关的是同源性的占位"，"在平衡时期，位置的空间倾向于控制占位的空间。应该在与文学场的不同位置相联系的特定'利益'中寻求文学（等）占位的原则"②。但是，必须明了的是位置对于占位的决定关系是没有任何机械性的："也就是说，每次占有某种位置（例如采用某种风格、主题），必须视乎整个占位的界域，必须看是否与作为可能性空间的问题发生关联。"③ 位置上的行动者所采取的那种进一步未然的、可能的位置获取策略（也就是占位），必须视乎艺术场域所提供的种种空间可能性而定。在布尔迪厄看来，这种可能性空间的提供不仅来自场域内部而且来自场域外部："既要在它们的内部逻辑上又要在社会价值上加以考虑，社会价值由于它们在相应空间中的位置，与每个可能性相连；又要考虑从社会方面构成的认识和评价范畴，各种不同的动因或动因的等级把这些范畴应用在这个可能性空间上。"④ 他认为："场的自主性无论有多大，保持和颠覆策略的成功机会总是在某种程度上依赖这个或那个阵营能够在外部力量中找到的支援。"⑤ 他认为正是有些决定性的外部条件为艺术场内部提供了新的消费者以及生产者："因此，内部斗争在某种程度上由外部制约来仲裁。实际上，尽管文学（等）场内部进行

---

① ［法］布尔迪厄：《艺术的法则》，刘晖译，中央编译出版社2001年版，第279页。
② 同上。
③ 朱国华：《颠倒的经济世界：文学场的结构》，《天津社会科学》2006年第6期。
④ ［法］布尔迪厄：《艺术的法则》，刘晖译，中央编译出版社2001年版，第284页。
⑤ 同上书，第281页。

的斗争在原则上（也就是在决定它们的原因和理由上）是极其独立的，但在起源上，无论是幸福的还是不幸的起源上，总是依靠它们与（总体上发生在权力场或社会场内部的）外部斗争保持的联系和这类人或那类人能从中找到的支持。"① 上文中，从马奈以及福楼拜、波德莱尔分别在绘画领域、文学领域所进行的艺术自主革命也可以看出，他们的成功正是场内和场外相对独立过程契合的产物。简而言之，也就是他们的占位选择高度契合了场域的可能性空间。布尔迪厄这样的分析，也正体现了他那种一贯的关系性的思维方法。

那么，位置与位性、习性之间的关系又该如何认识呢？就布尔迪厄的论述分析来看，这三者之间似乎有一个循环性的关系。实际上，在艺术场域获取位置时，艺术习性如艺术资本一样也发挥着重要的作用，一般来讲，有什么样的艺术习性决定了在场域中能够获取什么样的位置。比如说，波德莱尔与马奈他们具有极为相似的习性（当然，这里的习性并不纯指进入艺术场域之后所获取的习性），在艺术场域当中，他们选择了同样具有反叛性质的立场，获得了一种先锋位置；与此同时，在场域当中，占据什么样的位置（position），在一般情况下就相应地获取一定的位性（disposition），而位性的积累就会形成一定的习性。因为，在布尔迪厄看来，习性就是一定的"位性"系统。在此种意义上，场域位置又会对习性具有一定的反作用。所以，布尔迪厄曾如此表达："位置与位性之间的关系显然是双重意义上的。作为位性系统的习性，实际上只能通过与社会规定的位置（通过位置占据者的社会属性

---

① ［法］布尔迪厄：《艺术的法则》，刘晖译，中央编译出版社2001年版，第301页。

在其他事物中被确认，也只有通过这些属性，结构才能被感知）的确定结构发生关系才能有效实现。相反，正是通过这些自身多少有些彻底的与位置协调的位性，存在于其中的这样或那样的潜能才能够实现。"① 他进一步指出："实际上，尽管文化继承有自身的法则，这种法则超验于个体意识和意愿，但以物质状态和混合状态存在（以作为历史超验起作用的习性出现）的文化继承，只有在斗争中并通过斗争才能真正（也就是作为资产）存在和生存，文化生产场（艺术场）等是斗争的场所，也就是说文化继承通过动因且为了动因才能存在和生存，动因是经过配置的，并且能够保持持续不断的复活。"② 如此，我们可以看出，所谓的艺术现象以及艺术实践，并不是静止不动的，它是通过行动者所占有的艺术资本和所秉持的艺术习性，通过艺术场域位置与位性而不断作用斗争、不断生成的动态过程。这也就避免了那种对艺术行动者进行简单阶级划分的庸俗社会学做法，因为我们必须对行动者所秉持的习性、所占有的资本，这些习性、资本又是如何对行动者位置、位性以及占位进行影响的等一系列艺术场域内外部条件做以全部和具体的分析之后，才能得出恰切的结论。实际上，习性概念在艺术场域中还肩负着一个责任，就是场域同源性的解释问题。布尔迪厄认为，在社会空间当中，不同的场域具有一定的结构同源性。也就是说，在不同场域具有着相似习性、处于相同位置的行动者，具有相似的行为策略。在 A 场域中处于统治地位的，相应地在进 B 场域时会采取在 A 场域中时极为相似的趣味取向与行为方式。对于习性的分析，有助于帮

---

① Pierre Bourdieu, *The Rules of Art: Genesis and Structure of the Literary Field*, Stanford: Stanford University Press, 1996, p.262.
② ［法］布尔迪厄:《艺术的法则》，刘晖译，中央编译出版社 2001 年版，第 319 页。引用时参考英文版略有改动。

助我们了解行动者在不同场域之间以及在同一场域之中的行动轨迹，从而保持对场域分析的动态性。

4. 持久革命与策略分类

经过上文的分析，我们可以看出，布尔迪厄认为艺术场域是围绕着艺术合法性以及艺术幻象组织起来的、具有着"颠倒经济"逻辑的信念生产场。艺术场域的行动者通过自身所占有的资本，以及由此形成的位置，进行着持久的斗争与革命，而且"每一次成功的革命都将自身合法化，但同时也为革命本身提供了合法性，无论革命是否反对它所推向的美学形式。所有自世纪初以来尽力推行一种用'主义'的观念指定的新艺术章程的人的表现和宣言证明，革命倾向于作为进入场的存在的模式被人接受"①。实际上，这种将个别行动者们的成果与意愿合法化为场域的一般规则的做法，也正是布尔迪厄所批判的"本质主义"倾向。那么，在这种持久的革命过程当中，行动者们究竟有哪些有意或者无意的行为策略呢？

布尔迪厄借用了韦伯宗教社会学中牧师（priest）与先知（prophet）的划分，将艺术场域当中的行动者分为相应的正统（orthodoxy）和异端（heresy）。韦伯所说的牧师也就是所谓的读经人（lector），他们在教会中具有合法宣讲经书的权力；而所谓的先知也就是那些释经人（auctor），他们没有合法性，但是他们能够创造性地去解读经书，甚至能够写出新的经书，并且他们只是自己作品的孩子。② 与此相对，布尔迪厄所讲的正统也就是指艺术场域中占据统治地位的那些已经圣化了（consecrated）的行动者，而异端就是指那

---

① ［法］布尔迪厄：《艺术的法则》，刘晖译，中央编译出版社2001年版，第155—156页。

② Pierre Bourdieu, *In Other Words: Essays Towards a Reflexive Sociology*, California: Stanford Univertity Press, 1990, pp. 94 – 95.

些处于被统治地位的新手们。那些处于统治地位的正统们为了维护自身的合法性以及权威性倾向于采取保守型的策略，倾向于将现实有利于自身的状况永远定格，努力将自身的合法性普遍化为场域的一般规则，达成一种默识。他们所努力追求的是一种连续性与持续性，拒绝异端者们对自身权威性的挑战。与此同时那些处于被统治地位的新手们则有两种策略行径可以选择：要么继承，要么起而颠覆。要想进入场域之中，继承也是新手们的必要策略，只有先承认那些权威们的合法性，才有可能被纳入这个游戏当中。然而，更多的异端们选择的则是颠覆性的策略，他们挑战既定的符号秩序，藐视现存的正统权威，标榜自身才是艺术场中新的合法性。他们竭尽全力想要做的就是让正统们要么退出历史的舞台，要么成为历史的经典。与正统者们追求连续性与持续性不同，这些异端们以先锋的姿态追求革命与断裂："那些最年轻的行动者们，也是拥有最少特殊资本的人，他们在某个空间内的存在意味着做出区分，亦即占据一个独特的、区隔性的位置。他们要强调自己的差异，要让这差异广为人知并得到认同，要让他们自己广为人知并得到认同，就要致力于强行推行一些新的思维模式和默识格格不入，从而必定以某种'晦暗性'、'无意义性'来摧毁正统。"① 他们通过这些方式努力完成革命与断裂，促使艺术场位置的重新洗牌。

而且，艺术场中的这些斗争并不质疑艺术幻象，相反，"就像在宗教场域中发生的情形一样，变革总是引导着新的先锋派以一种重返正确起点的名义，并以对艺术体裁的纯粹界定来挑战正统的东

---

① Pierre Bourdieu, *The Field of Cultural Production: Essays on Art and Literature*, New York: Columbia University Press, 1993, p. 58. 引文翻译参考了朱国华《颠倒的经济世界：文学场的结构》，《天津社会科学》2006 年第 6 期。

西"。或者,"更宽泛地说,趋向于更大自主性的不同文化生产场域的演变伴随着某种反思性和批判性的回归,亦即生产者回归到他们自己的生产,这种回归使得生产者们从中获得了场域自身的原理和特殊的前提。"① 这也就是说,艺术场域的革新总是以回溯到艺术的最初的源头,以各种艺术体裁更本真纯粹的名义进行的。持久的革命似乎也成为这种最初艺术默识的不断再生产和再确认。有一点我们必须阐明的是,不论艺术场域中的行动者采取哪一种策略,在大部分情况下都是一种"即兴表演",即多是在"无意识"状态下呈现的。布尔迪厄一直抵制将其描述为"目的论"者的批判,所以他在讲述习性概念时,用足球运动员在足球场上那种娴熟无意识的对足球的处理,借喻了场域中行动者们那种通过"实践感"而进行的"即兴表演"。艺术场域中的行动者们所采取的不论保守、继承或者颠覆也多是在自身习性所致的"实践感"下的一种即兴作为。

至此,我们分析了布尔迪厄所确认的艺术场域的结构特征以及艺术场域的斗争性的形式、目的以及动力因素。接下来我们该如何运用它来对艺术作品进行科学的分析呢?这正是我们下面将要探讨的问题。

三　艺术作品的科学分析步骤

上文在分析场域概念时,我们已经探讨了布尔迪厄所认为的从场域角度进行分析所涉及的三个必不可少并内在关联的环节与步骤,

---

① [法]布尔迪厄:《纯美学的历史起源》,周宪主编《激进的美学锋芒》,中国人民大学出版社 2003 年版,第 57—58 页。

那就是：首先，必须分析要研究的场域与权力场域之间的位置关系。其次，必须认真勾勒与分析出行动者或机构所占据位置之间的客观关系结构。最后，我们必须认真分析行动者的惯习。[1] 布尔迪厄利用文化生产场中的艺术场对艺术进行分析的过程与步骤是和他对场域进行普遍分析的步骤紧密相连的。

布尔迪厄认为："文化作品的科学意味着同样必要且与作品理解的社会现实的三个层面必不可分的三个步骤：第一，分析权力场内部的文学（等）位置及其时间进展；第二，分析文学场（等）的内部结构，文学场就是一个遵循自身的运行和变化规律的空间，内部结构就是个体或集团占据的位置之间的客观关系结构，这些个体或集团处于未合法性而竞争的形势下；第三，分析这些位置的占据者的习性的产生，也就是支配权系统，这些系统是文学场（等）内部的社会轨迹和位置的产物，在这个位置上找到一个多多少少有利于现实化的机会（场的建设是社会轨迹建设的逻辑先决条件，社会轨迹的建设是在场中连续占据的位置系列）。"[2] 如此看来，艺术活动将不再是一个独立于社会现实之外的"卡里斯玛"世界；也不再是一个静止的、一成不变的"本质主义"世界；更不是一个不能反观自身，只顾影自怜的"纳西瑟斯"（Narcissus）世界。相反，艺术活动与艺术实践应该是一种广泛联系其自身场域的各个方面以及艺术场域和其他场域之间关系的关系性活动；应该是一种放在历史语境中，看其产生、发展的生成性活动；同时也是一种不断反观自身、思考自身局限性的反思性（这里的反思性指的是一般意义上的反省，

---

[1] Pierre Bourdieu & Wacquant, L. D., *An Invitation to Reflexive Sociology*, Chicago: The University of Chicago Press, 1992, pp. 104 – 105.

[2] ［法］布尔迪厄：《艺术的法则》，刘晖译，中央编译出版社2001年版，第262页。

并非严格意义上布尔迪厄的反思性方法论所提倡的反思）活动。艺术活动如此，事关艺术活动的理论也理应如此。

在关系性上，布尔迪厄认为艺术品价值的生产者不是艺术家，而是作为信仰的空间的生产场，信仰的空间通过生产对艺术家创造能力的信仰，来生产作为偶像的艺术品的价值。因此，我们必须将艺术场域当中所有的行动者都考虑进来："在这些行动者当中，有归入艺术性的作品（伟大或渺小的、知名或无名的艺术家）的生产者、有各种信念的批评家（他们自己也在这一场域中），还有收藏家、中间人、美术馆长等。简言之，就是所有与艺术关系密切的人，包括为艺术而生存的人，被迫在不同程度上依赖艺术而生存的人，彼此面对着斗争的人，还有通过这些斗争参与了艺术家价值和艺术价值的生产的人。"① 这里，布尔迪厄列出了一个长长的名单，作为艺术品价值共建的因素。可见艺术活动是一种关系性的活动，任何简单化的处理与思考都不能完全理解艺术活动的全貌。

在生成性上，布尔迪厄认为："哲学家对艺术品特殊性问题所做的种种回应给人印象深刻，但并不完全体现在这些莫衷一是的解答对艺术品的无功能性、无功利性和无偿性的往往一致的强调中，而是体现为他们（维特根斯坦可能是个例外）都怀有一种要把握超历史或非历史本质的野心。"② 所以，他强调："作品的科学要想彻底摆脱'本质主义'观念，只能对艺术游戏的中心人物即艺术家和鉴赏者，以及他们在艺术品的生产和接受中实现的位性的产生进行历史分析。这些概念变得像'艺术家'或'创造者'的概念那样一清

---

① 周宪主编：《激进的美学锋芒》，中国人民大学出版社2003年版，第53页。
② ［法］布尔迪厄：《纯美学的历史起源》，周宪主编《激进的美学锋芒》，中国人民大学出版社2003年版，第47页。

二楚和平淡无奇，如同所有指代和构成它们的概念一样，是漫长的历史作用的产物。"[①] 布尔迪厄想要做的就是事关艺术作品的所有要素都要追溯其历史性生成过程，并在场域的动态现实中瞻望艺术的发展前景。

在反思性上，布尔迪厄认为对待艺术活动，我们有必要改变以往的追问方式，对其进行系列的反观。比如，我们要改"创造者是什么？""艺术是什么？"的追问方式为"谁创造了创造者？""谁命名了艺术？"等。这种反思方式其实也正体现了布尔迪厄那种擅长于揭开权力运作面纱的能力。比如，上文中我们提到了艺术价值的共建因素的多样化，在其中可以读出布尔迪厄在充分肯定艺术自律的同时，也在担忧和警惕着新的制度化对艺术自主的破坏，尤其是国家作为最大的艺术赞助者对艺术的僭越："还应分析国家资助的限制，尽管这种资助有助于在表面上逃避市场的直接压力，但它要么通过自发地承认它的人予以承认，要么更为微妙地通过委员会或学会的机制推行开来。承认资助的人想从它那里获得一种形式的承认，但他们不能通过他们的作品本身获得，而委员会或学会是一种消极的自行遴选的场所，这个消极的遴选通常达到一种真正的研究标准化，无论是在科学上还是在艺术上。"[②] 因此，布尔迪厄也提请大家警惕并努力学会趋利避害："艺术家、作家、学者掌握人类历史中某些最罕见的成果，他们必须学会使用国家给予的自由来对付国家。他们必须无所顾忌地、毫无内疚地一直努力，以增加国家的介入程度，同时对国家的控制提高警惕。"[③] 对任何权力形式，在文学艺术

---

① ［法］布尔迪厄：《艺术的法则》，刘晖译，中央编译出版社2001年版，第349页。
② 同上书，第401页。
③ ［法］布尔迪厄、［美］汉斯·哈克：《自由交流》，桂裕芳译，生活·读书·新知三联书店1996年版，第70—71页。

场尤其是符号形式权力始终都保持着一种警惕性，这是布尔迪厄反思性的重要表现。实际上，正如前文所提到的那样，布尔迪厄对于艺术自律、纯凝视的历史以及结构性分析，不仅是为了还原纯美学生成的历史性过程，同时也为了祛魅新的制度与结构下艺术作为社会炼金术被生产以及被重新神圣化的事实。这是一个肯定的过程，同时是一个反思的过程。

第三节 艺术场域的重要作用：
超越二元对立的设想

关于文学艺术的本质属性问题，古今共谈，中西皆论，并且中西关于此问题探讨的主线有着高度的相似性。如简要概括，那么中国古代关于文学艺术本质属性问题是围绕着"诗言志"—"诗缘情"—"情志一也"的路线进行的，而西方则是围绕着"模仿"—"再现"—"表现"的路线进行的。无论中西，首先进入人们视野的似乎总是文学的伦理功用问题，也就是文学与外部社会之间的关系问题；而后才是文学的情感性表现问题，也就是文学自身的文学性问题。这两者实际上就是韦勒克、沃伦后来总结出来的文学内部研究与外部研究的两条文学研究路线。如要深刻了解布尔迪厄对于这两条路线的态度以及超越，我们有必要首先对西方关于此问题的发展脉络做一个简略的交代。

在西方，从古希腊时期开始，就有对文艺本质属性探讨的自觉了，但先贤们从一开始都比较重视文学与社会、时代、历史的关系。比如，柏拉图的"模仿说"、亚里士多德的"再现说"，强调的都是文学对现实生活的模仿与描摹。这两种说法在西方文学理论中延续了数千年之久，实际上成为后来文学艺术"外部研究"的理论预设。随后由于深受康德"审美无功利"的影响，浪漫主义艺术观兴起，"表现说"进入了人们的视野。但因为浪漫主义过分强调艺术家在艺术创作过程中的重要作用，所以只能把它看作一个从传统艺术观向现代艺术观的转折点。实际上，几乎与浪漫主义兴起同时，泰纳提出了著名的艺术研究中的"种族、环境、时代"三要素的说法，将文学的外部研究推向了顶峰。

19世纪后半期，象征主义、唯美主义艺术观开始兴起与流行，他们提出了"为艺术而艺术"的口号，认为艺术除了关注艺术自身，别无他涉，这正是现代主义艺术观的开端。随后，俄国形式主义、英美新批评兴起，他们高扬文学的"文学性"，主张文本的"细读"，要求高度重视艺术作品的语言、形式、结构等属于艺术自身的东西。至此，"文学性""审美性""形式性"成为文学艺术的最高追求。与英美新批评有着深刻渊源联系的韦勒克，正是在这样的语境下与沃伦合著了《文学理论》，他们在其中提出了"外部研究"与"内部研究"的分野。在这部著作中，他们的文学外部研究包括"文学和传记""文学和心理学""文学和社会""文学和思想""文学和其他艺术"五个部分，而内部研究则包括了"文学作品的存在方式""谐音、节奏和格律""文体和文体学"等八个部分。① 从体例的编排上我们就可看出韦勒克、沃伦对文学性的重视。

20世纪后三十年来，面对文学艺术日益退回到学院与书斋的局限性，西方文学艺术界又掀起了文化研究的热潮。女权主义、后殖民主义、新历史主义等文学艺术理论的诞生，造成了"反本

---

① ［美］韦勒克、沃伦：《文学理论》，刘象愚等译，江苏教育出版社2005年版。

质化、反总体化的潮流蔚然成风,作为普遍的审美文学传统也受到了质疑。人们越来越怀疑,我们是否可以找到文学的本质是什么,是否能够超越历史、阶级、种族、教育的限制,找到一种普遍的审美形式"①。文学艺术似乎又被重新拉回到了社会历史的现实当中。布尔迪厄正是处在这样一个现实与理论背景下的理论家。因此,他的思考必然共享着现实的理论资源,但同时又有着自己的理论追求。

上面只是一个简单的历史性描述,其实关于文学艺术本质属性探讨的实际情况要比我们描述的复杂得多,它似乎永远在艺术内部与艺术外部研究走进走出。布尔迪厄将这种现象描述为"钟摆运动"②,并认为应该超越这种艺术内外研究的虚假对立,"应该而且需要摒弃我们精神中存在的纯艺术和介入艺术的陈旧的两难选择,这样才能确定知识分子的集体行动的大方向,因为两难选择定期出现在文学争论之中"③。那么,布尔迪厄是如何完成对这种"钟摆运动"超越的呢?他又是如何规划超越艺术研究二元对立的设计方案的呢?

一 艺术内部研究与外部研究的双重拒绝

"双重拒绝"是布尔迪厄用社会学分析文学、绘画、宗教、法律等众多领域的指导原则,简单来讲也就是倡导将各种文化产物与生产这些产物的特定场域联系起来,既拒绝纯粹的内在解读,也反对

---

① 张意:《文化与符号权力》,中国社会科学出版社2005年版,第291页。
② [法]布尔迪厄:《艺术的法则》,刘晖译,中央编译出版社2001年版,第397页。
③ 同上。

将他们直接化约为各种外在因素。对于布尔迪厄来说,传统积留下来的关于文学艺术研究的内部研究与外部研究的不可调和实际上只是一种虚假的对立。他超越这种虚假二元对立的设计方案,正是从对内部研究与外部研究的双重拒绝开始的。

所谓内部研究,正如上文所说的那样,是一种只注重文学艺术内部创作规律,强调文学艺术的无功利性、无功能性以及无偿性,把审美形式本身作为文学艺术作品的本体最高追求的一种文学艺术批评观念。布尔迪厄认为内部形式主义批评的理论来源主要有两个:一是象征形式的新康德主义,另一个则是结构主义传统。前者直接要求内部阅读和形式阅读抓住在不同种类下特别是诗的普遍形式下的文学存在、"文学性",也就是说进行反历史结构的结构。后者从索绪尔结构语言学理论出发,尽管对文学作品的剥离与分析看起来更加丰富与博学,但却弃置了索绪尔结构语言学中有益的历史性倾向,只把文学对象当成一种自主的整体来看,并不去参考作品与作者生产的经济或者社会条件。①

布尔迪厄认为这样的艺术批评方式是一种"从根本上反发生学的"②,或者说,"像一切对'纯诗'或'戏剧性'进行思考的传统一样,满足于在超越历史的层面上",而这种表面上的"超越历史"实际上"不过是一种历史精华的东西,也就是说,伴随着文化生产场自主化的历史炼金术的缓慢而漫长的努力的产物"③。布尔迪厄并不否认艺术自律及自主,相反,通过上文的分析也可看出,他对艺术场的研究首先就是从艺术自律的历史生成开始的,他所反对的是

---

① Pierre Bourdieu, *The Rules of Art: Genesis and Structure of the Literary Field*, Stanford: Stanford University Press, 1996, pp. 195 – 196.
② Ibid., p. 197.
③ [法]布尔迪厄:《艺术的法则》,刘晖译,中央编译出版社2001年版,第169页。

那种完全忽略了艺术生存土壤、完全不顾艺术历史以及社会条件、对艺术社会炼金术毫无所知的做法。他十分严厉地批评内部研究的这种形式主义的文艺批评方法不仅是"忘记了传统的辩证法",甚至可以说是"忘记了存在"①。连形式主义者最为推崇的"陌生化"原则,布尔迪厄也认为必须放置于艺术场域的概念中来进行理解,那种不断追求陌生效果的过程其实不过是艺术场域持久革命的结果,不过是追求合法性的先锋派们对于传统文学观念的不断挑战与斗争。

对于机械的外部研究,布尔迪厄同样持有一种拒绝与批评的态度。所谓文学艺术的外部研究,即是主张文学艺术必然反映外部世界或者表达艺术家体验的艺术观念。也是就说,文学艺术要么是对外部世界的一种模仿或者再现,要么就是对艺术家体验的直接表现。这两种不同的文学艺术思路大致构成了文学艺术外部研究的知识谱系:社会、经济决定论与作家心理主义。布尔迪厄对外部研究的这两种取向似乎都是颇有微词的。

首先,就艺术与外部条件之间的关系来看,布尔迪厄认为它们之间并不是机械决定的关系。近代以来的艺术外部批评研究者实际上深受马克思主义艺术观的影响,更确切地说,他们在很大程度上将误读了的马克思主义艺术观当作自己外部批评的准则。尤其是马克思所提出的经济基础决定上层建筑的说法,更是被后来的外部研究者直接误读为经济决定论。实际上,马克思在谈到物质生产与艺术发展时,认为两者并不是一一对应的决定关系,而是处于一种不平衡的发展状态,艺术发展具有一定的独立性。布尔迪厄对外部研究的批评实际上正是想要修正这种教条的马克思主义文艺观。

---

① . Pierre Bourdieu, *The Field of Cultural Production: Essays on Art and Literature*, New York: Columbia University Press, 1993, pp. 33 - 34.

布尔迪厄认为，文学艺术场形成之后，外部条件对于文学艺术的影响必然要通过艺术场域自身的法则进行折射，并且这种影响越困难，折射度越大，就证明艺术场域的自主性越强。而那种教条化了的马克思艺术观正是犯了一种"短路"（short circut）的致命错误，将艺术场域产生的东西直接运用到了艺术场域当中。这种"短路"错误所导致的直接后果就是"庸俗社会学""庸俗经济决定论"等艺术批评观念。

同时，对于那种艺术作品是艺术家直接心理体验的表达的心理主义他也予以了驳斥与批评。从浪漫主义表现派开始，形成了一种艺术不是其他而是艺术家的情感的宣泄、激情的表现的艺术观。在他们看来，艺术家拥有着神授一般的禀赋，对作品持有着一种绝对的创造权，这些观点都可看出康德关于艺术天才论述的影子。如此，艺术品便只是杰出艺术天才们获取灵感（在这一点上又可隐约看到柏拉图关于灵感论述的影子），并在某种不可言说的神秘状态下完成的神圣化的圣物。要想理解这样的作品，联系作家的思想、社会背景、心理状况是必要的，但更多情况下则是归约为一种神圣的不可知，也就是"只可会意，不可言传"。布尔迪厄对于此种"卡里斯玛意识形态"般的圣化作家的做法很是不满。就此，他发出了自己的疑问：如果说"创造者"创造了作品，那么究竟是"谁创造了创造者？"他在以此疑问为标题的文章中谈道："艺术以及艺术家的自主性，在圣徒传记文学传统中被接受为一种不证自明的艺术品即'创造'的意识形态，从而艺术家也被认为是一种独一无二的创造者，其实这种相对的自主也就是我所说的场域，这种自主性是在一定历史条件下逐步建立起来的。"[①] 所以，"艺术品的原创性主体并不是单个的艺术家，也同时不是一个社

---

① Pierre Bourdieu, Who created the creator? From *The Sociology of Art: A Reader*, Edited by Jeremy Tanner, London & New York: Routledge, p. 97.

会团体，而是一个作为整体的一个艺术生产场域"。① 我们要在艺术生产场域的整体下观照艺术品以及艺术创造者，而艺术场域的概念本身实际上就已经包含了超越内外二元对立的意图。

二 具体设计方案：艺术场的本身意图

从上述布尔迪厄对艺术作品的科学分析步骤，我们也大致可以看出布尔迪厄努力超越传统艺术社会学、艺术形式学的意图。第一，分析权力场内部的文学（等）位置及其时间进展。第二，分析文学场（等）的内部结构。第三，分析这些位置的占据者的习性的产生。在这个步骤与过程当中，不仅涉及了文学艺术场域内部的分析，同时还兼顾了文学艺术场域与其他场域尤其是权力场域之间的关系问题。正如有的学者所总结的那样："布尔迪厄试图用作品的科学，揭示文学生产场中内部因素（美学、文学内部传统）和外部因素（社会历史环境）以结构和关系的形式进行的力量冲突状况，以及各种因素的合谋共同生产文学作品的价值这一事实。"②

实际上，从艺术场的角度去看待文学艺术作品，首先意味着我们必须承认艺术场域、艺术自律的存在，承认艺术作品有自身的规律可言；但与此同时，我们必须去分析艺术场的历史形成过程，弄清楚这个艺术自律、"纯凝视""纯美学"的生成过程；其次，我们则必须从一个社会空间结构、关系思维中考察艺术家以及艺术价值的产生。艺术场域是一个由不同位置构成的关系网，在场

---

① Pierre Bourdieu, Who created the creator? From *The Sociology of Art*: *A Reader*, Edited by Jeremy Tanner, London & New York: Routledge, pp. 98–99.

② 张意：《文化与符号权力》，中国社会科学出版社 2005 年版，第 308 页。

域中的行动者们根据自己具有的不同的资本、习性选择不同的行为策略，而目标就是获取场域中的合法性地位。行动者们并不是像艺术外部研究中所认为的那样都是神授的天才，而是按照各自不同习性成为"被建构的结构"和"建构中的结构"。行动者带着自身所持有的习性穿梭于不同的场域当中：带着进入艺术场域之前的习性，表达与表现的是别于艺术场域的习性特征；而进入艺术场域以后，由于位置的不同形成不同的位性，位性的积累又形成了新的艺术场域习性。这"两种习性"（实际上是习性的前后变化）的碰撞实际上正是艺术场域内外的交流，同时也表达出了下文将要讲到的同源性问题。故而，"'习性'使得行动者处于内在与外在辩证统一的位置上"①。

所以，艺术场域批评观念下的文学艺术观，实际上是一种主观与客观、历史与现实相结合的空间结构，我们不仅要了解艺术本身的特殊规律，还要清醒地认识到任何行动者进入艺术场中，就意味着他加入一个多元复合的有机体。在这个有机体当中，对于任何单个行动者或者艺术元素的认识，都必须考虑整个艺术生存空间的全部因素，任何线性、机械、片面的观点与处理都是不足取的。这里，我们想不厌其烦地引用布尔迪厄关于艺术价值生成的一句话表现艺术场域的这种关系性思维："作品科学不仅应考虑作品在物质方面的直接生产者（艺术家、作家），还要考虑一整套因素和制度，后者通过生产对一般意义上的艺术品价值和艺术品彼此之间差别价值的信仰，参加艺术品的生产，这个整体包括批判家、艺术史学家、出版商、画廊经理、商人、博物馆馆长、赞助家、收藏家、至尊地位的

---

① 张意：《文化与符号权力》，中国社会科学出版社2005年版，第308页。

认可机构、学院、沙龙、评判委员会，等等。此外，还要考虑所有主管艺术的政治和行政机构（各种不同的部门，随时代而变化，如国家博物馆管理处、美术管理处，等等），它们能对艺术市场发生影响：或通过不管有无经济利益（收购、补助金、奖金、助学金等等）的至尊至圣地位的裁决，或通过调节措施（在纳税方面给赞助人或收藏家好处）。还不能忘记一些机构的成员，他们促进生产者（美术学校等）生产和消费生产，通过负责消费者艺术趣味启蒙教育的教授和父母，帮助他们辨认艺术品、也就是艺术品的价值。"①

另外，我们在上文所提到的布尔迪厄关于"同源性"的论述，也可以看出他超越内外对立的意图。所谓同源性，在布尔迪厄看来，指社会空间可以划分为各个相对独立自主的场域，每一个场域都有自身的逻辑法则，各个场域都有着自身的宰制与被宰制的权力关系，从而形成一定的等级制度。但各个场域又围绕着同源性的关系建构了一种大的支配与被支配的等级结构。不同场域的支配与被支配关系，在另一个场域当中会表达出相似的趋向和相同的占位追求。其中，习性概念就像热力学第二定律中的"麦克斯韦妖"一样穿梭于各个场域当中，充当着一种同源性的调节。这种场域之间同源性的假设首先在一定程度上揭示了权力场是如何进入艺术场域当中展开自己的影响的，同时也揭示了艺术场是不可避免地要受到其他场域尤其是政治、经济场的影响，只不过这些影响要通过艺术场自身逻辑的折射罢了。其次，同源性假设也规避了将艺术场域孤立、圣化的危险，艺术场和其他场域同处在一个社会空间系统中，并且拥有着一种"同构不同质"的关系特征。再次，这种同源性效果为布尔

---

① ［法］布尔迪厄：《艺术的法则》，刘晖译，中央编译出版社2001年版，第276—277页。

迪厄后来批评与分析社会各个领域不同区隔的形成提供了一种理论基础。由此，他考察出了艺术、服饰、装修甚至于饮食领域追求差异与区隔的相似性。最后，"'同源性效果'剖析了文学生产场以一种隐蔽而委婉的方式加入社会权力再生产中。文学生产场和其他场域一样也是争夺场域特殊资本和合法性的斗争场所，只不过采取符号资本的方式渗透和变形、误识社会支配关系"①。

至此，我们分析了布尔迪厄关于艺术场域的历史生成、艺术场域的结构特征、艺术场域的重要作用的论述。通过艺术场域的历史性生成分析，我们可以得知艺术场域是有自律可言的，但艺术场自律的形成是有一定的历史社会条件的，而且艺术场域的形成并不代表着任何一种规则成了一成不变的本质性的东西，而是从"一神论"走向了"多神论"，从单一走向了多元；通过艺术场域结构特征的分析，我们可以得知艺术场域是与其他场域尤其是权力场域密切相连的，它的双重位置以及双重结构导致了它内部的持续不断的符号斗争，艺术场域是围绕着艺术合法性以及艺术幻象建构起来的位置的关系网，每个行动者都努力地完成着自身的合法性；通过对艺术场域的重要作用的分析，我们可以得知，艺术场域视域下的艺术批评观念包含着一种试图超越艺术内部研究与外部研究"钟摆运动"的意图，文学艺术家的卡里斯玛意识不过是社会炼金术的结果，我们对艺术的研究要秉持一种关系性、生成性、反思性的视角。然而，我们也不能不看到，布尔迪厄艺术场域的一些弊端，比如社会学视角出发的艺术研究，必然保留着更多外部研究的痕迹；从艺术场域视角出发，要考虑的社会空间因素在一般情况下并不能穷尽，故而

---

① 张意：《文化与符号权力》，中国社会科学出版社 2005 年版，第 313 页。

对于单个艺术作品的分析不见得有针对性；过分强调场域斗争中的对立关系，在一定程度上忽视了合作与对话的可能等等。但是，瑕不掩瑜，总体上我们认为布尔迪厄艺术场域观念的贡献要大大超过其弊端，关于这些我们在评价部分还会有更为详尽的论述。

第四章 基于艺术场域观念下的艺术考察(上)

布尔迪厄在完成其艺术场域历史性生成以及结构分析的同时，对艺术的系列问题也进行了基于艺术场域观念下的考察，这些考察大致在两个层面上进行：一个是在艺术活动的狭义层面上，也就是我们通常所指的艺术创作（当然也包括艺术创作过程中所涉及的要素，比如语言、范畴等）、艺术批评以及艺术史写作等；另一个则是在艺术活动的广义层面上，即诸如绘画、摄影、艺术博物馆、电视等艺术实践与艺术门类。为了便于论述，我们将基于上面的逻辑区分对布尔迪厄的这些考察分为上下两个部分来探讨，前一部分主要分析其关于艺术范畴、艺术趣味、艺术史写作等的论述，而后一部分则主要分析其关于电视、摄影以及博物馆的论述。

第一节 审美趣味的祛魅解读

在某种意义上讲，布尔迪厄的趣味理论是在恢复传统趣味内涵的基础上，经由对康德的"趣味无功利性""趣味普遍性"的直接批判下展开与完成的，因此我们有必要扼要回顾一下西方趣味理论的发展历程，尤其是康德趣味理论的形成过程。

西方美学史上的趣味理论，如果以康德为中心的话大致可以分为三个发展阶段：前康德时期、康德时期、后康德时期。前康德时期可以大致划分为两个阶段：从古希腊到文艺复兴是第一个阶段，从文艺复兴到康德（不包括康德）为第二个阶段。在前康德时期的第一阶段当中，趣味基本上还没有和审美判断相连，在西方各国的语言里，有关趣味概念的原初内涵基本上都是和口味、滋味、味觉相连的（这点也与中国的传统一致）。西方传统哲学、美学在对五觉的论述当中，一般只把触、味、嗅觉看作形而下的"器"，而将视觉与听觉尤其是视觉放在了与审美发生相关的位置，他们普遍认为触、嗅、味觉与身体联系过于紧密，故而只能产生低层次的简单快感，而视、听则可以在一定程度上脱离身体限制，与对象保持一定的距离，从而能够产生纯形式的观照，由此而引起的快感即便会导向放纵也不足为害。这些原初的认识实际上也导致了今天西方哲学、美学的视觉中心主义。如此，趣味在最初不仅不能与审美判断相连，甚至还有可能影响并限制审美的发生，不过这种现象因为文艺复兴的到来得到了巨大的改观。

文艺复兴运动让人们在一定程度上发现了"人"、发现了"人性"，甚至可以说是发现了"人的个性"。人的感觉得到了较为全面的关注，味觉尽管还并没有被提到如康德那般的审美判断高度，但却已经不像以前那样被完全地贬斥。据国内有的学者考证，趣味与审美判断相连的最早迹象表达应当是文艺复兴时期意大利的皮科。皮科在1486年为友人的长诗作注时，使用了"优雅"一词来分析人的美，他认为优雅之于人体美，犹如盐之于菜肴一样不可缺少。之后,16世纪末意大利的风格主义者们才最早较为明晰地把趣味作为鉴赏和审美的隐喻术语使用。① 另据国内有的学者考证,西班牙文学者格西安(Baltasar Gracian,1601—1658)首先将趣味一词用于伦理和政治领域,他所说的有鉴赏力、趣味高雅的人,就是一个完美的、善于交际的人,也就是一个在社交场合言谈风雅、举止得体、彬彬有礼的人。他所表达的趣味是一种不能教且不能学的先天神秘禀赋,基本上属于非理性主义的范畴。② 然而,不管是人体美的最初引入还是政治、伦理学的最早使用,我们可以看出趣味与判断的最早相连都是基于一种经验性的感性立场。格西安的趣味概念传入法国以后,对法国17世纪中后期的美学产生过重要的影响,尤其是与当时艺术理论中的古典主义(诸如"三一律"等)形成了对峙,并由此开启了经验派与理性派关于趣味判断的长期论争:前者以趣味的最初内涵为基础努力探讨趣味经验性的审美判断,后者则从理性入手去探讨趣味作为审美判断的可能性与普适性。趣味经验论的代表人物有霍布斯、哈奇生、休谟、博克等,而理性论派的代表人物有笛卡尔、莱布尼茨、约翰逊、莱辛等人。他们以各自的哲学观为基础,发表了众多的关于趣味审美判断的见解,也正是他们之间的论争促使趣味问题逐渐成为西方艺术理论和美学的中心问题之一,与此同时,也形成了趣味概念始终"在感性与理性、直觉与思考、特殊与普遍、先天与后天之间摇摆前进"③,康德就是在这样的历史背景下,登上趣味判断论述舞台的,他努力要做的就是彻底解决上述趣味经验论与理性论之间的抵牾。

---

① 参见范玉吉《审美趣味的变迁》,北京大学出版社2006年版,第32—35页。
② 曹俊峰:《康德美学引论》,天津教育出版社1999年版,第163页。
③ 同上书,第170页。

康德关于趣味判断的论述主要体现在他的《实用人类学》和《判断力批判》两部著作中。据曹俊峰先生的考察，康德为《判断力批判》拟定的原名就是《趣味的批判》，之所以后来发表时改成了前者，主要是出于与前两个"批判"相对应的考虑，因为与理性和知性处于同一列的是判断力，而不是趣味。① 实际上就《判断力批判》的体例我们也可以看出康德在这部著作中着重论述的是"趣味判断"。《判断力批判》第一卷主要论述的对象是"美的分析"，而这一卷就是从"鉴赏判断"开始的，且整个上卷都是围绕着鉴赏判断进行的。"鉴赏判断"的德文是"Geschmacksurteil"，这个词是由Geschmack（趣味）和Urteil（判断）两个词组成的，通常应当译为"趣味判断"②，国内宗白华先生和邓晓芒先生的译本均采用"鉴赏判断"，这一译法可能是考虑鉴赏比趣味更有动词性的意味。为了论述方便，下文我们在介绍康德的鉴赏判断理论时，均替换为趣味判断。

实事求是地讲，康德并没有完全忽略趣味的原初内涵，而且在某种意义上讲，他的趣味先验审美判断理论的完成也正是在对趣味原初内涵的基础分析上一步步完成的。在《实用人类学》中，康德曾为趣味下过一个明确的定义："口味（Geschmack）这个词，如前面已经讲过的，其本来意义是指某种感官（舌、腭和咽喉）的特点，它是由某些溶解于食物或饮料中的物质以特殊的方式刺激起来的。这个词在使用时既可以理解为仅仅是口味的辨别力，但同时也可以理解为合口味。"③ 那么这种基于感官的千人千变的感觉如何可能被

---

① 曹俊峰：《康德美学引论》，天津教育出版社1999年版，第121—122页。
② 同上书，第161页。
③ ［德］康德：《实用人类学》，邓晓芒译，上海人民出版社2005年版，第148—149页。

运用于其他领域,并用来标志审美的评价能力呢?这首先是因为"没有一种场合像一群好朋友吃一顿美餐那样,能够如此长久地在一次享受中保持住感性和知性的协调,如此经常地重复那种兴致"。为了使这种美好的感觉持久地出现,东道主必须挖空心思"使他的宴会安排的多种多样,也就是让每个人的感官找到一些合适的东西,这就可以充作一种相对的普遍适用性"①。这样,作为特殊的感觉便具有了一种可以运用于其他感觉领域的可能性。不仅如此,康德还对上述的口味(也就是趣味)进行了辨析,将其分为两类:一类就是经验性的趣味,这种趣味"既不能要求有真正的普遍性,因而也不能要求必然性"②,这就是康德所说的"反射性趣味"(gustus reflectens);另一种趣味则"必须先天地建立起来,因为它指示着必然性,因而也指示着对每个人的有效性"③,这就是"反思性趣味"(gustus reflexus)。康德关于趣味审美判断的先验普遍有效性理论正是基于这种"反思性趣味"展开的,在《实用人类学》的后半部分,包括《判断力批判》中,康德便直接用趣味代替了反思性趣味,趣味原初的味觉感性意义也因此被完全剔除了。④ 如此,趣味(鉴赏)便真正成为一种判断美的能力,趣味判断就是审美判断,审美判断力也就是趣味判断力。

在完成了上述的准备工作之后,康德开始了其对趣味判断的先验分析。这里我们还必须首先看到的是,康德对趣味判断先验的分析也是其哲学理论构建过程的一种逻辑必然,因为当时德国哲学传

---

① [德]康德:《实用人类学》,邓晓芒译,上海人民出版社 2005 年版,第 152—153 页。
② 同上书,第 149 页。
③ 同上。
④ 曹俊峰:《康德美学引论》,天津教育出版社 1999 年版,第 94 页。

统普遍将人类的认识能力分为知、情、意三个部分,康德通过《纯粹理性批判》对知性的批判,找到了先天的纯粹知性概念和知性原理;通过《实践理性批判》对理性的批判,找到了先天绝对的道德律令;如此,相应的情感能力必然也涉及一种自己的先天原理,只有完成这个批判才能最终完成其批判哲学的理论架构。那么,康德是如何完成趣味判断的先验批判的呢?这就是我们所熟知的康德趣味判断论述的四个契机。首先,从质的方面来讲,趣味判断不是认识的、不关涉善的、更不是单纯的欲念与快感,而是一种"不带任何利害的愉悦或不悦而对一个对象或一个表象方式做评判的能力"①。其次,从量的方面来讲,康德认为趣味判断尽管是单称的、主观的、不关涉逻辑概念的,但却具有一种普遍性,这种普遍性的来源就是"共通感"。所以康德通过这个契机得出的结论是:"凡是那没有概念而普遍令人喜欢的东西就是美的。"② 再次,从关系的方面来讲,康德认为趣味判断是一种无目的的合目的性。所谓"无目的",主要是因为趣味判断并不涉及概念,而又"合目的"主要是因为对象的形式正好符合了主体的想象力与知解力的自由活动,仿佛是一种先在的和谐。在这个契机的研究中,康德不仅分析了无目的的合目的性,而且区分了纯粹美和依存美,还表达了他关于美的理想,他最后得出的结论是:"美是一个对象的合目的性形式,如果这形式是没有一个目的的表象而在对象身上被知觉到的话。"③ 最后,从模态或者从方式方面来看,康德认为趣味判断不涉及概念的必然性。乍看起来,这个契机的分析所得出的结论与前面的量的分析极为相似。实际上

---

① [德]康德:《判断力批判》,邓晓芒译,人民出版社2002年版,第45页。
② 同上书,第54页。
③ 同上书,第72页。

关于量的分析主要探讨的是趣味判断的普遍性，而此处则主要探讨的是趣味判断的必然性，只不过康德论及的趣味判断的普遍性与必然性都是建立在共通感原则基础上的。至此，康德完成了他对趣味判断的原理与本质特征的分析，我们可以大致做如下的概括：所谓趣味判断是那种无功利性可言的、由对象的形式所引起的一种愉快的感觉，这种愉快的感觉尽管是单称和个人性的，但却因为"共通感"的预设，从而具有普遍性与必然性。此外，基于这种审美趣味无功利性的先天普遍性，康德还极力强调了"天才"在艺术活动中的重要作用，认为艺术的发展以及艺术标准的制定都是由"天才"来完成的。康德的这种趣味只关涉形式且无功利性的论述在西方美学史与艺术史上产生了巨大而深远的影响，浪漫主义、象征主义、唯美主义甚至于近代的先锋艺术无不将康德的这种论述奉为律令[1]，而他关于艺术天才的论述经由尼采等人的推崇也影响巨大，并形成了韦伯所说的"卡里斯玛意识"。康德趣味判断理论的完成以及其产生巨大影响的时期也就是我们前面所说的趣味理论的"康德时期"。

在康德审美趣味理论开始流行并产生巨大影响的过程当中，也不乏对其提出质疑与批判的理论家。这些批判与质疑主要是从社会学的角度进行的，他们的代表人物有布尔迪厄、齐美尔、考斯梅尔、珍妮特·沃尔夫（Janet Wolff）、特里·伊格尔顿等[2]，也正是这些

---

[1] 这其实也是康德被视为形式主义美学鼻祖的原因，但实际上康德并不是绝对的形式主义者，因为康德区分纯粹美与依存美，而且认为纯粹美是极为少数的存在，就是为了在一定程度上完善自身对形式的论述。

[2] 齐美尔主要是从消费社会理论中时尚的视角对康德审美趣味理论进行反思与发展，考斯梅尔则是通过将趣味判断延伸到视听之外的感觉入手，而沃尔夫、伊格尔顿则主要是从艺术社会学角度对康德的审美无功利性进行了意识形态维度的考察，布尔迪厄则是以其特有的阶层理论对康德的审美趣味进行了祛魅式的反思。

理论家对康德审美趣味理论的批判与反思使西方"趣味"理论进入了后康德时期。

在一定意义上讲，布尔迪厄是第一个将趣味从美学领域（由康德审美趣味影响下所形成的近现代美学）中解放出来的哲学、社会学家。他在回复传统趣味内涵的基础上，对康德审美趣味无功利性进行了彻底的祛魅式解读与分析，他甚至认为康德预设的这种先验的审美趣味无功利的判断标准不过是康德想要将他本人所隶属的阶层习性普遍化的产物。他对康德审美趣味理论的挑战与反思主要是从以下几个方面进行的：首先，他认为康德的趣味理论只是一种共时性的分析，有必要回到历史中去对其普遍性的前提进行质疑与反思；其次，他认为康德的审美趣味观与普通大众的趣味审美观是相对立的，实际上康德本人的审美趣味观也代表了他附属阶层的习性认知；最后，他认为康德所谓的审美趣味的无功利性只是一种理想化的状态，这种纯粹无功利之下实际隐蔽执行着社会区隔的功能。① 此外，他还认为康德所论及的艺术天才不过是艺术场域艺术机制构建过程中的产物，而所谓的卡里斯玛意识也不过是一种盲目的艺术神学拜物教（关于这点，前面也已多有论及）。那么，布尔迪厄对康德的审美趣味理论进行批判与质疑有什么样的深层原因呢？

布尔迪厄对康德审美趣味无功利性的质疑在根本上是和其一贯的认识论与方法论相关联的。正如我们在介绍布尔迪厄思想来源时所提到的那样，布尔迪厄在认识论上继承了其业师巴什拉的"认识论断裂"思想。巴什拉在自然科学发生巨大变革，尤其是相对论与量子力学等伟大科学发现的基础上，认为理性的先验范畴、超验主

---

① 区隔（Distinction），是布尔迪厄社会学研究中的一个重要概念，也译为区别、区分等。

体已经不再可能。他认为科学的发展并不像以往人们认为的那样，是不断积累与扩大的过程。科学的发展必然包含着一种对以往历史的断裂与拒斥，尽管这种拒斥不是完全的拒绝，而是将原先的知识进行一种重新的排列，但科学成果并不具有连续性的特征，这就是所谓的"认识论断裂"（epistemological rupture）。布尔迪厄继承了这种思想，认为当一种规范科学研究形成一定的成果，并通过各种方式获得重要的、占据统治性地位时，这种科学范式可能就会阻碍科学的进一步发展。所以，对科学而言首先且至关重要应当解决的问题就是将预先建构的客体的建构过程当作研究的客体，这是真正的科学断裂的重点所在。康德的审美趣味理论实际上就恰好符合了他的"认识论断裂"要求：一方面康德的审美趣味理论提出之后产生了巨大的影响，经过长时间的积累，在美学史与艺术史上占据了重要的位置；另一方面，长期以来，人们并没有将康德的审美趣味理论构建过程本身作为客体进行研究，并没有去反思它的普遍适用的可能性。所以，布尔迪厄认为有必要对其进行一次"认识论断裂"的质疑与批判。这种质疑与批判进一步讲还与布尔迪厄反思社会学的方法论（尤其与其反思性的第三个层次）有深层关联。前面我们已经详细地介绍了布尔迪厄研究方法中的反思性，布尔迪厄认为在学术研究过程中，广泛地存在着"唯智主义"倾向，也就是指研究者通过一种"抽身而出"的方式外在于世界，以高高在上的姿态观察与研究对象，总结出一套可以包打天下的理论规则，从而不加反思地到处运用这种理论去肢解和阐释社会世界的姿态。布尔迪厄一贯反对"宏大理论"那种包打天下与居高临下的态度，并不断在反思着理论的普遍有效性，他曾直言不讳地质疑："怎么可能会有这样一种历史活动，比如科学活动，它本身处于历史中，却又能生成既贯串整个历史又独立于历史的真理，它超脱于一切，却又具备具体的时间地点，并且还永远地、普遍地有效？"① 如此，康德审美趣味中的那种普遍有效性的预设也必成为布尔迪厄的反思对象。

布尔迪厄在对康德的审美趣味批判的过程中，通过其独特的社会阶层理论创造性地发现，趣味不仅具有审美判断的功能，而且具有社会阶层区隔的功能，这就是他所说的"趣味能分类，也能分类分类者"（Taste classifies, and it classifies the classifier）。② 他认为，我们对趣味的认识不能够仅仅局限于纯粹的审美领域里，而是要回归到趣味最初的语义学含义当中，并联系日常生活的各个领域。他关于趣味论述最重要的著作《区隔——趣味判断的社会批判》就是在对法国社会饮食、服饰、音乐、摄影、体育等各式各样日常生活的经验性考察的基础上完成的。他在《区隔》的开篇就表达道："除非我们将通常意义上所运用的那种狭义的、受限制的'文化'带回到人类学广泛意义上的'文化'上来，除非我们重新将那种关于精致物体的高雅趣味与关于食物口味的基本趣味联系起来，我们将无法真正理解文化实践。"③ 只有如此我们才能看清楚："合法美学经验无非是占据统治地位者做出的合法区隔的结果。更具体地说，美学经验赖以发生的美学性情，与一定的阶级习性有着不可分割的联系。什么样的行动者，他在社会空间中占据何种位置，他拥有什么样的文化资本，他必然会秉有什么样的趣味。"④ 布尔迪厄根据行动者在社会空间当中占有的资本总量以及资本结构的不同，不仅分析

---

① ［法］布尔迪厄：《科学之科学与反观性》，陈圣生等译，广西师范大学出版社2006年版，第6页。

② Pierre Bourdieu, *Distinction, A Social Critique of the Judgement of Taste*, Cambridge Mass: Harvard University Press, 1984, p. 6.

③ Ibid., p. 1.

④ 朱国华：《合法趣味、美学性情与阶级区隔》，《读书》2004年第7期。

了趣味在垂直层面上的区隔作用，而且分析了同一阶层在平行面上的趣味选择的不同。他在《区隔》一书中将趣味大致划分为三类：统治阶层的趣味（也即大资产阶级的合法趣味）、被统治阶层的趣味（也即工人、农民等阶层的趣味），此外还有一种介于两者之间的中产阶层的趣味（也即那些小资产阶层）。

统治阶层的趣味，在布尔迪厄看来又可以称为自由趣味（taste of freedom）或者合法趣味。之所以自由，主要是因为统治阶层在社会空间当中占有大量的各种资本，尤其是经济资本、政治资本以及文化资本，因此他们可以摆脱日常生活物质需要的紧迫性，从而强调形式高于功能；之所以合法，主要是指统治阶层通过各种手段将自身的趣味合法化为整个社会的普遍趣味。很显然，布尔迪厄对于这种趣味的分析来自对上述康德的形式主义美学、纯粹美学的反思。统治阶层追求的是一种与普罗大众断裂的"高级"审美趣味，在服饰上，他们更多考虑的是漂亮、典雅、高贵等形式上的特征；在饮食上，他们更多追求的是音乐背景、环境、服务以及菜肴的秀色等；在欣赏艺术作品时，他们更多关注的是作品的叙事策略、风格变化等形式方面的特征；在语言表达上，他们追求的是高度的修饰、委婉典雅的措辞；在行为上，则处处表达出一种矜持、知书达理的特征。总之，无论是在艺术的审美欣赏中，还是在日常生活当中，他们处处追求一种异于其他阶层尤其是下等阶层的趣味追求，这是因为"自由趣味只能通过与必然趣味的关系来确认自身，必然趣味也因此被判定为审美层面上粗俗的趣味"[①]。而与其作为对比的必然趣味（taste of necessity）就是下面我们将要介绍的被统治阶层的趣味。

---

① Pierre Bourdieu, *Distinction, A Social Critique of the Judgement of Taste*, Cambridge Mass: Harvard University Press, 1984, p. 56.

其实在统治阶层趣味这个平行面上也存在着趣味的区隔与差异,布尔迪厄认为统治阶层趣味内部的区隔表现为"资产阶层趣味"与"知识分子趣味"之间的对立,前者相对占有更多的经济资本,所以一般表现为追求感官体验;而后者相对占有更多的文化资本和象征资本,所以一般表现为追求简朴而纯粹的美学体验。处于这两者之间的,是经济资本与文化资本持有比重相当的人,即布尔迪厄所称的专业人员,如医生、企业主管等,他们则倾向于相对健康的享乐主义。①

被统治阶层的趣味,之所以被布尔迪厄认为是必然的趣味,是因为身处工人、农民阶层的人由于在经济资本以及文化资本上的严重匮乏,使得他们不得不面对物质生活的紧迫性,并由此产生了一种功能性需求趣味。他们在饮食上追求的是实惠与糊口,在衣物上追求的是耐穿与保暖,在语言上显得粗糙、随意,面对艺术欣赏时则主要想从作品的内容中获得一种道德上的满足感及生活上的实用感。这些都使他们与统治阶层趣味在垂直层面上形成了区隔与差异。然而这并不妨碍他们对统治阶层趣味的追求与认同,比如"他们用冒着白沫的酒来充当香槟,用仿制的皮具来代替真皮,用复制印刷品来替代绘画真迹,都说明了他们接受了统治阶层所定义的什么是值得拥有的商品"②。那么,这种无意识的认可是怎么形成的呢?我们将会在介绍完中产阶级趣味之后分析其深层原因。

处于统治阶层与被统治阶层之间的是一个比较尴尬的阶层,这就是中产阶层,一方面中产阶层基本上摆脱了如工人阶层那样的物质

---

① Pierre Bourdieu, *Distinction*, *A Social Critique of the Judgement of Taste*, Cambridge Mass: Harvard University Press, 1984, pp. 208 – 224.
② Ibid., p. 386.

生活紧迫感，所以他看不上普通民众的必然趣味；另一方面，与大资产阶层相比，他们缺乏足够的经济资本与文化资本，尤其是缺乏足够的文化资本，所以尽管他们渴望拥有上流社会的那种自由趣味，却往往因为经济上的相对匮乏或者文化上解码（decode）能力不够而不得。其实布尔迪厄认为这个中产阶层内部也是相当复杂的，在他看来至少可以分为败落的小资产阶层（the declining petite bourgeoisie）、执行小资产阶层（the executant petite bourgeoisie）和新兴小资产阶层（the new petite bourgeoisie）。[①] 其中，前两者相对来说都倾向于保守的取向，不论是在物质消费抑或是艺术欣赏过程中，他们尽可能地通过勤奋和努力来积累资本以追赶大资产阶级，从而与自由趣味更加接近，并希冀通过花较少的钱而附庸最好的风雅。新兴小资产阶层的趣味是布尔迪厄论述较多的，布尔迪厄认为新兴的小资产阶层与那些将要衰落的小资产阶层完全不同，他们受过良好的教育，具有一定的文化资本，他们积极向上，对生活充满信心，"在针对一切与生活艺术相关的事物斗争中都希求扮演前卫的角色"[②]，他们甚至不惜以贷款消费的方式来完成对上流社会的附庸，在艺术趣味上表现出毫不妥协的先锋精神与符号挑战。也正是在这些层面上，布尔迪厄认为这些新兴的小资产阶层是趣味的"传输带"（transmission belt），他们与区隔自己的那些上流阶层进行消费和竞争的竞赛，同时又将自己想要区隔的那些阶层也拖入消费和竞争的竞赛中来，如此，他们不仅完成了自身的合法化，同时也潜在地帮助上一阶层完成了他们的合法化。[③] 那么，这些趣味到底是如何完成自身合法化

[①] Pierre Bourdieu, *Distinction, A Social Critique of the Judgement of Taste*, Cambridge Mass: Harvard University Press, 1984, pp. 346–370.

[②] Ibid., p. 366.

[③] Ibid., p. 365.

的呢？尤其是作为社会准则的自由趣味是如何完成自身区隔的呢？

布尔迪厄首先认为教育在这个过程当中是一个重要的灌输机制和再生产工具。这里所说的教育不仅指学校教育，也指最为普遍存在的家庭影响以及家庭教育。布尔迪厄认为家庭在形塑个人的最初趣味的过程当中扮演了重要的角色，他认为不论我们的口音、饮食以及生活习惯等等都透露着家庭原初的特征，我们每一个人在孩童时代就内化了家庭成员在社会空间中所占有的位置习性。[①] 另一方面，我们所受的学校教育也在形塑我们的趣味习性过程中起到了重要的作用。布尔迪厄认为学校所进行的那些趣味的培养不过是在为统治阶层代言，他们在教育的过程当中不断灌输统治阶层的趣味，以至于我们不假思索地就接受了它的合法性，我们的趣味习性也就是在这样一个潜移默化的过程中被培养出来的。关于教育作为不平等再生产工具的论述，我们在下文中还会有更为详细的介绍，此不赘述。

另外，被统治阶层主观上的"误识"在趣味的合法化过程中也具有一定的作用。由笛卡尔"我思故我在"所肇始的二元对立思维，在西方哲学上形成了巨大的影响，以至于我们在对世界的感知过程当中基本上是按照这种思维进行的。布尔迪厄在《区隔》当中也认识到了这种普遍存在的二元对立，在分析问题的过程当中也较为普遍地采纳了这种思维，但如果深入思考，我们便会发现布尔迪厄实际上是站在批判的立场对待这一思维的。在《区隔》的结论部分，布尔迪厄有过这样一段表述："在给定的社会形式当中的所有行动者，都共享着一种基本的知觉模式，这个知觉模式通过一系列成对

---

① Pierre Bourdieu, *Distinction, A Social Critique of the Judgement of Taste*, Cambridge Mass: Harvard University Press, 1984, p.101.

对立的形容词开始其对象化，这些形容词同时又在不同的实践领域完成着对人或者物的分类与限定。"① 布尔迪厄列举了高雅与低俗、精致与粗糙、轻快与笨拙、独特与普通等对立的概念，并认为这些对立之所以被心甘情愿介绍，是因为它们背后潜在的整个社会秩序的对立。② 这一系列的符号对立当中的认知区分实际上是为了隐蔽地帮助完成社会区分的。被统治阶层在自觉地接受这个认知区分模式的同时，实际上也形成了对统治阶层趣味的认同，从而也自觉地认为自身的趣味就是粗糙的、笨拙的、普通的与低俗的。这种知觉模式的深层"误识"实际与统治阶层的趣味达成了一种共谋，帮助统治阶层完成了区隔与统治。

布尔迪厄以其阶层理论为基础，以场域、资本和习性概念为手段，对合法趣味以及美学性情进行了社会学视角下的分析，不仅揭示了审美趣味合法化的历史性，而且解释了趣味的区隔功能，对于我们认识审美趣味具有重要的意义。此外，他还利用其独特的趣味理论论述了消费社会欲望与需求的关系，打通了高雅趣味与低俗趣味之间的界限，对于我们理解消费文化以及大众文化具有一定的启示意义。然而，布尔迪厄的趣味理论也并不是包打天下的理论，它也存在一定的不足与缺陷。首先，他的趣味理论主要是在发达资本主义国家社会语境的基础上完成的，并不一定适用于所有的国家和地区。比如，在中国当下社会语境中，实际上是中产阶层扮演了西方上流社会的角色，而且我们的中产阶层也只占整个社会的很少一部分。在中国，经济资本与政治资本，尤其是政治资本占有绝对的

---

① Pierre Bourdieu, *Distinction*, *A Social Critique of the Judgement of Taste*, Cambridge Mass: Harvard University Press, 1984, p. 468.
② Ibid..

优势，文化资本的作用相较西方发达国家来讲是无法同日而语的，所以趣味作为区隔的功能体现得并不是特别的充分。其次，布尔迪厄过分强调了趣味与阶层之间的一致性，而相对忽略了趣味在不同群体之间流动的可能性。我们不能完全否认有些上层社会人士喜欢新兴小资产阶层的先锋与前卫，也并不能完全否认一些中产阶层会喜欢大众趣味的质朴与天然。这些都是我们在思考与运用布尔迪厄趣味理论时应当注意的。

第二节 艺术范畴的溯源批判

在分析布尔迪厄关于艺术范畴的论述之前，我们简明扼要地回顾一下西方哲学范畴理论以及艺术范畴理论，以便了解布尔迪厄艺术范畴理论的历史背景。"范畴"一词在西方有着深远且丰富的发展历程，从古希腊起就已经开始了对它的关注与讨论，它的希腊文是κατηγορια（kategoria），意为指示、证明、分类，英文对译是category，中文则取《尚书·洪范》中"洪范九畴"之意与之对译。

就其发生意义上来讲，它最早的产生是与哲学相连的。古希腊时期，米利都学派在考虑世界本源的时候提出了西方哲学史上第一个范畴"本原"（αρχη），从而拉开了西方哲学范畴史的序幕，如此，"范畴"在肇始之初就具有了存在论（本体论）维度。此后，赫拉克利特提出了变化、逻各斯、对立统一等范畴。建立西方哲学史上第一个范畴表的是毕达哥拉斯学派，他们曾拟定了诸如"有限与无限""奇与偶""右与左"等十对相互对立的范畴。[①] 柏拉图在

[①] 李武林、谭鑫田等主编：《欧洲哲学范畴简史》，山东人民出版社1986年版，第11页。

西方范畴发展史上具有重要地位,他不仅提出了影响整个西方形而上学哲学发展的"理念"(也译为"相")范畴,而且相对系统地考察了"存在与非存在""无限与有限"等范畴,最难能可贵的是他不仅考察了这些范畴,还考察了这些范畴之间的关系。柏拉图的学生亚里士多德是最卓越的西方哲学范畴理论的奠基人,他不仅第一次明确使用了"范畴"概念,列出了第一个严格意义上的范畴表,而且写下了西方哲学史上第一部关于范畴的专篇:《范畴篇》。在《范畴篇》里亚里士多德是从语法学或修辞学的角度入手,通过对命题的谓词分析得出范畴的,这就赋予了范畴以逻辑维度或者说认识论维度,但亚里士多德并没有因此丢掉范畴原本的存在论维度,他认为:"就其自身而言的存在的意义如范畴表所表示的那样,范畴表表示多少种,存在就有多少种意义。在各种范畴的表述之中,有的表示是什么,有的表示质,有的表示量,有的表示关系,有的表示动作与承受,有的表示地点,有的表示时间,每一范畴都表示一种与之相同的存在。"① 如此,范畴的本体论与认识论维度便结合在了一起。

到了近代,由于文艺复兴运动极大提高了人的主体地位,一定程度上提高了人的理性作用,哲学研究的重点也从以前的那种追问世界的本源转为讨论人是如何认识世界的,伴随着这一转变人们对于范畴的理解也逐渐从本体论层面转向了认识论层面。不论是大陆理性论或者是英美经验论都在这个转向过程中做出了巨大的努力,但他们对人的认知能力以及认知条件的看法并不一致,甚至于说在绝大多数情况下都是对立的。比如说大陆理性论者们在旧形而上学

---

① 苗力田主编:《亚里士多德全集》第七卷,中国人民大学出版社1993年版,第121—122页。

本体论的影响下认为经验是不可靠的，而只有"实体"才有资格作为知识的对象，实体独立于感性事物之外，只能为理性所直观；而英美经验论者则恰恰持近乎相反的态度，他们大多从感性事物出发，从人类的直觉经验出发，获取对世界的认识。这种认识论上的对峙实际上也形成了近代哲学范畴上诸如物质与属性、感性与理性、本质与现象、真理与真理标准等等的对立。① 而这些哲学范畴的对峙同时又加强与巩固了大陆理性论与英美经验论的之间的哲学斗争。通过这些论争与对峙，近代哲学范畴得到了极大的丰富，并为康德、黑格尔的范畴理论做了良好的铺垫。

19 世纪德国古典哲学是西方范畴理论发展史上的又一个关键时期，在经历了康德到黑格尔的范畴理论之后，西方哲学史上的辩证法思想达到了相当的高度。康德是近代第一个有着专门且系统范畴理论的哲学家，对他来讲，范畴只具有认识论的意义。他认为，我们的知识是从经验开始的，但却并不来源于经验。感觉所提供的知识的材料必须通过理智在一定的形式里考察，才能够获取真正的知识，理智考察和感性经验材料的联结形式，就是范畴。② 如此看来，康德对范畴的理解似乎是对大陆理性派与英美经验派的综合，但在康德这里理智范畴最终并不是经验的，而是先验的。他从理智的判断作用出发，根据先验判断的四大类型：质、量、样式和关系，构建了一个由十二个（对）范畴组成的范畴表。康德对自己的范畴体系很是自信，认为它不仅不同于亚里士多德的范畴表，也不同于欧洲大陆理性派以及英美经验派的范畴认识，他认为他的范畴系统是

---

① 李武林、谭鑫田等主编：《欧洲哲学范畴简史》，山东人民出版社 1986 年版，第 19 页。
② 同上书，第 22 页。

围绕人类共同的判断原则建构起来的,因而是比较全面的。他曾这样说:"这一个范畴体系的实质之所以有别于旧的那种毫无原则的拼凑,它之所以有资格配称为科学,就在于纯粹理性概念的真正意义和这些概念的使用条件就是由于这一体系才得到恰如其分的规定的。"① 实事求是地讲,康德的范畴体系的确比以往的范畴论述都更具有核心指向性和系统性,而且他的每组范畴当中都是由三个构成,第一个是肯定的,第二个是否定的,第三个则是综合的,这种辩证的因素也在一定程度上启发了黑格尔的"正—反—合"辩证法思想。

康德的范畴体系并不是完美无缺的,黑格尔就认为康德并没有从范畴之间的关系去考察,而且批判康德对于范畴"三一"的表达方式也极其表面,并没有展现它们实际的一个发展过程。黑格尔在对以往尤其是康德哲学批判继承的基础上,设计出了一个庞大的哲学范畴体系,他总结了西方哲学范畴史,几乎把历史上出现过的重要哲学范畴都纳入了他的哲学体系中。② 在他的哲学范畴的考察过程当中,范畴不是一个个孤立存在的,而是一个范畴衍生一个范畴,范畴之间是可以相互转化的,尽管有些推理与衍生显得有些牵强,但其中包含的辩证思维却是范畴考察史上最为深刻的。然而,黑格尔的哲学范畴也只是从精神、意识层面入手的,因此在极大程度上隔绝了历史和现实,这些后来也被马克思、恩格斯的范畴理论所超越。

马克思、恩格斯在广泛吸收前人范畴理论有益成分的基础上,提出了自身独特的、被国内有的学者总结为"实践论"的范畴理论。马克思、恩格斯的范畴理论"实现了本体论和认识论的统一,从而

---

① [德]康德:《未来形而上学导论》,庞景仁译,商务印书馆1997年版,第99页。
② 李武林、谭鑫田等主编:《欧洲哲学范畴简史》,山东人民出版社1986年版,第27页。

使辩证法提高到新的水平，展现出新的形态。它不是沉浸在黑格尔式的思辨的概念辩证法中，也不是回复到古代朴素直观的自然辩证法，而是揭示了实践辩证法的丰富内涵及其重要意义"①。马克思、恩格斯给范畴输入了历史和现实的维度，使范畴理论更好地融合了本体论和认识论维度。

最后但并非不重要的是，范畴理论在当代也有一定的发展，尤其是语言哲学的兴起，使亚里士多德关于范畴理论中那种最早包含的语言、语法分析维度得到了重新的认识与发展。这种发展实际上也是在认识论与存在论两个层面进行的，它们最具代表性的人物应当是维特根斯坦和海德格尔了。一个通过"家族相似性"的语言研究回复与发展了范畴理论的认识论维度，一个则通过"语言是人类存在的家园"回复与发展了范畴理论的存在论维度。

通过以上对西方哲学"范畴"理论历史性发展的扼要描述，我们至少可以得出以下几点结论：首先，范畴至少有存在论与认识论两个维度；其次，哲学范畴是构建哲学时使用的最基本的概念，那么范畴也就是构建不同学科时所使用的基本概念；再次，某学科范畴的变化与发展必然会在极大程度上改写该学科的原貌；最后，范畴还是人们认识世界过程中的一个个阶段的烙印，它是人类认识逐步深化的标志，范畴自身也有一个不断发展的过程。这些基本的结论当然也可以用到艺术范畴上来，所谓艺术范畴简单来说就是能够描述与表达艺术现象形态以及艺术研究、艺术理论的那些最普遍、最基本的概念，它们是人们对于艺术认识的最基本、最高度的概括。它们的改写与变动必然会影响到人们对艺术的认知及艺术现象和艺

---

① 谢庆绵：《西方哲学范畴史》，江西人民出版社1987年版，第314—315页。

术理论的原貌。比如西方艺术、美学发展过程中的优美、崇高、悲剧、喜剧等范畴,中国艺术、美学发展中的气、中和、风骨、滋味、境界等都是对纷繁复杂艺术现象的高度概括。关于艺术的科学作为一种科学体系也同其他科学体系一样是以范畴为基点构建出来的。美学家舍斯塔科夫就曾说:"除了美学范畴,在科学术语中还广泛使用所谓艺术范畴,它们属于艺术和接受艺术的专门范围。这个范围相当广泛,它不仅包含其内容在历史上不断变化的'艺术'概念本身,而且还包含'形象'、'寓意'、'形式'、'摹仿'、'趣味'这样一些概念,离开这些概念便难于理解艺术创作的本质和艺术在对世界的审美把握上的作用。"①

布尔迪厄在基于艺术场域观念去认识艺术范畴时,发现了"范畴"一词在西方哲学、艺术发展史中一直被遗忘的一种含义。他通过语义学的考察,认为范畴一词的古希腊语来源应该是 kathegoresthai,而这个词在古希腊语中的最初含义是"公开的谴责"(accuse publicly 或译为公开的控诉)②。这里也许读者们就会产生迷惑了,前面我们在交代范畴一词的古希腊语时认为应当是"kategoria",为什么到了布尔迪厄这里却变成了"kathegoresthai"呢?它们两者之间有什么样的关联呢?其实,"kategoria"的英文对译是 category,"kathegoresthai"的英文对译则是"categorisation",而"categorisation"则又是动词"categorise"的名词化,所以"kathegoresthai"是"kategoria"的动词名词化,可译为"范畴化",也译为"分类""分类化"。其实国内有的学者早在 20 世纪 80 年代也认识到了布尔迪厄

---

① [苏] 舍斯塔科夫:《美学范畴论——系统研究和历史研究尝试》,理然译,湖南文艺出版社 1990 年版,第 264 页。
② Pierre Bourdieu, *The Field of Cultural Production*: *Essays on Art and Literature*, New York: Columbia University Press, 1993, p.262.

所强调的范畴一词这种一直被遗忘的内涵，李武林与谭鑫田先生主编的《欧洲哲学范畴简史》中就有这样一段话："在古代希腊，这个词原来是法律上的用语，它或者表示一般的告发，或者专指在法庭上对某一个人的控告和起诉。相应的动词有显示、暴露、证明、表明、宣告等意思。"① 这和布尔迪厄所说的"公开的谴责""公开的控诉"基本上是一个意思。

布尔迪厄认为人们对范畴这个最初含义的遗忘，实际上是完全忽略了范畴作为斗争与分类的策略性作用。对此，他基于艺术场域的斗争性曾稍显过激地直接表达道："艺术家与批评家们为了界定他们自身或对手而在大多数情况下所使用的概念，实际上是种斗争的武器和界分，艺术史家们借以讨论他们主题的那些范畴，不过是些用来熟练遮掩或者变形的具体范畴。在多数情况下，这些范畴最初都是用来贬斥或者谴责的。"② 布尔迪厄还进一步认为，艺术家和艺术史家们除了提出了这些范畴，还通过一系列的诸如发生学的遗忘、批评解析、学位论文和学术论文等手段赋予他们那些原本充满斗争意味的范畴以技术性的、永恒性的意味。③ 如此，在布尔迪厄看来，艺术范畴不过是艺术家们用来追求自身合法性，寻求差异，从而通过完成自身稀缺性来区隔对手的一种行为策略。艺术家与艺术史家们不过是利用了范畴是人类认识世界与事物最基本与最高度概括这样一个"赋魅"型的普遍共识，掩盖自身那种追求合法性区隔的行为策略。这样的分析似乎也正好吻合了"范畴"一词最初原义中的

---

① 李武林、谭鑫田等主编：《欧洲哲学范畴简史》，山东人民出版社1986年版，第1页。
② Pierre Bourdieu, *The Field of Cultural Production*: *Essays on Art and Literature*, New York: Columbia University Press, 1993, p. 262.
③ ［法］布尔迪厄：《纯美学的历史起源》，周宪主编《激进的美学锋芒》，中国人民大学出版社2003年版，第55页。

"分类"的含义。对此,布尔迪厄曾有过这样的表述:"假如存在着真理,那么,真理就是斗争的某种赌注。由各种介入艺术场域的行动者所做出的多样或对立的分类和判断,尽管这些分类和判断肯定受制于(和场域中特定位置相关的)某些特殊的意向和兴趣,但它们是以普遍性要求的名义来陈述的,也就是对绝对判断的吁求,这种判断是对不同视点相对性的断然否定。"①

布尔迪厄对艺术范畴这种"祛魅"性的分析,尽管稍显激进,但也是不无道理的。比如,从我们上文在梳理范畴的发展史来看,欧洲大陆理性派与英美经验派之间的那种哲学上的抵牾在范畴上的表现,如感性与理性、本质与现象、真理与真理标准等等,他们正是通过这些范畴来互相批评与谴责,从而追求自身的有效性与合法性。再如,在对中国艺术传统的认识问题上,有的认为应该以"气"范畴为核心建构中国传统艺术认知,有的以为应当以"情"范畴为核心,还有的则认为应该以"境界"范畴为核心,然而不论是以哪种范畴为核心,研究者们实际上都是在运用范畴追求一种自身合法性的区隔。布尔迪厄的这种看法,对于我们认识艺术场域当中的符号性斗争具有重要的启示作用。然而,我们不得不考察的是,布尔迪厄这种对于艺术范畴的看法暗含的那种强烈的悲观主义色彩。也就是说,既然谈及艺术范畴必然要联系到艺术场域的斗争性,而且除了区隔斗争外,艺术范畴似乎别无他用,那么我们是不是应当就此否认艺术范畴在认识艺术过程中的作用,从而取消它呢?答案当然是否定的,我们要做的似乎应当是充分认识从而最大限度地减弱艺术范畴这种场域斗争行为策略的色彩,进而最大限度地发挥其在

---

① [法]布尔迪厄:《纯美学的历史起源》,周宪主编《激进的美学锋芒》,中国人民大学出版社2003年版,第55—56页。

总结与概括纷繁复杂艺术现象以及艺术活动中的认识论作用。

第三节 艺术史写作的深层反思

谈及文学史、艺术史的写作必然要牵涉到经典问题,因为经典问题直接关系到文学、艺术史编撰过程中的内容选择,与此同时,文学、艺术史的编撰又直接关系到文学与艺术的教育,关系到经典的传承与变迁。西方文论传统上的经典问题其实并不是一个问题,"应当说,在20世纪五六十年代以前,西方文学理论界对'何谓文学经典'有着大体一致的看法,即认为文学经典是具有内在审美本质和特殊语言构造的优秀、典范、权威的作品,这个观点也是唯美主义批评、实证主义批评、象征主义批评、俄国形式主义批评、英美新批评和法国结构主义的共识"[1]。但是这种以文学艺术作品内在的审美本质和特殊语言为经典判定的普遍性标准,在20世纪七八十年代文化研究以及后现代主义各种流派兴起以后遭到了严重的批判与质疑。批判者和质疑者们通过对传统经典的权力化分析、机制性分析认为,经典是历史建构出来的,并不存在普遍适用的经典标准。"女性主义者们认为流行的经典忽视了女作家的声音,黑人认为自己的文学创作被蓄意边缘化,后殖民主义者埋怨宗主国对殖民地的文化帝国主义侵略,新历史主义者认为权力是构建文学经典的动力和源泉,马克思主义者则在经典的生产中发现被掩盖的阶级压迫和阶级斗争,发现资本的逻辑在形塑经典方面的最后决定作用。"[2] 他们

---

[1] 陶水平:《当下文学经典研究的文化逻辑》,见童庆炳、陶东风主编《文学经典的建构、解构和重构》,北京大学出版社2007年版,第267页。

[2] 朱国华:《文学经典化的可能性》,见童庆炳、陶东风主编《文学经典的建构、解构和重构》,北京大学出版社2007年版,第101页。

毫无二致地要求拓宽经典或者重估经典，甚至要求要重新书写文学史与艺术史。

这些与传统不同的声音对于我们全面认识经典的生成，客观地认识经典的流动性，与时俱进地认识经典在消费时代所面临的问题等方面具有一定的积极意义，但是一味地对经典解构、"大话"或者"戏说"等，也可能会最终导致民众无所适从、空虚无望。所以，在对传统经典的普遍质疑声中，也不乏对经典传统美学标准的捍卫者，哈罗德·布鲁姆（Harold Bloom）便是其中最具代表性的一位。他以毫不妥协的批评来对抗大众文化与文化研究者，并认为他们对西方经典传统批评与质疑的动机与目的并不是建立在纯粹美学的意图上，只不过是"为了实行他们所谓的（并不存在的）社会变革而颠覆现存的经典"①。故而，他将他们统统称作"憎恨学派"（School of Resentment）。他坚定不移地认为使文学作品能够赢得经典地位的原创性标志是某种陌生性，是其特有的语言特质和审美属性。然而，遗憾的是布鲁姆除了延续了传统经典的那些批判标准的词语之外，也并没有给出一个令质疑者们满意的关于经典标准的答案。相反，他甚至略显底气不足地承认，憎恨学派所提出的审美价值也出自阶级斗争的说法"太宽泛而无法全然否定"②。而对自己所坚持的"个体的自我是理解审美价值的唯一方法和全部标准"也显得举棋不定，还不得不承认："'个体的自我'只有相对于社会才能被界定，两者之间的冲突不可避免地牵涉到社会的和经济的阶级之间的冲突。"③经过这些颠覆者与捍卫者之间的论争，经典问题倒真成了一个大家

---

① ［美］哈罗德·布鲁姆：《西方正典：伟大作家和不朽作品》，江宁康译，译林出版社2005年版，第3页。
② 同上书，第16页。
③ 同上书，第16—17页。

争论颇多的热门问题了。

尽管布尔迪厄没有直接参与到这场论争当中，也没有专门大费笔墨地探讨经典问题，但却基于文化生成场表达了对经典和艺术史写作的看法。他所表达的看法不可谓不深刻，以至于国内有的学者认为布尔迪厄的观点是运用建构主义理论来解释经典的生产机制中最为复杂与精致的。[1] 正如前文我们所讲到的那样，布尔迪厄对文学艺术的看法是建立在其艺术场观念基础上的，而艺术场观念的构建设想以及内在逻辑上就是为了超越文学艺术的内外部之分。故而在布尔迪厄看来，文学、艺术经典"体现为一种获得自身的不确定的过程：一方面，它延续着场域的历史，也就是承载着文学惯例的压力（这通常是内部的视角）；另一方面，它又体现了符号斗争的维度，体现了文化生产场内部各种位置空间之间的博弈协商关系，也体现为文化生产场域与其他场域之间的互动关系（这通常是外部的视角）。文学获得经典地位，是这两种历史契合的产物"[2]。用布尔迪厄自己的话来讲："一部艺术品的社会发展过程，也就是说在不知不觉中将其变为衰败的或者是经典的这个过程，是内部运动与外部运动共同契合的产物，内部运动刺激了不同种类产品的生产，而那些与社会观众变化相连的外部运动则通过使作品更加常见而认可和加剧了稀缺性的丧失。"[3] 但我们不得不承认的是，布尔迪厄尽管也论及了经典构建中的文本自身因素，而他更愿意论述与相信的是经典的形成过程是一个艺术场域各种行动者以及艺术场域与其他场域

---

[1] 朱国华：《文学经典化的可能性》，见童庆炳、陶东风主编《文学经典的建构、解构和重构》，北京大学出版社2007年版，第101页。

[2] 同上书，第102页。

[3] Pierre Bourdieu, *The Rules of Art: Genesis and Structure of the Literary Field*, Stanford: Stanford University Press, 1996, p.254.

之间博弈与斗争的结果。正如前文我们在论述艺术场域中行动者的行为策略时提到的那样，先锋派的后来者们总是通过与正统的受到普遍认可的先锋的决裂，通过对经典的否定，在依赖潜在观众的基础上，完成自身的合法化和经典化。但这个过程值得注意的是：后来先锋派对被认可的先锋派的批判与决裂往往是通过最初和理想的定义的使用，也就是说他们往往通过追溯更为纯粹的、晦涩的或者更为原初的那种艺术幻象作为自己反叛的根据，这其实也表示出布尔迪厄在一定程度上还是承认有着经典最初美学因素存在的，但遗憾的是布尔迪厄并没有对其详细地论述，只是转而分析了在文化生产场生产出艺术经典认知之后，各种机制对这种认知的不断形塑和再生产。在分析布尔迪厄关于艺术价值产生的理论时，我们也论述到了布尔迪厄认为艺术家象征资本的产生与艺术价值的完成（其实也就是艺术的经典化过程），不仅仅是通过艺术本身的美学要素形成的，更是通过诸如出版商的出版、大众媒介的宣传、艺术批评家的批评以及艺术展览馆的展览等等一系列机制共同完成的，而且在经典地位确立之后，教育机制又上演着使其持久化并不断再生产的作用。

基于这样一种对经典的认识，布尔迪厄提出自己对艺术史写作的看法。布尔迪厄认为传统的艺术史写法是很成问题的，原因主要来自三个方面：首先，在经典作家的选择过程当中，文学史家与艺术史家根据自身在艺术场域当中的位置，或者根据自身的喜好和学术兴趣来进行选择。如果我们回想上文关于布尔迪厄的反思社会学认识论介绍的话，这种艺术史的写法应当是布尔迪厄反思社会学提出的第一或第二种偏见。其次，文学史家或者艺术史家往往将事先设定的分类原则应用于事先设定的群体，如此经典作家或者经典作品的选取就只好迁就其预先设定的结构了，他们甚至常常只是"分析名单的构成，名单实际上就是他们研究的光荣榜，也就是定典范作家群体界限的典范化和等级化过程的历史"①。再次，就算文学史家与艺术史家在一定程度上避免了个人的喜好，但在艺术史与文学史的编纂过程当中往往人云亦云地将大家普遍认为的经典作家选择进来，而忽略了那些"并不经典的作家"。布尔迪厄认为在艺术场域当中，所谓位置的确定都是由其他位置来完成的，也就是说，在艺术场域的关系网络当中，并没有孤立位置的存在，经典作家的确立也必然是由所谓的非经典作家的位置来完成的。因此，我们在书写文学史或者艺术史的过程当中，不仅仅是要书写在场域斗争中取得合法地位的那些经典作家或者经典作品，也同时要关注那些使得经典作家或者经典作品成为经典的"非经典作家"或"非经典作品"，因为他们共同构成了艺术场域，共同构成了艺术史。传统的文学史、艺术史写法正是"试图把每一个作者都简化为能够在被孤立的个体的范围内得以捕捉的总体属性，除非特别留意，它有各种机会，忽视或取消与在场域中占据的位置相关的结构属性"②。布尔迪厄在描述艺术场域的过程当中其实就大量关注了那些法国文学史上并不经典的作家和作品。关于对这样一种艺术史写法的批评，使我们很容易就回想到前面所讲到的布尔迪厄思想渊源中巴什拉的"认识论畸形"对他的影响，巴什拉认为我们在科学研究的过程当中，有一种遗忘那些次要文献以及次要思想的畸形认识倾向，而其实这些次要文献以及次要思想在科学发展的道路上并不见得不重要，因为其最下等的也能作为我们避免错误重犯的反观镜。布尔迪厄很好地继承

---

① ［法］布尔迪厄：《艺术的法则》，刘晖译，中央编译出版社2001年版，第228页。
② 同上。

了这一认识论思想，并将其运用到艺术史写作的反思中来，对我们具有一定的启示意义。

第四节　符号权力与语言经济学

关于布尔迪厄的语言观，国内已有不少论述：高宣扬先生在其专著《布迪厄的社会理论》中专分一章探讨了该问题，张意先生在其专著《文化与符号权力》也单分一节探讨了该问题，朱国华先生在其专著《权力的文化逻辑》一书中不仅用了一节的分量来探讨该问题，而且还对布尔迪厄的语言观进行了省思。[①] 鉴于此，笔者将在简要概述其语言观的基础上，考察一下其对文艺语言研究的启示。

布尔迪厄的语言观是在对索绪尔开创的结构主义语言观进行批判的前提下提出的，在批判吸收后期维特根斯坦语言哲学以及奥斯汀语言观的基础上完成的。布尔迪厄认为由孔德提出、索绪尔发展的"语言共产主义错觉"（illusion of linguistic communism）是造成现代所有语言学错觉困扰的源头。这种"语言共产主义"认为语言是一种自足的符号系统，是一种所有人都可以掌握与使用的共同财富，对于它的掌握与运用可以不关涉任何的社会与经济条件问题。尽管索绪尔区分了"言语"和"语言"，表面上看似注意到了语言学的"外部"要素与内部要素的区别，然而他"通过为后者保留语言学的

---

① 详细可参见高宣扬《布迪厄的社会理论》，同济大学出版社2004年版，第166—200页；张意《文化与符号权力》，中国社会科学出版社2005年版，第91—123页；朱国华《权力的文化逻辑》（生活·读书·新知三联书店2004年版，第97—105页）中的论述。另外，可参考苑国华先生发表于2009年第2期《北方论坛》的《论布尔迪厄的社会语言学》，余永林发表于2010年第4期《理论界》的《布尔迪厄论合法语言的生产》等文章。

头衔,排除了所有在语言与人类学之间确立一种关联的研究,排除了讲说它的人的政治历史,甚至是语言讲说区域的历史,因为所有这些事物不能对语言知识本身有所增益"①。布尔迪厄还接着指出:"正是这种基本区别使结构主义只能从模式及其执行、本质与存在的角度来设想语言和言语这两种存在属性之间的关系。这就把科学家——这种结构主义模式的信守者——推到了一种莱布尼茨式的上帝的位置,对于这个上帝,实践的客观意义是既定的。"② 故而,在布尔迪厄看来,以结构主义为代表的"纯粹"语言分析模式最大的弊端在于只认为"语言是智力活动的工具,是分析的对象,在这些人眼里是一种僵死的语言,是一个自足的系统",从而"完全斩断了与它实际运用之间的任何关联,并剥夺了它的所有实践功用和政治功用"。而实际上"'纯粹'语言学秩序的自主性是一个幻觉,这种语言学的确定是通过赋予语言的内在逻辑以特权才得以实现的,但同时这一做法付出的代价是忽视了语言的社会使用方面的社会条件和相关因素"③。

基于这种批判,布尔迪厄提出了自己的第一个论断:"语言关系总是符号权力的关系④。"在布尔迪厄看来,最简单的语言交流也都是言说者和他们分别所属的各种群体之间的力量关系通过一种变相(transfigured form)形式进行的表达,"如果不考虑在交流中发挥了作用,但不被肉眼察觉的权力关系结构的总体,那么交流中一个非常重要的部分,甚至包括言谈的信息内容本身,就始终是不可

---

① [法]布尔迪厄:《言语意味着什么——语言交换的经济》,褚思真、刘晖译,商务印书馆2005年版,第2—3页。
② [法]布尔迪厄、[美]华康德:《实践与反思——反思社会学导引》,李猛、李康译,中央编译出版社1998年版,第189页。
③ 同上书,第188页。
④ 同上书,第189页。

理解的"①。这也就是说,任何语言交流、语言运用、语言表达都必须回归到言说者在社会空间中的各种位置方面的相关因素,可从性别、教育水平、阶层出身、居住地点等方面去理解。语言的运用者在掌握与使用语言资源和语言技巧时并不像结构主义语言学认为的那样是平等的,相反他们"进入合法语言的渠道是很不平等的。语言学家在理论上认定的普遍共享,但这种技能在现实中却是由某些人垄断的。……就像一个农夫解释为什么他从未想到竞选他所在小镇的镇长时,他会说:'我不知道该怎么说呀!'"② 这些语言技能的垄断者们便是在社会空间占有着重要位置、占有着较多资本的行动者,布尔迪厄将由他们产生并普遍化的语言叫作"合法化语言"或"官方语言",并认为官方语言不论在其发生方面或者使用方面都与国家有着密切的关系。所以,布尔迪厄进一步地指出:"为了使一种表达方式在其他表达方式中把自身作为唯一的合法者予以强制推行,语言市场必须统一,不同方言必须受合法语言或用法的实际衡量。单一的'语言共同体'乃是政治支配的产物,这种政治支配由各种制度无休止地再生产出来,而这些制度则能够强加一种对于支配性语言的普遍认同。"③ 在这些不断再生产官方语言的各种制度中,教育制度占有着重要的位置,教育制度通过对官方语言的不断灌输确立并加强它的合法地位。

---

① [法]布尔迪厄、[美]华康德:《实践与反思——反思社会学导引》,李猛、李康译,中央编译出版社1998年版,第189—190页。

② 同上书,第194页。

③ [法]布尔迪厄:《言语意味着什么——语言交换的经济》,褚思真、刘晖译,商务印书馆2005年版,第19页。关于这一点,从我们身边学习普通话的例子看就可一目了然。国家大力提倡讲普通话,并且通过普通话证书来作为衡量能否进入教师队伍的文化资本之一。我们不仅在接受教育的过程当中被告知一定要讲普通话,而且公共场合里不会讲普通话也将被视为一种没知识、没涵养的表现。

布尔迪厄认为，这种语言运用过程当中的符号权力支配关系无处不在。他甚至认为在亲朋好友以及家庭谈话之间也存在着权力行为的潜在可能性，即便是他们之间的谈话并没有直接的施展支配权力，在布尔迪厄看来也只是一种"屈尊策略"（strategy of condescension），"或者借此更好地来否定和掩盖暴力真相，强化误识的效果，从而强化符号暴力的效果"①。布尔迪厄举了在纪念贝亚恩诗人的活动当中，波市市长运用贝亚恩语进行了一场演讲，从而大得当地居民的赞赏和追捧的例子。布尔迪厄认为波市市长采用的就是屈尊策略，因为波市市长并不是不会讲标准的法语，运用贝亚恩语来演讲只不过在表面上否定阶层关系与支配关系，从而使贝亚恩市民误认为自身的尊贵，从而自觉认可了支配阶层的统治。② 所以，布尔迪厄总结语言合法性时说："即使被支配者像韦伯所描述的贼那样，在正式规则所触及不到的地方度过终生，但他们仍旧总是处于正式规则的潜在判决之下，所以一旦被置于正式环境中时，他们就只能像语言调查中所通常记录下来的那样，只有沉默或者结结巴巴的说话。"③ 关于语言与权力的关联，实际上身为布尔迪厄校友的福柯也有一定的论述，比如在福柯关于精神病史的研究中，实际上也指出了权力在区分正常话语与精神病话语中的隐蔽作用。同为一所学校前后毕业的学生，布尔迪厄很可能在一定程度上接受了福柯关于权力话语论述的影响（尽管在表述他的语言观过程当中几乎没有提到福柯），但布尔迪厄的独特之处在于他不仅剖析了语言运用过程当中的

---

① ［法］布尔迪厄、［美］华康德：《实践与反思——反思社会学导引》，李猛、李康译，中央编译出版社1998年版，第192页。
② 美国总统奥巴马访华在上海做演讲时，上台之前向自己的随从现学了一句上海话"侬好"，从而赢得了长久的掌声，也拉近了距离，这其实也是一种"屈尊"策略的体现。
③ ［法］布尔迪厄：《言语意味着什么——语言交换的经济》，褚思真、刘晖译，商务印书馆2005年版，第56页。

符号权力支配作用，还借用经济学概念，发展出了一套语言交换经济学。①

布尔迪厄认为语言交换的过程就像经济往来一样也有着自身的"语言市场"（linguistic market），"作为一个特定的约束和监督系统强加自身的力量关系系统，这一系统通过决定语言产品的'价格'来推动语言生产方式的更新"②。在这个语言市场当中，也存在着生产者和消费者，存在着资本、价值、利润和调节规律。简单来讲，就是不同的语言行动者通过自身占有的语言资本的不同（当然这个语言资本是与语言惯习紧密相连的），在语言市场规则的调节下，进行着谋求最大预期利润的语言交换活动。正如上文所提到的那样，因为所有的语言交换关系实际体现了权力关系，所以语言交换市场也并不是单纯的发出者与接受者之间建立的编码和解码的交流，而是与特定象征性权力关系紧密相连的，故而"言说并不仅仅是需要被理解和破译的符号（除了在特别的情形中）；他们还是财富的符号，意欲被评价和赞美；也是权威的符号，意欲被相信和遵从"③。进而言之，语言市场的调节规则也是和权力关系紧密相连的，越正规的语言市场，合法性语言的支配能力就越强，也就越能影响被支配者的语言选择以及语言策略。换句话讲，在一般情况下越靠近合法语言的言说，其价值就会越大，相应其能够获得的预期利润就会越高，反之亦然。所以，不同的语言使用者在进行语言交换的过程中，往往有意或无意地（通常是无意的）对自己所使用的语言进行

---

① 关于布尔迪厄语言观与尼采、后期维特根斯坦以及福柯语言观的比较可以参考朱国华《权力的文化逻辑》（生活·读书·新知三联书店2004年版，第102—103页）中的论述。
② ［法］布尔迪厄、［美］华康德：《实践与反思——反思社会学导引》，李猛、李康译，中央编译出版社1998年版，第193页。
③ ［法］布尔迪厄：《言语意味着什么——语言交换的经济》，褚思真、刘晖译，商务印书馆2005年版，第49—50页。

一种相对于合法语言的调整,以期获得最大的语言交换利润,这一点对于那些处于权力关系劣势的言说者来说表现得尤为明显。通过这样的分析,布尔迪厄得出了自己关于语言的第二个论断:"与所有明显的语言秩序的自洽形式相反,所有语言都是由市场生产也是为市场而生产的,并且正是市场决定了语言的存在及其最为具体的属性。"①

通过上述两个论断的分析,布尔迪厄总结道:"一门充分恰当的语言社会学,必须同时既是结构性的,又是生成性的。这门语言社会学要预先假定,我们在理论中发现并在经验中予以复原的,是作为整个存在的人类实践,而语言实践只是其中的一个侧面。这种假定自然导致语言社会学把那种将结构形塑的语言差异系统(指那些对于社会学来说是至关重要的语言差异)与同样结构形塑的社会差异系统结合起来的关系作为自己的研究对象。"② 布尔迪厄通过其独特的社会实践视角,将语言与政治经济学进行了一次成功的嫁接,对于我们全面地认识语言的存在具有一定的启示意义,对于我们认识文学语言同样也具有一定的借鉴意义。

众所周知,20世纪以来,西方哲学出现了所谓的"语言学转向"(the lingusitic turn),语言问题遂成为众多人文学科关注的焦点。国内有的学者将西方哲学的语言学转向大致划分为两个变革:第一变革就是从"自然语言观"到"符号任意性"的转移;第二个变革则是从"逻辑语言观"到"审美语言观"的变换,并认为这两个变革与当代文艺学呈现出的"向内转"和"向外拓"两种基本趋向有

---

① [法]布尔迪厄:《言语意味着什么——语言交换的经济》,褚思真、刘晖译,商务印书馆2005年版,第62页。
② [法]布尔迪厄、[美]华康德:《实践与反思——反思社会学导引》,李猛、李康译,中央编译出版社1998年版,第197—198页。

着深刻的关联。① 首先，由弗雷格和后期维特根斯坦的分析哲学、胡塞尔的现象学以及索绪尔的结构主义语言学开启的语言哲学变革，对西方传统的那种"词物对应论"的"自然语言观"进行了无情的批判与反思，打破了人们旧有的词与物天然对应的"神话"。尤其是索绪尔对能指和所指的区分以及"符号任意性"的论述，更是促进了近现代"词物分裂论"的产生，而且上文所提到索绪尔语言本位的思想，也在很大程度上影响了人们将视野从对"词与物"之间关系的关注转到了对"词"的关注或者说转到了对"词与词"之间关系的关注，这种语言研究的转向在很大程度上影响了西方文艺学研究，从俄国形式主义到英美新批评，从唯美主义到法国结构主义，都只把文学艺术归结为一种"语言的艺术"，认为文学研究的对象除了语言之外，别无他物，从而确立了语言在文学研究中的本体地位。这种文艺研究"向内转"的趋向，对于扭转传统语言工具论的观点具有一定的积极意义，通过这个转向"语言以及运用语言的文学才真正完成了追求独立自主的'解放'运动，真正确立起自身价值而不再是任何别的东西的'影子'和附庸。"② 然而，随着这种趋向的不断深化，也带来了一定的弊端，它"走到了形式化的极端，把语言视作既'无主体'也'无事物'的独立自主的符号系统，把语言抽空后再重新给予，让语言自己再生自己。在这里，语言与现实世界、与主体意识、与其表达对象的关系，语言作为人与世界之间相互作用的象征媒介问题，都完全被抛弃了。文学自由自主了，但也从此空洞孤立了，并且'语言学诗学'把文学当作可以随意拆

---

① 参见赵奎英《当代文艺学研究趋向与"语言学转向"的关系》，《厦门大学学报》2005年第6期。

② 同上。

解的机器那样来检查的方法,把'文学语言'与'实用语言'严格对立起来的立场也颇可怀疑"。① 以至于发展到了福柯所说的"词所要讲述的只是自身,词要做的只是在自己的存在中闪烁"的状况。②

其次,在西方语言学转向的过程中,还有一种反对逻各斯中心主义,反对语言科学化、理性化的深刻变革。在这个变革过程中,后期维特根斯坦语言哲学、索绪尔语言学的"后结构主义",以及海德格尔的现象学——存在主义发挥了重要的作用,他们普遍追求一种与逻辑科学语言观相对的"诗化、审美化的语言观",他们努力发掘语言背后的诗性与审美性特质,甚至认为语言本身那种反逻辑的诗性特质正是"人类存在的家园"。这其实是从一个更为广泛的文化层面(尤其是审美性文化)来探讨语言的路径,或者说是将人类的整个文化、整个存在都看成了语言性的了。这种深刻的变革与前一种变革具有一定的交叉,尽管前一种变革主要倾向于在语言的内部去考察语言的这种特质,而后一种是把这种特质放在广泛的文化、甚至人类存在的视野中去考察的,但他们的基本趋向都是以诗性、审美性、艺术性来解释语言特质的。

通过对语言学转向的这两个深刻变革的介绍,结合上面对布尔迪厄语言观的分析,我们可以看出,布尔迪厄的语言观应该是建立在对第一种变革批判的基础上对第二种变革的拓宽。首先,布尔迪厄直接批判了由索绪尔结构语言学影响所致的那种语言本体观,认为他们造成了一种"语言共产主义的幻觉",从而将语言封锁在了一

---

① 参见赵奎英《当代文艺学研究趋向与"语言学转向"的关系》,《厦门大学学报》2005年第6期。
② [法]米歇尔·福柯:《词与物——人文科学考古学》,莫伟民译,上海三联书店2001年版,第393页。

个预设的牢笼之中。这种语言观同时也导致了艺术或文学的一种不良的历史传统:"在这一领域,引进了一种预设了功能的中性化的分析法只能是使感知艺术作品的模式变得神圣化,而这种模式总是要求鉴赏家的、即'纯'的和纯粹的'内部'性情倾向,而排除任何对'外部'因素的'还原性'指涉……文艺符号学把对艺术著作的膜拜抬高到了理性的层次,而同时又没有改变它的功能。"① 所以,在布尔迪厄看来,文学艺术领域的那种卡里斯玛意识以及"无功利拜物教"的形成,"语言本体观"是要负上一定责任的。正是这样一种对"形式主义诗学"语言观的批评,促使布尔迪厄走向了以一种文化批判理论的视角看待语言的理路。其次,布尔迪厄对于语言的符号权力关系的分析可以归入广义的文化研究范围内,因为他试图考察语言的社会功效以及权力符号对于语言运用的渗透,关注文化资本在语言交换过程中的重要作用等,基本上都是属于文化研究的思路。这种分析方式与前面所说的那种将语言特质放置于整个文化去考察,否定语言逻各斯中心主义具有很大的相似度。不同之处在于,布尔迪厄并不以审美性、诗性以及艺术性来定性语言并分析语言与人类存在的关系,而是通过一种更为广阔的社会实践、通过分析人类语言心智结构与社会深层结构深度关联的方式来考察语言的符号权力性,考察语言与人类存在的关系。如果说,上述的那种从"逻辑语言观"到"审美语言观"的变革潜在影响了文艺学研究的"向外拓"的话,那么布尔迪厄直接跳出语言审美性、诗性圈子,运用符号权力、文化资本分析语言的方式则可能更为直接与直观地使我们的文艺学研究"向外拓"。

在某种意义上讲,布尔迪厄关于语言符号权力关系的论述以及

---

① [法]布尔迪厄:《言语意味着什么——语言交换的经济》,褚思真、刘晖译,商务印书馆2005年版,第3页。

语言交换经济的论述为我们开拓了一种不同于"形式主义文学观"以及"语言学诗学"的认识文学语言的方式。① 通过这种方式，我们可以去窥探文学语言与社会结构的深层关联，去发现权力逻辑进入文学的隐蔽路径，去更深地了解文学场中作家创作过程中的语言选择策略因素等。换言之，我们在认识文学艺术语言时，必须要以关系思维的方式深切联系广阔的社会实践的各个方面，正如布尔迪厄所言："如果我们不把语言实践放在各种实践共存的完整世界中，就不可能充分理解语言本身。"② 比如，布尔迪厄在分析文学场域中作家的语言运用时，就指出："作家，也就是具有或多或少权威的作者，不得不认真考虑语法学家的意见，因为后者拥有对合法的作家与合法的作品予以神圣化合法则化的垄断权。"③ 而这些语法学家所制定和通过教育所传播的所谓的合法语言，也不过是官方语言或者上流语言的不断再生产。以中国的普通话为例，因为普通话是官方所大力推广的语言，所以作家在创作作品时，考虑到作品的发行与传播，考虑到在语言交换过程中能得到最大的"预期利润"回报，也必然有意、无意地去尽量选择运用普通话进行创作。如此，尽管表面看起来作家的语言描述以及语言表达达到了相当规范的水平，实际上却也因此在一定程度上导致了语言的一律化，导致了语言本有的那种多元蓬勃生机的丧失。著名汉学家、诺贝尔文学奖评委马悦然先生在接受中国记者采访时的一些讲话，似乎可在这方面为我们提供进一步的反思。当被问及在未来一二十

---

① 当然，在这方面做出贡献的并不止布尔迪厄一个人，布尔迪厄所批判吸收过的奥斯汀、后期维特根斯坦，还有尼采以及福柯在这方面也同样对我们有着相近的启示。

② ［法］布尔迪厄、［美］华康德：《实践与反思——反思社会学导引》，李猛等译，中央编译出版社1998年版，第197页。

③ ［法］布尔迪厄：《言语意味着什么——语言交换的经济》，褚思真、刘晖译，商务印书馆2005年版，第39页。

年里，中国是否会有作家获诺贝尔文学奖时，马悦然没有直接回答，却用下边的一段话来代替："在当代作家中，我特别喜欢山西作家李锐。因为李锐创造了一种新的小说写法，他的语言是中国其他作家中没有的。"① 他还解释说，李锐在吕梁山插队期间，学会了大量当地的方言，并成功地把这些最有生活原汁原味的语言运用到了小说中。在另外一处接受采访时，他还提到了当代作家曹乃谦，说曹乃谦与农民的接触非常紧密，能够懂得并运用农民的语言来写作。17 年前在一个杂志上看到了他的作品，都被感动得哭了。② 为什么诺贝尔文学奖的评委会只看重用方言、用农民语言来创作的李锐与曹乃谦呢？这似乎很值得我们去反思。当然，布尔迪厄并没有完全否认作家们在这个语言交换过程中的斗争与反抗，他认为也正是那些先锋派们对于现存合法语言的挑战才使得文学艺术场的语言斗争得以完成，才使得合法语言有着更改或者扩充的可能，但他也同时悲观地指出，这些先锋派们进行斗争的目的也只不过是使自己的语言运用在文学艺术场中得到合法性的认可。

当然，布尔迪厄的语言观并不是完美无缺的。首先，在论述语言问题的过程当中，尽管他自己声称是要克服"语言的经济学分析和纯粹语言学分析两个方面的缺陷"③，但实际上他除了把纯粹语言学分析拿来当作靶子使用之外，甚至从没有谈及任何关于语言学本身的东西（比如语法、结构或规则之类），恰恰相反，却长篇累牍地分析了语言交换的经济学。故而，布尔迪厄这种语言观难免具有一定的决定论或者目的论色彩（尽管这是他极力批判与极力避免的），

---

① http://news.sina.com.cn/w/2004-12-09/12574477694s.shtml.
② http://www.china.com.cn/news/60years/2009-07/28/content_18217868_2.htm.
③ ［法］布尔迪厄、［美］华康德：《实践与反思——反思社会学导引》，李猛、李康译，中央编译出版社 1998 年版，第 189 页。

他过于强调了语言的符号权力作用，却根本忘记了语言自身的理论问题，也就是说，他在批判纯粹语言学那种"唯智主义倾向"时，却不小心滑入了另一种"唯智主义"。其次，布尔迪厄在论述自身语言观的过程当中，尽管也认识到了处于语言被支配地位的那些行动者的反抗性（比如上述文学艺术场中对作家语言运用反抗性的论述），但却总是以一种悲观的姿态去理解这种反抗性，因而并没有为我们提供任何的反抗策略，这一切都使布尔迪厄的语言观蒙上了一层悲观主义色彩。这些缺陷与不足，是我们在思考与运用布尔迪厄语言理论时不得不考察的。

第五章 基于艺术场域观念下的艺术考察(下)

正如上文所讲，布尔迪厄不仅关注到了狭义艺术活动过程当中的审美趣味、艺术范畴、艺术史写作等问题，而且还对广义的艺术活动，诸如电视传媒、摄影艺术以及艺术博物馆等发表了自己的看法。可以说，正是在这些艺术实践活动当中，布尔迪厄发现并印证了自己的艺术场域观念和文化批评理论，或者说，布尔迪厄将自己的场域观念以及文化批评理论延伸到了这些艺术实践活动当中，他关于这些艺术实践活动的分析与论述共同构成了他的文学艺术观。在这一章中，我们将着重探讨布尔迪厄关于这些广义的艺术实践活动的观点与看法，看看他究竟是如何将艺术场域观念以及文化批评理论运用到这些领域的，以及能给我们带来哪些有意义的启示。

第一节 关于电视：艺术新闻批评的可能

正如我们在介绍布尔迪厄生平时所概括的那样，进入20世纪80

年代后期以后,布尔迪厄一改以往拒斥知识分子直接干预政治的姿态,转而以一种饱满的激情积极参与各种政治性斗争与活动,媒体上的曝光率也越来越高。1996年,他将自己在电视上的演讲以及其他几篇关于论述新闻场域的文章结集出版,这就是在法国媒体界以及知识界掀起轩然大波的《关于电视》一书。在这本书中布尔迪厄延续了其一贯的文化批判立场,对电视媒体进行了一场十分直接与深刻的反思与祛魅。

人类文化在经历了口头传播文化、印刷文化阶段之后,进入了电子媒介文化时代。对于电子媒介,不同思想家有不同的看法:高唱赞歌、热烈拥抱者有之;强烈批判、深刻反思者有之。前者的代表如本雅明、麦克卢汉等,后者的代表如阿多诺、鲍德里亚等。"进入70年代(20世纪70年代——引者注)随着东西方对抗和资本主义的全球扩张,同时也随着媒介对社会生活的广泛渗透,西方知识分子的反思愈加深入,批判理论的立场成为媒介思考的基点。一些激进的知识分子拒绝媒介,特别是拒绝上电视,他们宁愿选择站在媒介之外来批判媒介的策略。"① 而布尔迪厄则为我们提供了一种新的策略:利用媒体批判媒体。布尔迪厄认为,在面对电视媒体时我们完全没有必要在"要么一股脑儿赞成,要么全盘否定"这种非此即彼的绝对做法中进行选择,"如果条件合适,在电视上讲讲话是很重要的"②。这里所谓的"很重要",实际上就是指可以利用上电视的机会公开地去为电视祛魅。

---

① 周宪:《文化工业/公共领域/收视率——从阿多诺到布尔迪厄的媒体批判理论》,《新闻与传播研究》1998年第4期。
② [法]布尔迪厄:《关于电视》,许钧译,辽宁教育出版社2000年版,第8页。

一 收视率至上的逻辑

布尔迪厄对电视的批判主要集中在两个方面：首先，他认为电视是以收视率为其首要目的并深受商业经济制约的一种媒介。其次，他认为电视媒介表面上的民主形象，实际上是一种掩盖了的符号暴力。这两个问题是具有深刻内在联系的。在布尔迪厄看来，"新闻场与政治场和经济场一样，远比科学场、艺术场甚至司法场更受制于市场的裁决，始终经受着市场的考验，而这是通过顾客直接的认可或收视率间接的认可来进行的"①。电视从原来培养公众文化品位的工具，越来越蜕变为一种迎合观众、攫取商业利润的手段。打开电视，铺天盖地的广告暂且不说，就连电视节目的制作也为着商业的利润极尽媚俗之能事。电视人进行新闻选择的原则就是"对轰动的、耸人听闻的东西的追求"②，他们感兴趣的东西只是那些异乎寻常的东西，或者说只是对他们来说异乎寻常的东西。用布尔迪厄的话来讲："他们关注的是非同寻常的东西，是与寻常割裂的东西，是超日常的东西——日常的东西要每日提供超日常的东西，确非易事……正因为如此，他们对那些寻常中的非寻常的东西，亦即为寻常的期待所能预料到的，诸如火灾、水灾、谋杀、各种社会新闻等，赋予特殊的位置。"③他们利用对这些事件的大肆渲染的戏剧化处理，去吸引观众们的眼球，博取他们的关注，从而获得不错的收视率，进而攫取丰厚的商业利润。布尔迪厄对此感到十分担忧，因为如此一

---

① ［法］布尔迪厄：《关于电视》，许钧译，辽宁教育出版社2000年版，第87页。
② 同上书，第17页。
③ 同上书，第18页。

来，电视不仅在经济面前更加丧失了自主性，而且有可能导致电视节目的同一化倾向。尽管表面上看来，不同的电视台记者都在追求与众不同，追求新闻头条，但实际上"他们在手段上又相互效仿，所以他们最终又做同一件事，那就是追求排他性，这在其他地方，在其他场可以产生独特性，但在这里却导致了千篇一律和平庸化"①。这种节目上、表达方式上的千篇一律必然会导致人们趣味的趋同与平庸。

布尔迪厄对以收视率为首要目的的电视节目还有一种担心，他这样说道："一个越来越受制于商业逻辑的场，在越来越有力地控制着其他的天地。通过收视率这一压力，经济在向电视施加影响，而通过电视对新闻场的影响，经济又向其他报纸、包括最'纯粹的'报纸，向渐渐地被电视问题所控制的记者施加影响。同样，借助整个新闻场的作用，经济又以自己的影响控制着所有的文化生产场。"②这样，电视成了经济控制文化生产场的帮凶，电视、媒体人、新闻人因为垄断着大量的信息生产和大规模的传播工具，因而具有巨大的控制力。在布尔迪厄看来，"他们不仅控制着普通公民，还控制着学者、作家、艺术家等文艺生产者进入人们常说的'公共空间'"③。这也就是说，新闻人甚至在一定程度上控制了文化生产场的准入券，哪些人是可以出名的，哪些书是可以畅销的，似乎都必须借助于媒介的宣传与推介。如此，对于布尔迪厄来讲，电视及其他媒介似乎不仅沦为了攫取商业利润的工具，而且还不断侵蚀着其他诸如艺术场、文学场等场域的自律。

---

① ［法］布尔迪厄：《关于电视》，许钧译，辽宁教育出版社 2000 年版，第 18 页。
② 同上书，第 65—66 页。
③ 同上书，第 53 页。

二 电视作为一种符号暴力

实际上，布尔迪厄不仅看到了电视深受商业经济制约的弊端，还进一步论述了电视作为一种符号暴力对民主的践踏。所谓符号暴力，在布尔迪厄看来："是一种通过施行者与承受者的合谋和默契而施加的一种暴力，通常双方都意识不到自己是在施行或在承受。"[①]电视的这种符号暴力行为是如何实现的呢？首先，电视往往采取一种"以显而隐"的策略行为，达成一种表面中立化的形象，从而使承受者形成一种误识。所谓"以显而隐"，就是指"本该属其职责范围的事，亦即提供信息，展现的东西，电视却不展现，或者虽然展现了本该展现的东西，但其采用的方法却是展而不示，让其变得微不足道，或者重新加以组合编造，使其具有与现实毫不相符的意义"[②]。如此，电视通过一种为着收视率而进行的血和性、惨剧和罪行的新闻选择表面上看来便具有一种非政治化、中立化的倾向，这种非政治化倾向的新闻"吸引着公众又不造成任何的后果，还打发了时间，这些时间原本可以用来阐释别的东西的。然而时间在电视上是极其珍贵的。如果人们花上珍贵无比的几分钟去谈论一些无聊的东西，是因为这些十分无聊的东西实际上是非常重要的，在某种意义上，它们掩盖了弥足珍贵的东西"[③]。这里被掩盖了的"弥足珍贵的东西"就是人们对于民主、对于政治的真正认识。电视正是通过这样一种"以显而隐"的手段，造成了人们对政治知识接受量的低少，

---

① ［法］布尔迪厄：《关于电视》，许钧译，辽宁教育出版社2000年版，第15页。
② 同上书，第16页。
③ 同上书，第14—15页。

造成了人们对于真正的政治与民主的近乎无知，从而有利于统治阶层的统治。但正如国内有的学者所提到的那样，布尔迪厄认为电视新闻具有一种非政治化倾向只是问题的一方面，"布尔迪厄的深刻之处还在于，他不但指出了电视的非政治化倾向，同时也尖锐地剖析了它的另一面：强有力的煽动性和情绪效果"。[①] 电视不仅可以把很重大的事件弱化到很微小的影响，同样也可以将一个微小的细节无限地放大，在某种意义上讲，电视甚至可以制造现实，通过这样一种手段去煽动公众，从而达到一种深层的政治目的。故而，电视同时扮演着非政治化与政治化的双重角色，成为一种具有巨大隐性控制力的符号暴力。

此外，电视作为一种广泛接受媒介的巨大传播力量，也造成了一些文化生产场域行动者们对于它的认可与依附。因为通过电视上的出镜或者通过电视畅销书排行榜的评选，可以造就这些行动者们在文化生产场域中获取更有利的位置，进而获取更多的各种各样的资本。布尔迪厄曾这样不无痛心地说："传媒的力量，若要对科学界这样的领域施加影响，那它必须在它看重的场中找到同谋。借助社会学，我们可以弄清这种同谋关系。记者们往往非常得意地看到，众学者纷纷投奔传媒，希望自己的作品得到介绍，乞求传媒的邀请，抱怨自己被遗忘，听了他们的那些有根有据的抱怨，相当让人吃惊，不禁真要怀疑那些作家、艺术家、学者自己主观上是否想保持自主性。"[②] 通过第三章中的介绍，我们知道，布尔迪厄将艺术场域分为限制生产场与大生产场。在面对新闻场的干扰与控

---

① 周宪：《文化工业/公共领域/收视率——从阿多诺到布尔迪厄的媒体批判理论》，《新闻与传播研究》1998年第4期。
② [法] 布尔迪厄：《关于电视》，许钧译，辽宁教育出版社2000年版，第71页。

制时，布尔迪厄认为限制生产场更具备抵抗的能力，而大生产场则更多倾向与新闻场合作，更容易与新闻场达成同谋关系："简单地来说，越受同行承认，也就是说专业资本越雄厚的作家，就越会有抵抗的倾向；相反，在纯文学实践越不能自主，也就是说受到商业因素吸引（比如畅销小说家史洛德·法莱尔，今天文坛上也有类似的人），就越倾向于合作。"① 布尔迪厄将这些不可自主的知识分子称作"特洛伊木马"，正是通过他们，"他律，即商业的法则，经济的法则，可渗透到知识场来"②。所以，布尔迪厄呼吁我们要与这些不可自主的知识分子做斗争，进而以"民主的名义与收视率做斗争"，③ 与符号暴力做斗争。而且，在面对新闻场域对于文学艺术场域的不断侵蚀时，布尔迪厄发展出了自身独特的艺术新闻批评理论，这种理论在其与汉斯·哈克的对话小册子《自由交流》中表达得尤为明显。

三 艺术的新闻批评

如果说布尔迪厄在面对电视时，采取的策略是"利用电视来批评电视"的话，那么他在面对新闻场对艺术场的不断侵蚀时，采取的策略则是利用新闻重新塑造艺术的批评功能。正如布尔迪厄描述的那样，自艺术场域与艺术自律形成之后，艺术逐渐走向一种"漠然"。尤其是后现代众多艺术流派兴起以后，艺术似乎成为一种能指的游戏，艺术自主的同时也导致了艺术批评功能丧失的危险。当然，

---

① ［法］布尔迪厄：《关于电视》，许钧译，辽宁教育出版社2000年版，第72页。
② 同上书，第74页。
③ 同上书，第78页。

在面对机器大工业，面对工具理性对人类心灵艺术家园步步紧逼的状态下，葆有艺术的独立与自主是无可厚非的，马尔库塞所提倡的"审美救赎"、海德格尔所表达的"诗意栖居"无不是对抗工具理性的策略。然而，他们提供的这些对抗策略似乎总是让人觉出一种无望的悲凉与无力的乌托邦，面对机器工业、面对工具理性、面对新闻媒介时，难道我们真的就只能选择退回到自己的领域，对他们视而不见、掩耳盗铃吗？布尔迪厄基于这些考虑为我们提供了一种新的"救赎策略"，这就是艺术的新闻批评。

布尔迪厄对艺术新闻批评的论述是通过与好友著名观念艺术家汉斯·哈克的对话展开的，正如他们之间的对话册子《自由交流》的引言撰稿人伊内斯·香佩所表达的那样："他们在（20世纪）80年代相遇，并且立刻情投意合。在一个外来的观察者眼中，这种油然而生的、主观上的相互'好感'是有其自然的客观基础的，即作品与轨迹的相似。学者布尔迪厄依据的是哲学传统，却又违反它的正统性，甚至幽默地自称'嘴里叼着社会学'，而艺术家哈克，他依据的是艺术场域的自主性，却又甘冒被作'记者'，甚至'宣传家'的风险；他们的'先锋'轨迹如此相似，怎不令人吃惊呢？何况他们都利用社会声誉（前者是法兰西学院教授，后者是国际上知名的艺术家）来进一步犯禁……"[①] 因为这些作品与轨迹的相似，布尔迪厄与汉斯·哈克惺惺相惜。在布尔迪厄看来，汉斯·哈克是当代艺术表达不可多得的典范，因为他的艺术作品往往以一种毫不妥协、直截了当的姿态参与到各种社会文化批评中来，而且他的作品中包含了对艺术界、对艺术作品产生条件本身的批判性分析，更重要的

---

① [法]布尔迪厄、[美]汉斯·哈克：《自由交流》，桂裕芳译，生活·读书·新知三联书店1996年版，引言第1—2页。

是，汉斯·哈克眼力不凡，可以看出艺术界所受到的特殊形式的统治，而一般的作家和艺术家都相反，对此麻木不仁。① 汉斯·哈克的艺术表达形式是多样的，摄影、油画、拼切、装置、现实取材、文字论述，但无一例外的都是针对某一重大新闻事件、政治事件而进行的一种艺术化批判表达，而且在某种意义上讲，他所进行的形式上的选择其实也充满了思想的内涵。比如，其著名的作品《赫尔姆斯宝路之国》（1990）就是针对美国北卡罗来纳州的共和党参议员赫尔姆斯而创作的，作品的主要材质就是一个万宝路香烟盒，香烟盒的中部镶贴上了参议员的照片。这位参议员与生产万宝路香烟的菲利浦·莫里斯公司私下勾结，菲利浦·莫里斯公司为赫尔姆斯的竞选运动提供资金，从而唆使赫尔姆斯利用职权之便做一些该公司喜好的事情（比如仇恨工会、反对同性恋等），该公司的一位发言人曾直言："赫尔姆斯参议员曾帮了我们大忙……，他有能力协助我们，他经验丰富，善于运用国会程序来捍卫他的事业，因此他对我们的工业是有益的。"② 汉斯·哈克的这个作品正是要指控政客与金融财团互相勾结，任意践踏人权自由的恶劣行径。此外，当汉斯·哈克得知菲利浦·莫里斯公司拿出 20 万美元补贴一个为赫尔姆斯扬名的博物馆，并附庸风雅地展出毕加索的《戴帽的男子》这个新闻时，他创作了自己的另一幅批判艺术作品《抽烟的牛仔》。这幅粘贴画基本保留了毕加索原画的风格，只不过将一些赫尔姆斯与菲利浦·莫里斯公司勾结的内幕，以及菲利浦·莫里斯公司对艺术赞助的初衷以文字的形式镶嵌进来，从而致使好几位艺术家退出了菲利浦·莫里斯公司

---

① ［法］布尔迪厄、［美］汉斯·哈克：《自由交流》，桂裕芳译，生活·读书·新知三联书店 1996 年版，第 1 页。
② 同上书，第 83 页。

的赞助，以示抗议。此外，汉斯·哈克在德国纳粹发源地之一的慕尼黑柯尼希广场挂上了两面旗帜，利用临时公共装置制造了一件观念性的艺术作品《举起旗帜》。这两面旗帜，其中一幅是骷髅头，骷髅头是纳粹德国党卫军的标志，另一面则是当时向伊拉克出售军火的公司的名单。这样的临时装置艺术品实际上具有强烈的文化政治意图，尤其是通过与出售军火这样的新闻事件相连，更增加了这个艺术品的新闻批评力，以至于其中在旗帜上被点到名的公司对这件作品大为光火，向法庭提出了诉讼。布尔迪厄认为，汉斯·哈克的这种艺术表达方式是一种"高超的艺术"，因为通过这样的艺术表达，"生产出无比强大的 symbolique 武器，它们迫使记者讲话，迫使他们批评企业借资助知名施加 symbolique 影响"①。而且，这种艺术行动"发明一些从未有过的 symbolique 影响形式是可能的，这些形式将抛弃我们一贯使用的请愿书，将使文学艺术的想象力服务于反对 symbolique 暴力的 symbolique 斗争"。他还进一步指出汉斯·哈克的作品"向艺术家和学者指明了方向：如何使批判行动产生真正的 symbolique 效果"②。布尔迪厄看到了艺术家进行文化政治批评、进行新闻批评的优势，也看到了艺术新闻批评的符号批判力量。他认为艺术家在进行新闻批评的过程当中有着特殊的优势："艺术家的特殊才能具有重要意义，因为人们无法临时充当创造者来表现惊讶、诧异、困惑等等，而艺术家却能够引起轰动，不是像电视上的江湖骗子那样努力耸人听闻，而是真正引起轰动，即是将从冷冰冰的概念和验证中得出的分析，读者或观众漠不关心的分析，化为感性，以触动人心，感人至深。"③

---

① ［法］布尔迪厄、［美］汉斯·哈克：《自由交流》，桂裕芳译，生活·读书·新知三联书店1996年版，第19页。
② 同上书，第19—20页。
③ 同上书，第22页。

故而，对于布尔迪厄来讲，艺术家应当具有参与社会文化政治批判，利用新闻媒介重新塑造自身艺术批判功能的诉求。而且，对于那种艺术会因此降低自身美学品格的担心，布尔迪厄认为也是多余的，因为"与人们的说法相反，提示奥秘不但不会在一切情况下导致美学上的折中或妥协，导致水平的降低等等，反而会带来新的美学发现"①。所以，布尔迪厄的艺术新闻批评实际上是在号召，"号召有特定专长的人们（艺术家、作家、研究者、美术设计家、记者、文学批评家、艺术批评家）参加 symbolique 斗争，因为只有这种斗争才能使我们'重获'19 世纪少数作家、艺术家在反对形形色色的道学家时所建立的精神权威"②。

第二节 关于艺术博物馆：艺术教育的符号暴力

博物馆，作为一个国家的集体记忆和民族集体身份的认同机构，对每一个国家与民族都有着极其重要的意义。它具有搜集与整理、调查与研究、保管与陈列等多重功能：搜集与整理一个国家与民族具有代表性意义的历史文物与艺术珍品；调查与研究这些历史文物与艺术珍品对于一个民族与国家的历史集体记忆与现实身份认同究竟具有何种重要意义；同时还要保障这些历史文物与艺术珍品能够得到妥善保管，并能够定时地、公开地向每位民众展出。表面上看来，博物馆体现为一种公共的遗产，而且在对外开放的过程当中，要么完全免费，要么收费极为低廉，在经济要求上几乎并不设置任

---

① ［法］布尔迪厄、［美］汉斯·哈克：《自由交流》，桂裕芳译，生活·读书·新知三联书店 1996 年版，第 108 页。
② 同上书，引言第 3 页。

何的障碍，社会的各个阶层都可以自由出入，尽情欣赏。然而，布尔迪厄通过大量的实地经验调查发现，实际情况并不如此令人乐观，博物馆的这种表面的民主假象背后，实际上隐藏了深层的阶层区隔与符号垄断。

20世纪60年代，布尔迪厄与其领导的工作小组对法国21个博物馆，以及欧洲其他国家的一些博物馆进行了一场近万人的经验性调查，并对调查所得到的数据进行了细致且严密的统计学方法分析，其调查的最终结果就是《艺术之恋》一书。实事求是地讲，布尔迪厄这项调查所得出的结果，相较其一贯从事的其他领域的文化批评来说，并没有更为新颖的结论。不外乎就是：博物馆并不是我们想象的那样是一个体现平等、民主的地方，不同阶层首次进入博物馆的年龄不同，不同阶层进入博物馆的频率与时间不同，不同阶层对于博物馆所陈列的艺术作品与历史文物的解码能力与欣赏能力不同。处于社会上层具有较多经济资本与文化资本的阶层，出入博物馆的频率更为频繁，在博物馆内停留的时间也更长，对博物馆中所陈列的艺术品的欣赏能力也就更强，而处于社会底层，具有较少文化资本的阶层则相反。实际上，这些结论都是我们从直观上就能观察得到的，布尔迪厄的深刻之处在于，他不仅看到了这种不平等，而且还着力分析了造成这些不平等的深层原因，发现了艺术能力与艺术教育之间的微妙关系，祛魅了卡里斯玛意识的虚假普遍性。

正如上文所讲，民众们准入博物馆的经济条件障碍是几乎不存在的，任何阶层的民众只要愿意均可进入博物馆去欣赏艺术作品与历史文物。既然如此，那么造成进入博物馆时间与频率的不平等，造成欣赏艺术作品、艺术解码能力不平等的原因究竟是什么呢？这才是布尔迪厄真正的关心所在。布尔迪厄认为，人们的艺术能力并不像天才艺术家们所论述的那样是先验天生的，人们的艺术鉴赏能力也并不是与生俱来的，人们对艺术作品的欣赏与品鉴必须建构在掌握一定艺术代码的基础上，而想要获得高超的艺术能力则还必须把这些艺术代码内化为自身无意识的艺术感知。在布尔迪厄看来，"任何艺术感知活动都包含着一种有意或者无意的解码行为"①。而且，"作为符号产品的艺术作品只对于那些有能力欣赏它的、也就是说解码它的人，才具有存在的意义"②。那么，问题的关键是，人们是如何获取这些艺术代码与符码，如何获得解码能力的呢？布尔迪厄认为教育在这个过程当中扮演了十分重要的角色，这里的教育不仅指学校教育，也指家庭教育，而且家庭教育在艺术符码的获取过程中更加重要。

就布尔迪厄对教育的分析来看③，每个行动者在进入学校教育之前，都难免要受到家庭潜移默化的影响，家庭在培养个体习性方面具有不可替代的作用。尤其是像艺术习性这种对文化资本要求更高的惯习培养，更是在行动者进入高等教育之前就已经基本完成。布尔迪厄经过大量的社会经验调查后认为："处于最有利地位的大学生，不仅从其出身的环境中得到了习惯、训练、能力这些直接为他们学业服务的东西，而且也从那里继承了知识、技术和爱好。"④ 他还进一步分析道："从戏剧、音乐、绘画、爵士乐或电影这几个文化

---

① Pierre Bourdieu, *The Field of Cultural Production: Essays on Art and Literature*, New York: Columbia University Press, 1993, p. 215.
② Ibid., p. 220.
③ 布尔迪厄的研究者戴维·斯沃茨发现，教育在布尔迪厄的研究中占有核心地位，因为在布尔迪厄看来，通过对教育的研究，可以揭开特权、权力不平等为什么代代相传却没有得到公开抵抗，甚至没有人意识到这点之谜。参见《文化与权力》（第218—219页）一书中的论述。
④ ［法］P. 布尔迪约、J. - C. 帕斯隆：《继承人——大学生与文化》，邢克超译，商务印书馆2002年版，第20页。

领域来看，大学生的社会出身越高，他们的知识就越丰富，越广泛。如果说，在使用一件乐器、通过看演出了解戏剧、通过听音乐会了解古典音乐等方面的差异不会使人感到惊讶，因为这是各个阶级的文化习惯和经济条件所造成的，那么，不同出身的大学生在参观博物馆和对爵士乐及电影历史的了解方面的明显不同更引人注意，尽管爵士乐和电影往往被视为'大众艺术'。"① 如此，在进入艺术欣赏、获取艺术代码的过程当中不同出身的大学生便具有了一种最初的不平等。

一般来说，既然大学生们在出身面前产生了一种最初的不平等，那么我们应该寄希望于学校教育来弥补这种不平等，因为，"对出身于最低阶层的人来说，学校是接受文化的唯一和仅有途径，在各级教育中都是如此"②。不幸的是，学校并没有承担起这个重要而艰巨的任务。在其专著《再生产——一种教育系统理论的要点》中，布尔迪厄直言不讳地断言"所有教育行动客观上都是一种符号暴力"③，这首先是因为："在一个给定的社会结构中，被组成这一社会构成的集团或阶级之间的权力关系置于教育行动系统统治地位的教育行动，无论从它的强加方式来看，还是从它强加的内容及对象的范围来看，都最全面地符合统治集团或阶级的客观利益（物质的、符号的和此处涉及的教育方面的），尽管采取的形式总是间接的。"④ 如此，学校所进行的文化教育及艺术教育不过是最全面地符合上层社会审美趣味以及艺术能力的教育，这也就是说，学校教育不仅没有弥补大

---

① ［法］P. 布尔迪约、J.-C. 帕斯隆：《继承人——大学生与文化》，邢克超译，商务印书馆2002年版，第20—21页。
② 同上书，第24页。
③ ［法］P. 布尔迪约、J.-C. 帕斯隆：《再生产——一种教育系统理论的要点》，邢克超译，商务印书馆2004年版，第13页。
④ 同上书，第15页。

学生在艺术欣赏过程当中出身的最初不平等,反而以家庭教育为先决条件,强化了不平等,并再生产了不平等。

另外,在博物馆等各种场合的艺术活动当中,这些不平等之所以可能被视而不见,还有一个重要的原因,那就是卡里斯玛意识形态。正如上文我们已经介绍的那样,这种天才艺术观强调的是一种艺术感知的先验神秘能力以及先天禀赋,强调的是由天才作为权威划定艺术规范等,正是这些具有卡里斯玛意识的天才们扮演了艺术教育过程当中的权威角色。布尔迪厄对此也进行了祛魅式的批判(这一点儿,前文中也有涉及):"教育权威是一种表现为以合法强加的权利形式实施符号暴力的权力。作为专断性强加权力,只是因为它的性质不为人知,客观上被承认为合法权威,它才强化了它以之为基础并加以掩盖的专断权力。"① 故而,卡里斯玛意识也不过是一种文化区隔和社会区隔的手段而已,以一种更为隐秘的方式蒙蔽着不平等。

布尔迪厄通过对艺术博物馆的经验性考察,实际上揭示了教育在艺术活动过程当中隐蔽进行不平等再生产的符号暴力作用。当然,布尔迪厄的论述中,难免具有一定的决定论色彩,甚至在一定程度上忽视了社会变迁与社会流动能力,忽视了教育在基础培养方面的作用。但我们不得不承认的是,正是他这种稍带偏激的批判,让我们认识到:"作为一种公共遗产呈现给大家的博物馆,历史上光辉的遗址、用来颂赞人类光辉的器具等,都是虚假的慷慨,因为自由进入实际上仍然是有选择的进入,这些特权是为那些有能力欣赏艺术作品,有能力利用这种自由的人预留的;而且这些人因此发现他们

---

① [法] P. 布尔迪约、J.-C. 帕斯隆:《再生产——一种教育系统理论的要点》,邢克超译,商务印书馆2004年版,第21页。

享有合法拥有的特权,也就是说,他们能够对这些文化产品具有合法的拥有权,或者借用韦伯的话来说,就是拥有支配文化产品和文化拯救体制符号的垄断权。"① 这也提醒我们在接受艺术教育的过程中,应当同时反省艺术教育的体制化弊端以及符号性区隔。

第三节 关于摄影艺术:趣味区隔的代表

如不违背布尔迪厄本人意愿的话,我们似乎也可以称他为一个敏锐的摄影师。从 20 世纪 60 年代,他还在阿尔及利亚服兵役时,就对摄影产生了浓厚的兴趣,他当时从事的人类学经验考察工作中,有很多成果都附有说服力很强的照片。后来的研究成果《大学生及其学习状况》《区隔》等著作中也以照片作为分析资料。也许正是因为布尔迪厄本人对摄影有着一定的热情,导致了他对摄影术有着一种较为复杂的情结。

在布尔迪厄眼中,从事摄影术如同参观艺术博物馆一样,准入的原则较低,是任何阶层都可涉足的领域。然而,不同于参观艺术博物馆活动的是,这里的准入原则较低,不仅表现在这种实践所使用的工具容易获得,经济上基本上不设任何障碍,而且体现在这种实践基本上不需要任何专门的训练。要想参与艺术博物馆,首先必须诉诸教育活动,必须经过长期的培养与教化,从而达成一定的审美趣味与审美标准共识;而参与摄影的话,只要有一台相机,会按快门,基本上就能完成摄影活动。其实,也正是摄影活动的这些易得性导致了摄影术本身的社会复杂性。

---

① Pierre Bourdieu, et al., *The Love of Art: European Art Museums and Their Public*, Stanford: Stanford University Press, 1990, p.113.

正如布尔迪厄在考察艺术场域过程当中所划分的正统与异端两大行动者阵营一样,摄影实践也大致可以划分为传统功能实践和异端实践两大类别。在分析传统实践功能的过程当中,布尔迪厄首先对摄影进行了心理学动机分析,并认为:"拍摄照片、保存或者观看照片的一系列事实,在如下五个范畴中的任一领域都可以得到满足——抵御时间、沟通他人与表达感情、自我实现、社会威望、解脱或者逃逸。"① 他还进一步展开论述道:"简而言之,摄影给人们一种征服了作为破坏力量的时间的感觉;然后,摄影还能够增进人们与他人的沟通,让人们可以'一起重温往日的时刻,或者向他人展示自己对他们的兴趣或关爱';第三,它给予摄影者'自我实现'的途径,或者神奇地转化为他们自己的'力量',或者是重新创造被表现的对象,不管是神圣化的还是卡通化的,都让人们有机会'更广泛地感受到他们的感情',或者让他们展示自己的艺术倾向或娴熟技艺;第四,它以专门技术、个人成就(某次旅行或事件)的证明或者炫示财富的形式,向人们提供了社会地位的满足;最后,它就像一个游戏那样,提供了一种逃离或者简单的解脱方法。"② 在一般意义上讲,人们从事摄影活动基本上出于以上几种动机中的一种或者几种。但布尔迪厄进一步认为,单纯以心理学动机来解释摄影术并不能使我们对其形成一种完备的认知,这是因为"正是从动机(亦即最终的原因)上来寻找摄影实践的解释趋向,宣告心理学家的探究仅止于被经验到的心理功能,换句话说,只探究到了'满足'和'理由',而没有深入探察那些'理由'中隐藏的社会性功能,

---

① [法]布尔迪厄:《论摄影》,周舒译,吴琼、杜予:《上帝的眼睛:摄影的哲学》,中国人民大学出版社2005年版,第20页。
② 同上书,第20—21页。

也没有另外探究那些直接获取的被经验到的'满足'的满足"。实际上，"只要我们仍然将欲望和形成欲望本身的与其不可分割的客观环境分离开来——这种环境是客观地被经济限定和社会规范所规定——我们还是会陷入抽象的普遍需要或者动机论的窘境，换言之，欲望和需要，不论是形式还是内容，都是被客观条件所决定的"①。这也即是说，要想对摄影术有一个透彻的了解与认知，我们必须将其放在社会实践的视域中去，只有如此我们才能完备地解释动机心理学所留下的一个重要的悬而未决的问题："为何摄影既未满足某个自然的基本需要，又未满足由教育创造和维系的次要需要——比如去博物馆和音乐厅——却有如此之广的普及范围。"②

布尔迪厄首先指出，很少有其他实践活动能像摄影实践如此陈腐不变，"超过三分之二的摄影者是节假日的保守主义者，他们拍摄的要么是家庭节日或者社会聚会，要么是度假场景"③。也就是说，摄影在最多的情况下是作为一种仪式化的手段来进行的，比如，婚纱照、婚姻庆典、生日宴会等等，它增进了作为一个特殊时刻的节庆感。另外，照片的保存与展示还可以增强家庭体系的共同认同感，肯定家庭群体的持续性和整体性。进一步讲，哪些照片可以展示，哪些照片需要保存，又同时是区分公众场域与私人场域的一种手段。所以，在一般情况下，摄影术"必然是神圣化和仪式化的，因此在其选择对象与其表达技术方面都同样一成不变"④。尽管随着人们出外旅游以及户外活动的逐渐增多，"摄影的对象领域可能有所扩展，

---

① ［法］布尔迪厄：《论摄影》，周舒译，吴琼、杜予：《上帝的眼睛：摄影的哲学》，中国人民大学出版社 2005 年版，第 22 页。
② 同上书，第 25 页。
③ 同上。
④ 同上书，第 46 页。

但摄影实践并未得到更多的自由,因为人们可能只拍摄他们必须要拍摄的东西"①。

饶是如此肯定了摄影的传统仪式化功能,布尔迪厄也并没有完全否定摄影术中"异端的实践"。这里所谓摄影的异端实践,其实也就是指的相对于传统的家庭仪式化摄影而言,更加追求摄影艺术效果的摄影实践。这些对摄影有着自己想法,想要拍摄自己所能看到的具有艺术感的摄影者被布尔迪厄称作摄影"狂热爱好者"。实际上,布尔迪厄通过自己社会学分析发现,摄影狂热爱好者一般都是与社会整合度较低,与社会有着隔膜的人士:"摄影之中内在趣味的出现,预设了传统功能(正如我们所看到的,它使群体整合的一个功能)的无效,并且当这些决定性因素都缺席的时候,摄影实践的事实就成为异常,与一个人的社会类别相抵触,就必然要被迫以异常的热情去经验异常的实践。"② 这也即是说,狂热的爱好者一般实际上都是社会的离经叛道者,年轻人中发生的频率要高于年纪更大的、单身者中发生的频率要高于已婚者。

除了对摄影做了传统的实践与异端的实践的区别之外,布尔迪厄还分析了不同阶层对摄影实践的不同态度与行为。概括起来,他主要分析了农民阶层、工人阶层、公务员基层、初级经理群体、高级经理群体五大阶层。正如前文所讲到的,要想透彻理解摄影术,必须将其放在整个社会关系当中,还原到社会阶层,这主要是因为"摄影者——特别是其中最为努力也最有雄心壮志的人——与摄影之间的关系,从未离开他们与他们所在的群体(或者换个说

---

① [法]布尔迪厄:《论摄影》,周舒译,吴琼、杜予:《上帝的眼睛:摄影的哲学》,中国人民大学出版社2005年版,第45页。
② 同上书,第47页。

法，他们在群体之中的整合度）之间的关系，以及他们与所在群体的模式化实践的关系（表示他们在群体中的处境）而单独存在过，这关系本身就是群体赋予摄影的价值和位置"①。实际上，尽管摄影术作为一种最为普遍接受与进行的活动，但它仍然扮演着一种区隔的功能。

在农民阶层看来，从事普通的摄影实践尽管花费不多，但它仍然是一件奢侈品。一个农民在乡村间，拿着照相机四处拍照，首先被视为一种败家的行为，这是因为"占优先地位的花费本应该用于扩充耕地，或者更新劳动工具，而非用于消费"②。其次将被视为一种假装绅士的卖弄行为，这是因为"农民们会求助于以往的经验，并且让所有人充当见证人，以力求说明引入的创新毫无实际需要。其结果就是，它肯定仅仅不过是卖弄"③。所以，农民阶层除了请专门的摄影师在重大的节庆上进行拍照外，一般并不从事独立的摄影活动。实际上，在布尔迪厄看来，他们拒绝进行独立的摄影活动，还有着一层深层的原因，他们"尽管想要从模仿城市人来使自己显得特立独行的愿望被无情地谴责，并且作为一个蔑视的行为与决裂的宣言而被压制，但事实是，这个被围困的群体禁止任何向都市价值的诱惑投降的行为，以此来保卫自身的存在"④。这也就是说，他们尽管也羡慕与认可城市人那种自由的摄影，但却为着别人的眼光和自身身份的确认放弃了这种"奢侈"的选择，在有意无意之中区隔了自身。

---

① ［法］布尔迪厄：《论摄影》，周舒译，吴琼、杜予：《上帝的眼睛：摄影的哲学》，中国人民大学出版社2005年版，第54页。
② 同上书，第55页。
③ 同上。
④ 同上书，第64页。

工人阶层就有所不同了，他们生存于都市社会当中，首先在环境上就少了那种异样的控制与谴责。可以说，大城市的工人扮演了摄影者中较为固定的群体。但布尔迪厄同时认为，工人阶层的摄影实践仍然完全受传统功能的支配，并与摄影发烧友们有着本质的区别。工人阶层一般不会将摄影当作一种艺术来对待，"而是相反，将之视作一种没有任何困难或者神秘感的行为，不需要特殊的技能"①，他们不喜欢抽象的绘画，甚至不喜欢抽象的摄影，他们追求一种简单明快、色彩斑斓的实用风格，他们一般愿意用自己拍摄的照片来作为装饰品装饰房间。

公务员阶层在审美追求方面就比工人阶层又稍微进了一层。如就经济资本比较而言，布尔迪厄认为，法国的工人阶层和公务员阶层是在伯仲之间的，但公务员的文化资本就比工人阶层的要高出一筹了。所以，公务员群体一般倾向于承认摄影是一种艺术的过程，但同时只把它看作一种次级艺术。尽管这个群体当中从事摄影实践的人数要少于工人阶层，但摄影发烧友们的这一行为的发生频率却要比工人阶层高得多，"公务员们急于摆脱此实践的仪式性际遇的限制，又不能摆脱能够供给他们一个能够承认，同时又对他们来说十分陌生的艺术文化的规条和模式，来做出肯定的决定。他们经常注定要拥有一种空白的审美追求，这种追求完全是由在工人阶级的摄影中表达出的对'经典'的拒斥而以严格的负面方式界定的"。因此，"狂热的实践者，他们受挫于某种不合法感以及不确定的规条，唯一的选择就是立即将其划入私人偶然而独特的趣味之中，将其转变为一种仅能具有审美价值的实践，这样就能避免与合法的艺术形

---

① [法]布尔迪厄：《论摄影》，周舒译，吴琼、杜予：《上帝的眼睛：摄影的哲学》，中国人民大学出版社2005年版，第65页。

式相比较"①。这实际上是一种很复杂和含混的心理。

同样的心理也出现在初级经理群体中，但不同的是，初级经理群体采取了一种更为外露与直接的方式："他们强烈地倾向于为摄影赋予艺术的身份，并且至少在他们的言辞里表现出某种焦虑，想要将摄影从收集家庭纪念品的功能中解放出来，他们经常拒斥流行的所谓摄影的定义，通常都基于一个扭曲的技术客体形象，将之作为一个服务于所有传统用途的机器，他们挑战时常与这个形象相伴随的现实主义美学原则，并且通常都赞同摄影需要与绘画同样多的工作。"②初级经理人尽管比公务员群体、工人阶层以及农民阶层有着更多的经济资本与文化资本，但仍然不能算是社会的上流阶层，所以很难进入上流社会的各种艺术活动，正"因为最高贵和稀少的实践对他们关上了大门，初级经理群体只能在摄影——穷人的审美主义中找到一种肯定他们的特殊性的手段，正如他们能在所有的次级文化实践中所做的那样……他的目标是完全否定的，在其对象选择，或者他抓取对象的方式中，爱好者们否定性的美学仍然是由他所否定的'流行美学'确定的"③。他们对传统的东西一直采取一种否定性的态度，借以完成自身的确认。

最有意思的现象发生在高级经理群体，这类群体持有着丰富的经济、文化等各类资本，按常理来看，这类人该是对摄影最应持有审美态度的人群，也该是参加摄影实践最为频繁的人群，布尔迪厄调查得出的结论却恰恰相反。这首先是因为摄影术是一种准入原则较低的"艺术"，上流阶层为了显示自身的与众不同，为了表达出与

---

① ［法］布尔迪厄：《论摄影》，周舒译，吴琼、杜予：《上帝的眼睛：摄影的哲学》，中国人民大学出版社 2005 年版，第 67—68 页。
② 同上书，第 69 页。
③ 同上书，第 70 页。

那众多的摄影者之间的区别，他们一般更愿意选择去听一场音乐会或者参加一次绘画展等更为高级的艺术活动。用布尔迪厄自己的话来说："上层阶层的成员要让自己远离由于它们的广泛普及而被粗俗污染的这种娱乐"①；其次，摄影术并不需要如其他艺术活动一样，要通过严格的训练与长时间的学习，因此，通常被这些上流阶层视为一种次级的、简单的艺术形式，尽管他们也承认摄影应该展现美学特色，但却总认为它要比绘画、音乐等艺术形式低一等。

正因为摄影术的这些特征，使其更加突出地表征了社会的区隔，下层社会只能按照传统的实践功能进行拍照，而上层社会也只能通过否定的限定来完成自身的确认。美学意图对于摄影艺术来说是奢侈的，就算是有，社会的下层也具备不了那种文化资本；具备文化资本的上层阶层又不愿为之。其实，摄影艺术对于布尔迪厄来讲，还有着重要的方法论意义，在布尔迪厄看来，摄影最能体现主观主义和客观主义之间的对立二分。首先，摄影拍摄的对象是客观的世界，照片比绘画更能真切地表现这个世界，与此同时，摄影过程也必须遵循一些客观的规则，如镜头的距离、光圈的选择、速度的变化等等，故而，摄影是具有一定客观性的；与此同时，尽管行动者不能够改变客体的外在形态，但要拍摄什么、要采取何种方式拍摄、何时按下快门却是主观上决定的，所以摄影术同时又具有一定的主观性。在摄影的过程当中，行动者的资本占有、习性积累等等都直接影响了他们的摄影对象选择以及方法选择，也就是说摄影的过程也是社会结构与心智结构的"本体论契合"最完美的表现形式。

---

① ［法］布尔迪厄：《论摄影》，周舒译，吴琼、杜予：《上帝的眼睛：摄影的哲学》，中国人民大学出版社 2005 年版，第 73 页。

第六章　布尔迪厄文艺思想评价

　　研究一个理论家的理论，最终的结果似乎不应当只停留在对理论的概括与梳理上，正如每一个人都会追问：你为什么要选择研究这个理论家？他能带给我们怎样有意义的启示？他能帮助我们解决怎样的问题？他的理论与思想在历史的长河中究竟处于怎样的坐标？对于这些问题的回答，必然牵涉到对该理论家的评价问题，而牵涉到评价问题则必然又包含着贡献与局限两个方面。因此，我们这一章的目的主要是来分析一下布尔迪厄文艺思想能给我们带来哪些有意义的启示，以及布尔迪厄文艺思想本身包含哪些内在的矛盾和不足。当然，我们并不希冀通过一个理论家的理论就一揽子解决目前关于文学理论的所有困惑与问题，尤其是对于布尔迪厄这样强烈反对"宏大理论"与"唯智主义"的理论家，我们更不应抱有这样的幻想。但一切历史都是当下史，一切理论也应当指向当下和未来，在逼近布尔迪厄、分析布尔迪厄之后，思考一下如何运用布尔迪厄，似乎才能最终完成我们的研究。

第一节 布尔迪厄文艺思想的价值与局限

谈及布尔迪厄文艺思想的有益启示这样的问题,必然要牵涉到价值判断,这首先就使我们面临一种理论的恐慌:恐慌的原因不仅来源于我们是否已经较为全面、深入地探讨与梳理了布尔迪厄的文艺思想;同时还来自价值判断因人而异,我们认为有益的启示,其他的人并不见得就此认同。所以,对此问题,最为关键的就是评价的客观性了,换言之,就是保持观看视角的恰当性。我们希冀通过坚持在行文过程当中一以贯之的"平视"视角来评价布尔迪厄的文艺思想,不论是对布尔迪厄文艺思想的总体价值评价,抑或是布尔迪厄文艺思想对中国当代文论建设的有益启示。

一 布尔迪厄文艺思想的总体价值

正如我们在导论里探讨的那样,布尔迪厄对文学艺术的认识大致可以划类为文化研究的范围,但却又与目前大家所熟知的文化研究有所不同。众所周知,文化研究实际上是一种文化社会批判研究,一种多视野整合的研究,一种符号政治性的研究。把它的研究方法运用到文学艺术领域更多情况下是一种由外而内的进程,相较于纯粹的文艺内部研究,它更愿意关注文学艺术与多重社会现实、文学艺术与各种符号权力之间的关系,女性主义、后殖民主义、新历史主义莫不如是。正如国内有的学者所发现的那样,文化研究从其肇始之初,就在某种程度上针对着传统的文学研究,"从西方学术界的情况来看,文化研究大约盛兴于 20 世纪 60 年代。它有两个明显的指向，一是针对英国文学研究的'伟大传统'，亦即源于阿诺德、利维斯的那种将文学视为高雅趣味和价值表征的观念……二是与当时欧洲北美兴起的政治文化运动相呼应，是对文学研究日益体制化和学科化的一种反动。所以文化研究初生伊始便带有某种强有力的反叛性和政治倾向性"。① 这种针对其实也可以在某种程度上解释为什么当前有些文学研究者对文化研究的拒斥心态。但不可否认的是，文化研究视角在目前消费文化兴起、大众文化流行、世界社会纷繁复杂的状态下具有很强的阐释能力，也具有很强的人文关怀，它能帮助我们"解析当代文化表意实践的复杂社会关系，揭去大众文化的面纱，批判社会特权的体制性关系，关注弱势存在并践履社会正义和平等"等等。② 在这些意义上讲，布尔迪厄是一位当之无愧的文化研究者，而且甚至可以说，他在这方面做出了巨大的贡献。正如戴维·斯沃茨而言："文化与权力之间的关系是布尔迪厄知识规划的中心。他对于文化如何掩盖社会权力、提供社会区分的工具的分析，是对当代文化社会学的最主要的贡献。"实际上，"布尔迪厄是在文化领域做马克思在经济领域所做的事情：理解文化生活中权力的基本结构与权力的动力学。他的理论语言的核心要素，比如社会与文化的再生产、文化资本、习性、场域、符号暴力等等，已经成为许多社会科学家的工作词汇的组成部分"③。另外，"与其他当代的重要文化理论家相比，只有布尔迪厄力图把抽象的理论——反映了他对大陆哲学遗产的继承——与经验研究以及对于方法的清晰的反思结合起来。他同时在抽象与具体两个方向上进行发展——这是当代

---

① 周宪：《文化表征与文化研究》，北京大学出版社 2007 年版，第 326 页。
② 同上书，第 320 页。
③ 参见 [美] 戴维·斯沃茨《文化与权力——布尔迪厄的社会学》，陶东风译，上海译文出版社 2006 年版，第 320 页。

其他社会科学家还没有采用的方法。这在社会科学特别是社会学——由于不断加剧的专业化（在方法、理论以及研究对象等方面）而变得越来越碎片化和内部不断分化的时代，是非常令人注目的"①。重点是，布尔迪厄对文学艺术的研究，延续与秉持了他在文化社会学研究领域中的理论和方法。他对于文学艺术场域与其他场域尤其是权力场域之间的关系的论述；对于艺术场域体制生成过程以及艺术幻象的剖析；对于文学语言与符号权力深层关联的挖掘；对于康德审美趣味理论的祛魅解读；甚至对于文学经典以及文学史写作的反思性观照，都深刻体现了文化研究的基本理路与方法。在他看来，作为文化的一种的文学艺术不仅是人类自身认同与交流的基础，同样也是符号统治的一个根源。但我们同时也应该看到，布尔迪厄并不像其同时代的思想家德里达那样一味地通过各种方式解构现存的社会关系与体制；他并不想使文学艺术变得支离破碎、无家可归；他也并不想使人们的精神变得无所傍依、杂草丛生。他最想做的似乎是努力通过一种"揭开面纱"的方式让人们认清文学艺术本身的结构特征与历史发展；认清文学艺术在整个社会结构中所处的位置；认清文学艺术的来龙去脉。所以，他更愿意人们称他为"建构的结构主义者"或者"结构的建构主义者"，他更愿意在了解结构特征之后才进行祛魅，进行了祛魅之后才进行建构。不论布尔迪厄本人的理论究竟在多大程度上达到了这一点，我们认为这是布尔迪厄理论区别于一般文化研究的重点所在。另外，布尔迪厄的文艺社会批判的方法与一般的文化研究尽管也有一定的相似性，都要求一种在历史的特定环境和条件下去解释文本以及创作行为本身，比如布尔迪厄

---

① 参见［美］戴维·斯沃茨《文化与权力——布尔迪厄的社会学》，陶东风译，上海译文出版社2006年版，第321—322页。

对福楼拜、马奈等艺术家的分析就是秉承的这种方法，但不同的是，在布尔迪厄这里，"时代背景不只是一个笼笼统统的背景，而是落实为具体的'场域'和'惯习'。具体的个案研究和具体的场域和惯习分析，形成了布尔迪厄文化社会学的一大特色"①。联系布尔迪厄在文化社会批判领域所做出的贡献，我们认为布尔迪厄文艺思想的总体价值主要体现在以下几个方面。

第一，布尔迪厄通过对艺术场域历史生成和结构特征的详细描述，为我们提供了一种超越文艺内部研究与外部研究对立的可能性策略。在某种意义上讲，布尔迪厄是第一位自觉反思由韦勒克、沃伦提出的这种被大家所公认的区分的理论家。在西方文学艺术史上，要么将文学艺术视为一种"工具"，认为文学艺术是对世界的简单"模仿"或者是对创作主体的心理"表现"；要么将文学艺术隔离于世界之外，认为文学艺术除了自身之外，尤其是极端的形式主义认为文学研究对象除了语言之外，别无他物。布尔迪厄认为文学艺术在内外之间进进出出的状态犹如"钟摆"，实际上是一种虚假的对立。他试图通过自身独特的概念工具"场域"来解决这一虚假的对立，在社会高度分化的今天，社会空间可以分为各个不同的场域，每个场域都有自身的律令和法则。与此同时，每个场域利用自身的法则与律令与其他场域进行交换与沟通。这就是说，每个场域是具有独立性的，但却是在社会场域结构关系中的独立，每个场域的独立性需要其他场域来区分与确认。艺术场域也是如此，它首先有着自身的法则与律令，而且具有较高的自律性。与此同时，它又与权力场域、经济场域共存于广阔的社会空间当中，因此它们之间必然

---

① 徐贲：《文化批评理论的跨语境转换问题》，《文艺研究》2002年第4期。

又有着千丝万缕的联系。所以，我们在认识文学艺术时，仅从艺术场域去认识，或者仅从艺术场域与外在场域之间的关系去认识都是不全面的，我们需要同时兼有内部与外部的视角才能深刻地认识文学艺术的全貌。① 布尔迪厄这样的意图是否会真正地奏效暂且不论，但这种试图超越简单内部研究与外部研究的方法与思维，却有很强的警醒与启示作用。另外，这种力求超越简单内部研究与外部研究的方法，其实也为我们提供了一种消解文化研究与文学研究对立的可能性途径。正如上文所讲，文化研究自肇始之初便明显针对着文学研究的"伟大传统"，尤其针对文学研究中那种"高雅趣味与价值表征"，它十分反对文学研究那种高度的制度化与学科化。这就使传统的文学研究者产生了一定的生存危机，他们为了持留自身的合法性而与文化研究展开了斗争。比如文中我们提到的布鲁姆，正是传统文学研究的代表，他曾不无过激地将所有的那些对文学进行文化社会批判的研究者统统地称为"憎恨学派"。布尔迪厄试图超越文艺内部研究与外部研究虚假对立的想法，实际上也提醒我们可以在文学的文学性研究和文学的社会文化研究之间的对立中，寻求到更好的出路，并让我们意识到或许它们之间的龃龉本身也是一种虚假的对立。文学本身就是文化的一种，而文化的丰富多样性、文化的社会性等等又为文学提供了丰厚的土壤，文学研究与文化研究之间似乎不应当是对立的关系，而应共同为文学艺术的研究提供多样的研究视域。

第二，其关于艺术场域结构的详细论述与分析，为我们提供了一种新的文化、文学生产模式，其"文化资本"流动概念为我们提

---

① 关于布尔迪厄力求打通文艺内部研究与外部研究的详细论述上文已经有所论述，此处不赘述。

供了一种沟通高雅文化与大众文化的可能性路径。在西方，马克思为我们最早提供了考察文学艺术生产与消费理论的理论基础。马克思在《〈政治经济学批判〉导言》中关于生产与消费辩证关系的精彩论述，为我们开辟了一个最早认识文学艺术生产的政治经济学模式，尽管马克思并没有想要建立一个完备的文艺社会学理论学说，但他却实实在在地影响了这个学说的产生和发展。正如国内有的学者所讲："虽然马克思并没有建立一个文化社会学理论学说，但在马克思主义的经典作家那里，关于劳动是人的本质力量对象化的理论，关于审美的能力和人的自然的社会化的理论，都为这一理论遗产的继承者提供了发展的可能。"比如，法兰克福学派"对大众文化（文化产业）进行深入的文化分析，提出了一个批判性的资本主义的文化生产和消费的分析模式，特别是对文化产业对大众的意识形态控制现象的揭示，以及先锋派艺术以及其乌托邦和救赎功能的大力张扬"[1]，无不体现了马克思经典政治经济学模式的影响。其次，韦伯在分析新教理论和资本主义关系时所发展出来的宗教社会学也对文艺社会学提供了一种生产模式参考。我们在文中也曾介绍到韦伯的这种宗教社会学，他将宗教里的行动者大致分为牧师和预言家两大类，两者都是符号的生产者，为了争夺合法性地位以及各自的消费者而进行竞争："在韦伯的体系中，牧师是现存宗教体制的维护者，而预言家则是宗教改革的力量，两者之间的冲突不当反映出宗教内部的矛盾，同时也揭示了生产和消费的复杂关系。"[2] 正如本书中讲到的那样，布尔迪厄很好地继承并发展了韦伯的这种区分，他通过对法国19世纪绘画与文学的细致考察，认为艺术场域具有双重的结

---

[1] 周宪：《文化表征与文化研究》，北京大学出版社2007年版，第18页。
[2] 同上书，第19页。

构特征，即有限生产场和大生产场两个次级场域共存。所谓有限生产场就是"为艺术而艺术"的生产次场，它所生产出来的艺术品一般的"消费者"就是艺术同行，也即我们通常所说的高雅艺术，它的生产者所拥有的就是韦伯所说的那种"预言家"的身份；与此同时，大生产场主要是为了经济利润、为了消费社会大众而进行生产的，它生产出来的产品亦即大众艺术或者称为消费艺术，它的生产者一般来说扮演的就是韦伯所说的"牧师"的角色。布尔迪厄深刻的地方在于，尽管他看到了消费艺术与高雅艺术之间的对立，却并不把消费艺术排除在艺术场域之外，而是通过文学艺术生产体制力图将它们整合在一个文化资本流动的动力学描述当中。在他看来，消费艺术与高雅艺术之间的斗争、高雅艺术内部的斗争等，不过是艺术场域当中，不同文化资本的占有者，为了占据更有利的场域位置，而进行的策略性行为，不过是文化资本在艺术场域当中的不断流通、不断变化的表征而已。

第三，布尔迪厄关于文学艺术"纯美学"生成过程的详细描述，以及审美趣味的祛魅解读，可以帮助我们对"审美"在文学艺术当中究竟处于什么样的位置有一个更为清晰的认识。自康德"审美无功利性"概念提出以后，不管是正解还是曲解，西方文学艺术发展进程很明显受到了它的影响，浪漫主义、唯美主义、象征主义，甚至于后现代艺术中的先锋创作，都将"审美"作为艺术作品的终极目的与普遍价值，审美在文学艺术当中似乎获得了本体地位。布尔迪厄通过对法国文学与绘画中纯美学诞生的历史性考察，提请人们注意，"审美"在文学艺术中的产生与确立是一个历史性生成的过程，它有其存在的特定历史与社会环境，我们必须追溯与还原这个发生过程，才能真正认清"审美"在文学艺术中的地位。他还进一步对康德的审美趣味无功利性进行了分析,在恢复传统基础上对该理论的普遍适用性进行了质疑与反思,并提请人们注意,康德的审美趣味无功利性也是在一定历史和社会条件下产生的,它并不先验地具有普世性与共通感,而且审美趣味在一定程度上还发挥着社会区隔的功能。康德所谓的审美趣味无功利判断标准不过是康德想要将他本人所隶属的阶层习性普遍化的产物,正如布尔迪厄所说:"审美活动的普遍理想是特殊地位的结果,因为这种特殊地位垄断了普遍性的东西。我们可以承认康德的美学千真万确,但那也只是对那些没有经济负担和日常生活不窘迫的人、那些被学院教育和闲暇时日塑造出来的人来说的,是对他们审美体验的现象描述罢了。"① 通过这样的祛魅解读,我们至少可以认识到"审美"并不天然地就是文学艺术的唯一价值或者终极价值,并不就是文学艺术的本体所在。"审美"之于文学艺术来讲,只不过是一个较高层次的维度而已,它应与文学艺术的其他维度诸如政治的、文化的等共同构成文学艺术的丰富表征。另外,布尔迪厄关于康德审美趣味理论的趣味解读,也在一定程度上破解了资本主义消费文化的密码。法兰克福学派尽管认识到了消费是在不断满足人们的欲望而不是需要,却并没有找到真正的根源所在。布尔迪厄认为审美趣味的追求可以构成不同阶层身份认同以及区隔的理论,正是这些审美趣味的追逐构成了消费社会的根源。

第四,布尔迪厄关于知识分子的论述,提供了一种沟通专业知识分子与公共知识分子的可能性途径,开辟了一条文学艺术家可资借鉴的知识分子道路。在文中我们并没有更多地介绍布尔迪厄关于

---

① [法]布尔迪厄、[美]华康德:《实践与反思——反思社会学导引》,李猛、李康译,中央编译出版社1998年版,第123—124页。

知识分子的论述,这主要是因为它与布尔迪厄的具体文艺思想并不那么直接紧密关联,但不直接相关并不意味着毫无关系。知识分子,是西方世界持久探讨的话题,不同的思想家都有自己不同的对于知识分子的憧憬,比如曼海姆所提倡的公共知识分子或称为"自由漂流"的知识分子、葛兰西所代表的政治知识分子或称为"有机知识分子"、福柯等人所提倡的"专业知识分子"、萨义德所提倡的"业余型知识分子"等。布尔迪厄对知识分子的研究相对比较独特,他并不急于给知识分子一个先在的定义,而是像询问"谁创造了创造者"一样去询问谁命名了知识分子。这就首先回归到了询问知识分子的产生机制、历史与社会条件,回归到了询问知识分子的地位如何等问题。在布尔迪厄看来,知识分子并不像曼海姆所说的那样是毫无依附的独立存在体;也并非如葛兰西所讲的那样必须将知识分子转化为政治知识分子;亦不是萨义德所讲的那样"只是为了喜爱和不可抹杀的兴趣"的知识分子。[①] 正如我们在上文中介绍的那样,知识分子在布尔迪厄看来是"处于统治阶层的被统治阶层",用布尔迪厄自身的话来讲:"艺术家和作家,或更笼统地说,知识分子其实是统治阶级中被统治的一部分。他们拥有权力,并且占有文化资本而被授予某种特权,他们中的一些人甚至占有大量的文化资本,大到足以对文化资本施加权力,就这方面而言,他们具有统治性;但作家和艺术家相对于那些拥有政治和经济权力的人来说又是被统治者。"[②] 知识分子是具有一种双重身份与地位的存在,他所处的"统治地位"使他比其他人更具有批判性和自由性,他所处的"被统治

[①] [美]萨义德:《知识分子论》,单德兴译,生活·读书·新知三联书店2007年版,第67页。
[②] 《布尔迪厄访谈录——文化资本与社会炼金术》,包亚明译,上海人民出版社1997年版,第85页。

地位"又使他的批判性必然要受到一定的制约。布尔迪厄最为担心的是，知识分子可能会成为统治阶层进行统治的共谋手段。这种矛盾实际上正是一直困扰着思想家们对知识分子认识过程当中难以解决的悖论：如何调和知识分子的象牙塔与政治的关系，亦即如何解决知识分子自主性与非自主性之间的关系。布尔迪厄在面对这个问题时的解决方案，倒是和我们上边所提到的福柯的知识分子策略有几分相似。他首先是知识分子自由的坚决维护者，认为知识分子首先应当加强自身的自主性，知识分子只有在最大程度上摆脱经济与政治强制的自由，才能够获取最大限度的批判性。知识分子必须首先加强自身研究领域的权威性，并通过这种权威性去参与性地获取批判政治的权力。这一点与福柯所提倡的特殊知识分子具有一定的相似性，但不同的是，布尔迪厄认为福柯的特殊知识分子模型把知识分子活动的政治活动范围只局限于专业领域，太过狭窄，而他所提倡的"知识分子团体"则希望知识分子能更为广泛地漫游，而不是只跨越几个有限的领域："布尔迪厄与福柯之间的原则区别在于：布尔迪厄希望创造一种允许知识分子集体介入一系列问题的社会条件。正如华康德指出，布尔迪厄的立场更接近萨特与福柯的综合。"[1]这也就是说，专业型知识分子同时也应具备一颗公共知识分子的心。这种知识分子模型的追求，实际上也给现当代文学艺术家提供了一种警醒和启示。我们知道，西方艺术发展至今，尤其是后现代的先锋艺术除了"能指"的游戏以外，实际上已经很少有什么知识分子精神的担当了。艺术甚至成为完全畸形的自恋式宣泄、无节制的叙事、一种假象的纯粹与虚伪的超脱，说得更极端一些，它甚至不再

---

[1] 参见［美］戴维·斯沃茨《文化与权力——布尔迪厄的社会学》，陶东风译，上海译文出版社2006年版，第298页。

对公共领域有更多指涉与关心,不再对社会公众生活有更多批判与救赎,这种情形正是布尔迪厄所批判与极力避免的"漠然"状态。布尔迪厄关于知识分子的论述多是以文学艺术家为例的,比如萨特、左拉等,这也同时表达出了他对文学艺术中公共领域批判的缺失、知识分子担当精神缺位的担心与批判,在他看来文学艺术家们应当以自身特有的表征方式、特有的权威性重返公共领域,重新树立起批判精神与担当精神,抵抗文学艺术无病呻吟的软骨病。

第五,布尔迪厄关于文学艺术研究方法的论述具有重要的价值。正如国内有的学者所注意到的那样:"在方法论上,布尔迪厄关注更多的不是确立某一种包罗万象的思想体系或者宏大叙事,用某种规划一揽子解决困扰着人文社会科学领域的全部问题;作为一个'建构主义'的思想家,他想要揭示的,并不是确定人的认识能力或者审美判断能力的构成、范围、限度,不是在知识论上判定上述能力做出真值判断或美学价值判断的可能性条件,而是分析那些哲学家们比如康德所设想的普遍文化能力是如何被社会建构起来的;他不会像个巫师一样预言我们这个社会的总体特征和未来走向,例如全球化时代的来临,反之,他会关心这样的神话是如何借助于话语的力量以及与媒体资本主义的勾结,造就为一种现实的。"[①] 在对文学艺术研究的过程中,布尔迪厄坚持了其社会学的一贯研究方法:他不急于询问文学艺术是什么,而是通过生成性与关系性的视角来分析艺术场域是如何来的、结构特征如何;他并不急于询问艺术家是什么,而是通过历史性与机制性分析,来分析谁命名了艺术家、谁创造了创造者;同样,他也并不急于询问艺术的价值何为,而是首

---

① 朱国华:《权力的文化逻辑》,上海三联书店 2004 年版,第 132—133 页。

先分析了艺术价值是如何产生、并如何被再生产的。在这些分析当中，布尔迪厄坚持采取一种超越二元对立的方法，超越"唯物主义与唯心主义、社会物理学与社会现象学、结构主义与存在主义、微观与宏观、经验研究与理论研究、经济商品与符号商品、物质利益与精神利益等对立，在布尔迪厄看来，归根结底是客观主义与主观主义的对立"①。针对这些对立，布尔迪厄坚持运用其关系性、生成性与反思性方法来作为反抗的有力工具。他对艺术场域结构、艺术场域中不同行动者位置关系的分析等都体现了其关系性方法；他对艺术场域、纯美学、纯凝视生成的历史性分析都体现了其生成性方法；他对艺术经典、艺术史写作、艺术趣味的考察又都体现了其反思性的运用。当然，他的这些方法在整个文艺研究过程当中并不是明显相分的，而是有机融合、相互交叉、共为一体的。这样的对文学艺术的研究方法，可以使我们避免那些对文学艺术简单机械的分析，而促使我们将文学艺术作为一个有机整体看待；这样的研究方法，同时可以使我们避免那些文学研究过程当中的宏大叙事，避免将文学的丰富复杂性简单还原为一个"本质"性的问题；这样的研究方法，同样可以提请我们文学研究者注意，文艺学知识的获取过程并不是简单预成或者构成的，而是一个不断生成的过程，我们应当在研究对象之前建构对象，在研究对象过程当中不断反思自身与对象，努力避免研究者的"唯智主义"倾向。

此外，布尔迪厄关于新闻场域的论述，为我们提供了一种对待媒介的新的途径——"利用媒体批判媒体"，同时也为我们提供了一种艺术与新闻批评相结合的可能性途径；关于博物馆的论述，则使

---

① 朱国华：《权力的文化逻辑》，上海三联书店2004年版，第133页。

我们看到了艺术教育与文学艺术之间的深层关系，对于认清艺术价值的来源以及艺术教育的设计都具有重要的启示意义；关于摄影的论述则让我们更深入地了解到了审美趣味在社会阶层区分过程当中的作用等。或许，布尔迪厄的价值并不止这些，我们所论述的价值并不见得就是其全部的价值，但有一点是不可否认的，即布尔迪厄的的确确地成了影响西方当代学术的又一巨匠，他的思想也在逐渐被更为广泛的研究领域所接受。当然，布尔迪厄的文艺思想并不是没有局限性的，认识到他思想上的局限性，才能更客观、更全面地评价它，也才能更有力、更切实际地去运用它。

二　布尔迪厄文艺思想的局限

布尔迪厄文艺思想的一些局限，我们在行文的过程当中也多有论及，总结起来，主要有以下几个方面。

第一，布尔迪厄的写作风格是一个令人生畏且难以跨越的障碍。布尔迪厄如同他的同辈人福柯、德里达一样有着自己的一套语言表达系统和写作风格。这种让人望而生畏的表达风格，或者被视为与世界保持清醒距离的追求，或者被视为对法国学院传统追求语言明晰与精确的反叛，抑或者被视为在学术场域中确定自身位置的一种策略性行为。[1] 但由此导致的实际后果是，在一定程度上局限了人们对于他的了解和接受。布尔迪厄行文过程当中对于双关语、否定、佯谬句式、长短句交替使用等语言形式的运用比之福柯、德里达、拉康等人有过之而无不及，这就导致人们在阅读他的作品时常有一

---

[1] David Swartz, *Culture and Power: The Sociology of Pierre Bourdieu*, Chicago: The University of Chicago Press, 1997, pp. 13–14.

种丈二和尚摸不着头、如坠雾里的感觉，阻梗了人们对于他的进一步了解。这也是布尔迪厄在国际上的影响严重滞后的一个重要原因。

第二，布尔迪厄的文艺研究对象有太过浓郁的法国色彩，要对其进行跨语境转换具有相当的困难。在论述艺术场域的过程当中，布尔迪厄基本上就是基于法国19世纪的文学领域和绘画领域进行的；在论述审美趣味的社会区隔时，布尔迪厄主要是基于法国六七十年代的社会状况进行的；在论述艺术与教育的关系、论述摄影艺术问题时，布尔迪厄也基本上是基于法国本土语境进行的。这就使他的理论具有明显的法国特色，使我们会对他理论的普遍适用性产生一种怀疑，也在一定程度上局限了他文艺思想的普遍推广。关于这一问题，我们将在下文中进一步地论述。

第三，布尔迪厄生成性与历史性的方法，在文学艺术研究中具有一定的不彻底性。尽管布尔迪厄一再强调文学艺术研究过程当中的历史性问题，但在这里，他所强调的历史是"文学场的历史，也就是说，布尔迪厄由于无视自古而今的文学存在的历史传承性，他排除了前资本主义文学作为参照系统的考虑，这会使他的观点可能失之片面"[①]。这也就是说，布尔迪厄只是截取了19世纪法国文学艺术的断代历史，证明了艺术场域的发生，却并没有考虑到之前文学艺术的发展状况，这可能导致他在看待问题时的断裂与片面。同时，在整体研究方法上，布尔迪厄过于注重日常性哲学、日常性思考及日常性生活，而几乎完全拒斥宏观、宏大的研究，这"也可能导致微观一元论和日常生活独断论"[②]。

第四，布尔迪厄想要超越艺术内部研究与外部研究的努力，并

---

① 朱国华：《对反思性社会学诗学的反思》，《文艺理论研究》2007年第3期。
② 王岳川：《当代西方最新文论教程》，复旦大学出版社2008年版，第446页。

没有得到真正、彻底的完成。正如第三章中最后一部分介绍到的那样，布尔迪厄不仅对于单纯的艺术内部研究极为反感，同时也反对简单的外部研究，他试图通过艺术场域理论以及习性概念的引入来克服艺术内外部研究的"钟摆"性虚假对立。但就实际情况来看，布尔迪厄更多的理论重点仍然停留在文学艺术的外部，更多情况下，他仍然是一位艺术社会学家。不可否认，布尔迪厄做出了自己的努力，尤其是他关于艺术场域相对自主性的论述，使其在以往简单的艺术社会学中脱颖而出。他赋予了艺术社会学中艺术场域内部分析的优先性，提请人们注意关注艺术社会性考察之前，要先对其本身进行历史性和生成性的考察，而且他对于艺术场域在整个社会空间共生存在、相互影响的说法，也在一定程度上克服了以往艺术社会学研究的那种简单的阶级还原论，对于我们更为全面地认识文学艺术具有重要的启发性。但是，布尔迪厄对于文艺自主、自在特征的看重仍然是建立在文艺的社会性基础上的，他并不能摆脱传统社会学理论对他的影响。正如国内有的学者所说："当他强调利益是行动的驱动原因的时候，他只能看到文学的幻象，看到文学的某种任意性，却看不到文学自身的价值，看不到文学对于人的精神品格真实的塑造力量。比如说我们无法根据他的理论逻辑地推演出一套文学价值的判断标准。"[①]

第五，布尔迪厄的文艺思想在一定程度上忽略了艺术的个人性和超越性。尽管布尔迪厄在分析艺术场域时引入了艺术习性与文化资本等概念，来阐明艺术活动中艺术行动者的个人无意识和集体无意识，表征艺术行动者的能动性，但关于艺术习性又必须放在社会

---

① 朱国华：《对反思性社会学诗学的反思》，《文艺理论研究》2007年第3期。

属性与社会结构中去分析才能得到更为全面的认识。如此，布尔迪厄的艺术理论在阐释艺术家通过个人的禀赋而传达出来那种因人而异的独特性时又显得不那么有说服力了。艺术本身就是以一种悖论的形式存在，布尔迪厄看到了这种悖论，并试图进行调和，但解决的结果却并不令人满意。

第六，布尔迪厄的文艺思想具有相当程度的悲观色彩。不可否认，布尔迪厄是一个分析问题的高手，他用其极其冷静和深刻的手术刀将被层层包围起来的艺术幻象、艺术符号暴力以及艺术场域位置之间的斗争剥离开来，呈现给人们一个血淋淋真实的现实。但是，他却并不是一个解决问题的高手，呈现给我们这样一个现实之后，却一再给我们追加一种无望解决的印象。比如，他通过对法国 19 世纪文学进行一种知识考古学式的考察之后，分析出纯美学与艺术自律的存在，然而紧接着他就告诫人们这种艺术场域的自律是相对的，归根结底它总是依附于权力场的，抵制与变迁都是极其困难的。另外例如他对审美趣味的阶层区隔分析，尽管令人信服地看到了所谓审美无功利性背后那种阶层差异的存在，也在一定程度上颠覆了后现代消费文化理论所认为的在后工业社会的消费模式中，阶层的区隔与差异正在淡化的说法，提请人们看清了社会差异与区隔正在从显性转而走向文化隐性的现象。但是，他却过分强调了这种社会结构的顽固存在，一定程度上忽视了社会主体寻求社会变迁的渴望与行为，这使他的理论蒙上了一层决定论的色彩。正如戴维·斯沃茨所说："虽然他不是僵化的决定论者（像许多批评者指责的那样），但是他的概念框架显然更加关注连续性的模式而不是变迁的模式。习性、文化资本以及场域的概念强调的是维护从过去延续下来的结构的倾向……布尔迪厄的框架并不是鼓励研究者去寻求变迁的形式。

变迁的根源在他的著作中时有暗示,但是从来没有成为关于变迁的动力学的令人信服的阐释。"①

瑕不掩瑜,布尔迪厄文艺思想尽管存在一定的缺憾与局限,但却丝毫不削弱其重要性与深刻性。布尔迪厄正以其深刻的思想、敏锐的洞察力、兼济天下的胸怀吸引着越来越多的学人去研究他、运用他。那么,他的文艺思想对中国当代文学艺术研究有哪些有益的启示呢?这便是我们接下来要探讨的问题。

第二节 布尔迪厄文艺思想对中国当代文艺研究的有益启示

一 布尔迪厄中国语境转换的可能性限度

事实上,在国内学术界,不论是社会学领域、教育学领域、经济学领域、哲学领域,还是文化研究领域甚至于文学艺术领域等,布尔迪厄的名字出现的频率都越来越高,这在一个侧面表征了布尔迪厄思想已经在中国产生了一定的影响。但令人担忧的是,大部分国内学者在运用布尔迪厄理论分析与解决中国实际问题时,基本缺失了对布尔迪厄理论跨语境转换的可能性限度问题的思考,而这却是我们接受与运用其他国外理论首先应该考察的问题。

就目前的资料显示以及我们在文中的梳理与分析可以看出,布尔迪厄的文艺思想直接或者间接涉及的问题主要包括艺术研究方法、艺术场域的结构与生成、艺术价值和经典设立、艺术史的写作问题、

---

① [美]戴维·斯沃茨:《文化与权力——布尔迪厄的社会学》,陶东风译,上海译文出版社2006年版,第325页。

审美趣味与艺术范畴、艺术实践与广泛社会过程的关系、艺术家与知识分子的社会地位等。布尔迪厄在分析这其中的大部分问题时，都有着相对比较明确而具体的对象，基本上都是在法国语境下进行的。比如，他对艺术场域结构与生成的分析就是以法国19世纪文学艺术的发展状况为例进行分析的，他对审美趣味与阶层关系的分析则是以法国社会20世纪60年代的社会状况进行的。由此，旅美学者徐贲先生认为布尔迪厄在中国产生的作用将是相当有限度性的："布迪厄在得出上述种种对文艺的'文化研究'结论时总是紧紧地把握住对具体法国对象的讨论。这就使得这些结论表现出极明显的法国性，也造就了它们跨文化语境转换的难度……即使是在某种类似性的社会中，不同的历史阶段和具体环境也仍然会要求我们在运用特定社会理论的时候不断审度它的有限适用性。"[①]

布尔迪厄关于艺术场域、纯美学在法国19世纪诞生的分析，对于当代中国不乏有一定的启示意义，因为中国自市场经济兴起以后，似乎与马奈、福楼拜时代具有了一定的相似性。中国的文学艺术自20世纪80年代以来，开始自觉地走向一种审美的诉求，不论是"文学主体性"的论争，还是"审美意识形态"的文学本质观的确立；不论是"寻根文学"抑或是"先锋文学"，中国学界对于文学艺术都表现出了一种挣脱"文化大革命"的"政治牢笼"，走向审美自律的追求。而且，就现实情况来看，文学艺术也为那些受过教育的无背景青年们提供了大量的机遇，这也与当时法国"波希米亚"文学青年的形成有着一定的相似度。"但是，这并不意味着在中国就此出现了类似福楼拜时代的资产阶级或反资产阶级的文艺。法国的资

---

① 徐贲：《文化批评理论的跨语境转换问题》，《文艺研究》2002年第4期。

产阶级是统治阶级，是一个对社会权力、价值观和意识形态有支配能力的阶级。但是中国资产阶级充其量只不过是一些有钱人，一些暴发户或小财主。他们关心的是金钱。他们往往对权力、价值观和意识形态抱机会主义或者犬儒主义（什么也不真相信）的态度。因此，福楼拜以反资产阶级来反抗主流意识形态，来确立独立性和艺术自足合法性的创作主张和实践在中国实际上并无太大意义。"① 而且，中国文学艺术的自律程度也很有限，它选择的反抗对象往往是表面上更容易对付的经济影响。实际情况往往是，符号统治力量比经济统治力量更为内在和有力，这种反抗的缺失也使中国文学艺术的自律诉求大打折扣。

同时，也正因为中国目前的社会阶层分布并不和法国等发达国家相似，所以布尔迪厄关于审美趣味与阶层区隔的分析在中国跨语境转换过程当中也必然牵涉到限度问题。布尔迪厄根据法国的社会阶层，将其审美趣味分为大资产阶层趣味、中产阶层趣味与工人阶层趣味，其中中产阶层趣味占据最大的比例，与大资产阶层和工人阶层共同构成了一个橄榄型的审美趣味结构。那么，中国目前的阶层是一个什么样的状况呢？中国则是穷人居多、富人相对较少的金字塔式结构，也就是说，在中国，大多数的政治资源、经济资源与文化资源只掌握在极少数人的手中，而拥有较多文化资源与经济资源的极少数人也就是我们通常所说的"中产阶级"（国内"中产阶级"研究专家南京大学的周晓红根据对北京、上海、广州、南京、武汉五大城市的调查，根据经济条件、教育层次、职业分类三个指标的综合考察认为中国的中产阶层只占到11.9%②）。除了这些所谓

---

① 徐贲：《文化批评理论的跨语境转换问题》，《文艺研究》2002年第4期。
② 参考周晓红《中国中产阶级：现实抑或幻象》，《天津社会科学》2006年第2期。

的中产阶层,剩下的就都是基本的"无产阶层"了。所以,对于中国目前的社会阶层分布来看,布尔迪厄的审美趣味分析理论也并不能原封不动地挪用过来。而且,中国的阶层区隔通过政治资本、经济资本已经表达得很明显了,它实际上并不多么需要通过文化资本来内在地帮助完成区隔。从这一点来讲,布尔迪厄的审美趣味理论在中国语境下并不是说行不通,而是说中国的阶层区隔现状太过明显,没太多必要再进行文化层次的分析。

另外,正如徐贲先生所发现的那样,布尔迪厄所强调的教育在艺术过程当中所扮演的不平等再生产角色,对于中国的现状尽管也具有一定的借鉴意义,但也必须考虑其限度问题。在法国,大学和博物馆在一般意义上秉持着传递、训练和再生产艺术能力的功能,"尽管中国也有大学和博物馆,但中国的这些文化体制的作用却并不一定与法国的相似。说中国大学和博物馆一直传承和训练'优雅'或'纯粹'艺术趣味,那是夸张其辞"[1]。在目前的中国,大学教育的确为一些人提供了一定的文化资本与象征资本,但这并不等于说他们就具备了文化能力和艺术禀赋。大学教育更多不过扮演的是提供文凭的生产场所,不少文科的教授也很难说具有一定的艺术欣赏能力。中国的博物馆在这方面的作用就更是令人堪忧的,且不去管那些社会学调查的数据(看看数据也许只会徒增悲伤),就我们的实际经验来谈,又有多少人定期去博物馆学习与领会我们的传统艺术与文化精神的呢?在这种情况下,"布迪厄所关注的高雅文化能力和艺术禀性与优越社会地位的同型关系就不如高程度文凭和优越社会地位的同型关系来得现实和重要了"[2]。故而,布尔迪厄关于艺术博

---

[1] 徐贲:《文化批评理论的跨语境转换问题》,《文艺研究》2002年第4期。
[2] 同上。

物馆以及艺术教育的论述在中国当代语境运用时也一定要注意到中国自身的社会特征。

  当然，思考布尔迪厄文艺思想中国语境转换的限度问题，并不是要否定布尔迪厄的贡献与价值，相反，是为了更好、更切实际地去参考与运用其思想。实际上，布尔迪厄本人也一直强调，相比建立包打天下、普遍适用的理论而言，他更愿意给人们带来一系列的批判性的工具，给人们提供一种批判的视角。况且，一旦我们只是简单无度地去挪用其理论资源，也就同时陷入了布尔迪厄反思性社会学所批判的范围。因此，除了秉承布尔迪厄批判性的理论工具以及批判精神之外，最重要的是"征用他的社会学分析背后的方法论原则"①。而他的文艺研究方法又秉承了其一贯的社会学方法，即我们在第二章介绍过的生成性、关系性与反思性方法。正如我们在文中所讲到的那样，布尔迪厄的这三大研究方法中，最具原创性的就是反思性方法，也正如此，它最受国内学者所关注。陶东风先生名为《反思社会学视野中的文艺学知识建构》的长文，就是运用布尔迪厄反思社会学理论分析中国当下文艺学知识的生产机制，解释制约文艺学知识生产的各种主客观条件的尝试；② 朱国华先生在《对反思性社会学诗学的反思》一文中则联系中国语境的实际对布尔迪厄反思性社会学诗学方法进行了一定的批判性探讨和能限度考察。③ 所以，关于布尔迪厄的反思性方法对中国当代文艺研究的启示方面我们将不再赘述，而把主要精力放在布尔迪厄生成性思维与关系性思维的启示方面。另外，我们在研究的过程当中发现，布尔迪厄在对

---

① 朱国华：《对反思性社会学诗学的反思》，《文艺理论研究》2007年第3期。
② 参见陶东风《反思社会学视野中的文艺学知识建构》，《文学评论》2007年第5期。
③ 参见朱国华《对反思性社会学诗学的反思》，《文艺理论研究》2007年第3期。

文学艺术论述与分析过程当中所秉持的生成性方法正好暗合了现代哲学的主要思维方式即"生成性思维",而其关系性思维的方法尽管多是从结构主义出发的,但同时也暗合了目前自然科学以及人文科学所流行的"复杂性思维"。实际上,生成性思维与复杂性思维之间也存在着一定的关联,它们都是对过往简单性思维、科学世界观的反思与反驳,思维特征上也有一些交叉。基于布尔迪厄的生成性与关系性思维,我们主要从历时维度上来考察生成性思维的启示,同时主要在共时维度上来考察复杂性思维的启示。

二 生成与文艺生成

第二章中,我们在探讨布尔迪厄生成性思维方法时,曾借用华康德的话认为布尔迪厄与其时代共享了这一思维方式,也较为详尽地介绍了布尔迪厄独特的生成结构主义方法。那么,放在历史和时代的视域中,究竟什么是生成性呢?生成性思维范式究竟有什么特征呢?它究竟可以为我国当下文艺研究带来哪些有益的启示呢?我们将逐一论之。

(一) 生成性思维

在西方,"生成"问题实际上是一个十分重要也十分复杂的哲学问题,早在古希腊哲学中已经开始了关于"生成"问题的思考,从词源学上来看,它在当时至少具有以下几种含义:1. 产生变化(come to be);2. 变化过程(becoming);3. 发生(occur in);4. 出现(come, be found);5. 产生(generate),由此可以看出古希腊人主要用它来指称与思考物质的产生与消灭。但是,众所周知古希腊哲学家一般认为事物的产生是不会从"不存在"、从"无"中而来的,因此他们所讲的"becoming"也就逻辑地落在了"being"之后。也就是说，古希腊人在思考物质产生以及宇宙产生时总是预先设定了一个"最高实体"，这个"实体"可以是现实之物（比如泰勒斯的'水'），也可以是抽象的理念（比如柏拉图的'相'），然后通过这个"第一实体"或称"最高实体"来衍生万物，这就是我们经常提到的古希腊哲学思维的预成性（本体论）。从哲学史上看，这种思维方式到黑格尔的"绝对理念"达到了顶峰，其间有无数的哲学家沿着这条路径提出过众多不同的"最高实体"。这种思维方式虽然表征了人类寻求世界终极解释的努力，反映了人类由感性向理性的升华与飞跃，但却有忽略人类主体性以及活生生的存在现象之嫌，也有导致神学神秘主义的危险。

近代西方哲学自笛卡尔"我思故我在"开始，便转向了一种"构成论"思维模式。"我"从"本体"的压迫中被拯救了出来，成为一个能思考的、能认识世界的能动主体。这种思维方式把世界视为一个外在于人、独立于人的既有的存在客体，认为人通过能动思维，将世界不断地还原、细分就能够透彻地、完全地、详细地认识到它。尤其是在近代科学通过这种思维模式取得了巨大成果之后，"构成论"思维方式获得了普遍的认可与尊重。以牛顿经典力学定理为代表的科学世界观，认为世界整体是由部分构成，通过线性、还原、细分的方式，世界本质是可以无限被认知的。这种思维方式从肇始之初已经内在地蕴含了导致二元对立的危险，它必然有可能导致主体的无限膨胀、对象本质的先在设定等种种弊端。这些危险与弊端在康德的系列二律背反中表征无遗。而且，这些弊端也一再地给人类的整体生存带来危机，如大气污染严重、全球气温变暖、疯牛病的产生、SARS病毒肆虐、H1N1的全球蔓延等等。

对这种"科学世界观"以及其带来的种种弊端进行了反思的逻

辑结果就是走向"生成论"哲学思维方式。哲学界海德格尔之"在世中"、哈贝马斯之"交往理论"、萨特的"存在先于本质"、马恩之"世界不是既成事物的集合体，而是过程的集合体"①，等等；自然科学界尤其是物理学界量子力学的产生、波粒二象性、海森堡测不准原理的发现等等都在昭示着一种新的世界观、新的哲学思维的诞生；思想界兴起的耗散结构理论、整体论、系统论、控制论以及复杂性思想也可以从不同方面佐证生成哲学的合理性。

当然，这里的描述只是对西方哲学思维方式的一个总体趋向性的表达，实际情况要比我们这种泾渭分明的表达复杂得多，各种思维方式总是混融交杂在一起，但古典哲学思维方式与现代哲学思维方式毕竟不尽相同，通过这样的划分可以在一定程度上帮助我们认识与把握哲学的发展脉络。其实，更简化地讲，形而上学的本体预成论思维以及科学世界观的构成论思维都可归类为"现成论"哲思方式，正如国内有的学者所总结的那样："在现成论的视野中，一切都是已完成的，都有一个本质，这个本质决定着对象的'是其所是'。"② 这也就是说，现成论的哲思方式首先总是假定了事物有一个确定的本质，然后或者通过形而上学先验地去考究这个本质，或者通过科学世界观去分析这个本质。如果说这种哲思方式在追问"是什么"的话，那么，生成论的哲思方式则是追问"如何""怎么样"，"在生成论的视野中，一切都是生成的，都处于永恒的变化过程之中，不再存在一个预定的本质。"③ 这也就是说，现代哲学生成论的思维方式主要是一种"一切将成"的思维方式，也就是主要发

---

① 《马克思恩格斯选集》第4卷，人民出版社1995年版，第244页。
② 邹广文、崔唯航：《从现成到生成——论哲学思维方式的现代转换》，《清华大学学报》（哲学社会科学版）2003年第2期。
③ 同上。

展了古希腊"生成"语义中"becoming"一义。总结起来，生成论哲学思维方式不同于以往"预成论"以及"构成论"的主要特征有以下几个方面。

第一，从"本质"走向"过程"。所谓生成主要指的就是一个动态过程，它反对"预成论"以及"构成论"那种或预设或追求现象背后恒定不变的本质的倾向。正如海德格尔所描述的那样："这个存在者没有而且绝不会有只是作为在世界范围之内的现成东西的存在方式，因而也不应采用发现现成东西的方式来使它成为课题。"① 也正如恩格斯所说"世界不是既成事物的集合体，而是过程的集合体"②。现代哲学中，对历史的重视、对时间的强调也正是生成论哲学这种重"过程"的一种体现，这也是生成论哲思方式最为重要的特征。

第二，从必然性走向偶然性。预成论以及生成论哲学在思考事物变化的时候总是努力寻求一个既定的规律，然后用这种必然性来解释种种复杂多变的现象。而自然科学中的热力学第二定律以及混沌学的兴起，告诉人们事物在经由量变转换为质变的时候，偶然性往往比必然性起着更大的作用，事物是在过程中敞开的，是在时间绵延中无限偶然变化的。认识规律是完全可以的，但却不能迷信规律甚至于一劳永逸地简单套用。海氏提出"此在"是一种"能在"，萨特认为"存在先于本质"皆体现了这种一切皆是在不断创造中发展，未来所有的偶然性存在都是一种创造性过程的思想。

第三，从部分走向整体。以牛顿经典力学定理为代表的科学世界

---

① ［德］海德格尔：《存在与时间》，陈嘉映、王庆节译，生活·读书·新知三联书店 2006 年版，第 51 页。
② 《马克思恩格斯选集》第 4 卷，人民出版社 1995 年版，第 244 页。

观，认为世界整体是由部分构成，通过线性、还原、细分的方式，世界本质是可以无限被认知的。但新的自然科学研究成果，尤其是以爱因斯坦相对论为代表的量子力学的提出，使人们认识到虽然"物质无限可分"论在目前的科学发展水平下不能证实也不能证伪，但一味地强调这种思维方式，"就是一种片面固执的独断论"甚至可以说是"一种形而上学"①。生成论哲学提醒人们在认识事物的过程中，虽然分析的方法是无可厚非的，但不要忘记"整体是大于部分之和"的，所有部分都只有在整体完整存在的前提下才有重要的意义。全球化理论、和谐理论以及生态理论可以说都是从整体出发而不是相反。

第四，从实体走向关系。科学世界观奉行的是实体性思维，也就是把世界分为本质界和现象界，认为只要透过现象看到本质，寻求到本质实体就可以一劳永逸地解决现象问题了。这种思维方式内在地以一种主客二分的态度把世界的普遍联系简单化了。马克思曾指出："当我们深思熟虑地考察自然界或人类历史或我们的精神活动的时候，首先呈现在我们面前的，是一幅由种种联系和相互作用无穷无尽交织起来的画面。"② 世界是一种普遍联系的关系世界，仅仅从实体出发是完全不能解释现象的多样性和多边性的。

第五，从二元对立走向多元共生。目前思想界对二元对立思想诘难的已经够多了，在这里我们要清醒地认识到这些诘难（当然包括生成论思维）反对的都是"二元对立"，而不是简单地反对"二元"思维。二元不一定都是对立的，我们通常所说的"主客二分"只是二元思维的一种形式而已，它历史地具有一定的合理性。而其不合理部分诸如导致主体的无限膨胀、人类中心主义、"非此即彼"

---

① 金吾伦：《生成哲学》，河北大学出版社2000年版，第23页。
② 《马克思恩格斯选集》第3卷，人民出版社1995年版，第539页。

的线性思考方式等等正是生成论思维所要批判与着力弥补的,"现代哲学之所以解构二元对立、主张人与世界的统一,正是为说明在人的现实生活之外并不存在一个独立自存的、作为生活世界之源、本质和归宿的理念世界或科学世界"①。后期维特根斯坦、德里达、罗蒂无不秉持这样的观点。生成论思想认为在日益发达的现代社会中,"非此即彼"的简单思维已经无力解决纷繁复杂的社会现实问题,因此,我们要努力做到"多元共生"。

不可否认,这样的哲学思维方式打破了以往哲学中"本质主义"的倾向,重新设定了人与世界的紧密联结。它试图纠正二元模式的机械性弊端,并大力肯定了"恒新恒异"的创造过程,对于我们更加敞开地认识存在具有一定的启示意义。然而,这种思维方式发展到解构主义以后的后现代哲学之后,走向了一种极端,他们认为任何领域中都不再存在确定性的东西,甚至为了解构当下连同历史也一并解构掉了,因此走向了一种无中心、无理性、无边界、无确定性的状态,这种状态直接导致了人们在理论上的巨大恐慌和现实上的无依无凭。这样一种生成性思维实际上是只看到了"生成"原初含义中的"becoming",而忘记了"generate",也就是说,只看到了生成中的"生",而忘记了"成",只看到了非确定性方面,而忘记了确定性的方面。正如国内有的学者所总结的那样,实际上现代哲学中存在着两种生成观:现代西方哲学的生成观和马克思哲学的生成观。前者所理解的生活世界主要是指人的日常生活,其生成性思维只看到了生成的非确定性,但却遗忘了生成的确定性,"在现代西方哲学家的视野中,一个纯自在的、随意的世界虽然能说明人的自

---

① 李文阁:《生成性思维:现代哲学的思维方式》,《中国社会科学》2000年第6期。

由、个性和生成性,但却'很难'找到共性、普遍性、规律性和确定性,而在一个没有确定性的世界,生成虽消除了限制,但也没有了历史、保证和方向。这样的生成虽然是一条永不止息的河流,但却是人无法把握的'克拉底鲁之河'。此种生成观除了陷入相对主义之外,并无它途"①;而对于马克思哲学来说,生活世界是一个以实践为基础维度的日常生活与非日常生活的统一,其生成规则是确定性与非确定性的统一。实践是马克思哲学的根基,它不仅是存在的基础、生活的基本内容,而且制约着人类的其他活动。"全部社会生活在本质上是实践的。凡是把理论引向神秘主义的神秘东西,都能在人的实践中以及对这个实践的理解中得到合理的解决。"② 作为人的存在,他首先是一个自然的感性存在,就是说,存在于自然界和社会生活的人,他首先必然要受到各方面对象的制约。但与此同时,人并不是简单被动地受制于对象,而是通过实践去主动地接受以及改造种种制约,并在这个改造与创造的过程当中确认自身、完善自身。实际上,也正是通过这些实践行为,人才得以与动物区分开来。所以,在马克思主义的生成观中:"人之受动性和实践的实在性昭示着生成的连续性、确定性,而人之能动性和实践的创造性则意味着生成的间断性、非确定性。"③ 正因为马克思辩证地看到了生成的"生"与"成"的两个方面,同时兼顾了"生成"原初含义中的"becoming"和"genarate"两义,才使这样一种生成观既不至于退回到本质主义窠臼,又不至于跌入相对主义深渊。布尔迪厄在对待生成问题时,继承了马克思的辩证态度,正如我们在第二章中介绍的那

---

① 李文阁:《生成性思维:现代哲学的思维方式》,《中国社会科学》2000 年第 6 期。
② 《马克思恩格斯选集》第 1 卷,人民出版社 1995 年版,第 56 页。
③ 李文阁:《生成性思维:现代哲学的思维方式》,《中国社会科学》2000 年第 6 期。

样，他创造性地提出了一种生成结构主义。布尔迪厄首先极力肯定了生成性，但同时认为这种生成性应当在社会结构与人类心智结构中双重实现，也就是说，结构是历史的结构，历史是嵌入结构中的历史。这种积极取消历史与结构之间对立的做法，这种将生成与结构连接起来的努力，使得布尔迪厄的生成观在某种程度上克服了现代哲学生成性思维所造成的那种无休止的解构，从而给生成的非确定性加上了生成的确定性维度，避免了历史相对主义，布尔迪厄正是将这种生成观运用到其文艺研究过程当中的。那么，这样的生成观对我们认识中国当下文艺现状以及文艺研究现状有哪些有益的启示呢？

（二）文艺生成

进入21世纪以来，国内学者对生成性思维以及生成哲学关注者实际上也不乏其人，最具代表性的就是金吾伦先生于2000年出版的《生成哲学》一书。金吾伦先生在书中不仅辩证批判了还原论与构成论的不足，而且还较为系统地论述了整体论以及生成论思想。遗憾的是金先生过于注重逻辑上的推理，没有对"生成"做较为详尽的历史梳理，使其论证略显单薄。国内文艺研究者在行文中运用"生成"的也大有人在，比如杜书瀛先生于1986年就发表了题为《文学作品的生成》的文章，董学文先生也发表了一系列诸如《关于文学理论的生成与机制问题》《文学价值生成总论》《论文学思想与文学情感的生成》等与"生成"相关的文章。此外，还有"文学风格生成规律""文学意义生成""文学符号生成"等种种提法。然而，纵观这些研究与提法，我们发现他们所讲的"生成"更多地还是停留在中国传统语意学意义上，也就是指"产生""形成"。《现代汉语大辞典》将"生成"的释义为：1.（自然现象）形成，经过化学反应而形成；产生。2. 天生（他生成一张巧嘴）。我们的文艺研究者基本上是在运用第一种意义上"生成"的,大多数尚未涉及的生成哲学以及生成性思维。这里需要说明的是生成性思维不是西方近代哲学所独有的,中国古典哲学甚至于可以说整个中国传统哲学就是一种生成性哲学(可以参见金吾伦教授在《生成哲学》一书中的论述)。国内较早从生成性意义上来考究文学艺术的应该是陶东风先生以及葛红兵先生,此外朱立元先生继承了其业师蒋孔阳先生的"生成—创造"思想将生成论思维运用到了美学领域。陶东风先生的反思是从中国文学理论教材开始的,他运用西方现当代的一些理论家的诸如"知识社会学""地方性"等理论,尤其是布尔迪厄在《艺术的法则》以及《实践的反思——反思社会学引论》中所提到的"生成的遗忘"来反对中国文学理论界目前所普遍存在的"本质主义"倾向。[①] 这一提法产生了不小的影响,也因此引起了文学理论界关于"反本质主义"的讨论。葛红兵则是在考虑中国文学在"全球化"背景下的前景问题时提出了"生成论"文学发展观。他认为只有从"要么西方化要么民族化"二元思维中解放出来,不断地重新面对"存在"——这个人类共同的本体问题,为人类寻求新的心灵家园,提供新的共同审美慰藉,才是真正文学发展的健康之路[②],这样的说法也在学界引起了较为广泛的关注与讨论。朱立元先生在论证其"实践存在论"美学时,对"生成"做了如下的解释:"所谓生成性,即指非瞬间性和非凝固性,即在稳定和变化中保持一定的张力。'生成'意为正在成为、正在发生、正在变为,它表示一种动态过程,表示某种东西正在发生的动态过程,而且这个过程是连续

[①] 详见陶东风主编《文学理论基本问题》,北京大学出版社 2004 年版,导言部分的论述。
[②] 详见葛红兵《超越"民族化"和"西方化"——对"全球化"背景下中国文学发展的思考》《关于建立"生成论"文学发展观的讨论》等文章。

不断的，因而它是一个现在进行时。生成具有自动、自在、自然之意，不是被动地成型。"① 可以说，这是目前国内美学界、文艺理论界对"生成性"最为切中肯綮的概括。结合中国当下文学艺术研究的现状，我们认为通过生成性思维来观照中国当代的文艺理论，至少可以获得以下几点有益的启示。

第一，从"文学的本质主义"到"文学本质的建构"。正如陶东风先生所指出的那样目前中国文学理论界在文学的研究过程中普遍存在"本质主义"的倾向，所谓本质主义指的就是："不是假定事物具有一定的本质而是假定事物具有超历史的、普遍的永恒本质（绝对实在、普遍人性、本真自我等），这个本质不因时空条件的变化而变化；在认识论上，本质主义设置了以现象/本质为核心的一系列二元对立，坚信绝对的真理，热衷于建构'大写的哲学'（罗蒂）、'元叙事'或'宏伟叙事'（利奥塔）以及'绝对的主体'，认为这个'主体'只要掌握了普遍的认识方法，就可以获得超历史的、绝对正确的对'本质'的认识，创造出普遍有效的知识。"② 不论是马克思还是布尔迪厄的生成观所反对的正是这种非历史化、非地化、非事件化、非具体化、顽固的、静止的、孤立的、实体的、超时空抽绎的"本质主义"，他们并不反对事物具有一定的确定性，具有一定的"本质"，但却极力反对超时空抽绎化的本质，反对一劳永逸的幻想。"本质主义"必然会导致研究者对中国活生生文学现象作出非此即彼的简单化处理，不利于文学的健康发展。很多持不同观点的学者认为"反本质主义"可能会导致文学上的"无政府主义""理论的瘫痪""理论的虚无"，会导致"使文学本质的言说失去了合法

---

① 朱立元：《实践存在论美学》，苏州大学出版社2008年版，第320—321页。
② 陶东风等：《文学理论基本问题》，北京大学出版社2004年版，第3页。

性，文学理论的建构被取消"等危险。① 这些担心也是不无道理的，但是我们要清醒地认识到"反本质主义"并不等于反"本质"，"本质主义"是一种静止的、机械的"本质观"。在布尔迪厄生成观的启示下，我们认为，文学的本质应当是建构出来的，在认识文学的过程当中，我们不仅要考虑到文学内部的逻辑发展，而且要考虑到文学的整生网式空间，考虑到文学所处的文化、政治、经济等一系列环境，考虑到文学所处的历史语境、动态时间等等。没有一劳永逸、包打天下的文学本质理论，而只有更符合实际情况、更能阐述文学现状、更能推动文学发展的文学本质观念，文学的本质应当是随着社会历史发展与社会结构变迁不断变化的，我们要在历史与结构的双重维度下去建构文学的本质。没有本质，我们的文学必将无所适从；而固守本质，则又必然阻碍文学的进一步发展；故而，我们需要一种文学本质的建构。

第二，从文学思维的简单还原到主导多元。生成性思维启示我们任何事物想要永葆活力、繁荣昌盛，就必须持抱一种开放的态度和兼容并包的胸怀，文艺理论要健康地发展也必须走多元共生的路线。其实，国内有的学者早在多年前就已经注意到了多元共生与综合创新了，比如张岱年、王元化、蒋孔阳等。国内著名文艺理论家李衍柱面对 21 世纪以来文艺理论的复杂现状，提出了"多元共生，和而不同"与"主导多元，综合创新"的发展方向与路线。② 我们

---

① 参见支宇《"反本质主义"文艺学是否可能？——评一种新锐的文艺学话语》，张旭春《"后现代文艺学"的"现代特征"？——评陶东风主编〈文学理论基本问题〉》，吴炫的《当前文艺学论争中的若干理论问题》，杨春时《后现代主义与文学本质言说之可能》等文章。

② 参见李衍柱先生《主导多元综合创新——当代中国文艺学发展的基本态势》（《路与灯》，北京大学出版社 2003 年版）、《多元共生和而不同——新世纪文学理论的走向》（《文艺争鸣》2006 年第 1 期）等文章以及著作中的论述。

认为，这一提法正好符合了生成性思维的指向，具有重要的启示意义。目前学界关于某个问题论争时那种非此即彼、面红耳赤且大有"你死我活"的论争态势，实在不是"多元共生"应有的表现。理论论争固然可以，问题在争论中会愈加明晰、愈加透彻。然而，论争不是吵架，更不是互相诋毁，也不是为一种理论消灭另一种理论，而是为了寻求更符合问题实际、更符合现实现状、更能推动文学向前发展的理论。"主导多元"，作为"主导"的不是威权意识，也不是历史惯性，更不是经典著作中的经典语句，我们的"主导"应该指向的是文学存在之整生现状、历史语境、时间敞开。"主导"在"多元"背景下存在，"多元"在"主导"领衔下"共生"。正如李衍柱先生所表述的那样："每一时代，应有一个主导思想，在社会生活及学术研究中起主导作用，同时又容许不同的学术观点存在。有同有异，求同存异……同而且异，这是学术发展的规律。"①

第三，建立生成论文艺发展观。正如上文所论述到的，这个提法是葛红兵先生在国内最早明确提出的，也引起了广泛的关注。现代生成哲学、生成性思维的核心理念应当就是"发展""过程"了。正如葛红兵先生所说，在面对文学发展问题时，我们不应再持抱有"要么西方化要么民族化"的二元思维了，我们应当不断面对人类的共同本体——存在，以一种"发展"的视野，"过程"的心态，"包容"的心理，为人类寻求共同的文学之家园。以如此文学发展观再看待文学领域出现的诸如"网络文学""玄幻文学"等新生事物时我们就不会像以往那样采取过于偏激的立场了，也就是说，我们应

---

① 李衍柱：《多元共生和而不同——新世纪文学理论的走向》，《文艺争鸣》2006年第1期。

当以一种生成性的眼光去看待这些新的文学现象,去认识它们产生的社会历史语境与社会结构土壤,而不应该不分青红皂白地就一棒子打死。

总之,我们认为,在整个文学领域与文学系统中,不论是文学主体,抑或是文学文本,又或是文学风格、文学意义、文学价值等都不是简单预成或构成的,而是在动态发展中不断形成且不断变化的,我们只有秉持着这样的一种心态才能够与时俱进地发展我们的文艺理论,繁荣我们的文艺事业。

三 复杂性与文艺复杂性

第二章中,我们介绍了布尔迪厄文艺研究过程当中的关系性思维方法,而这种方法又正好是近几十年来自然科学和人文科学兴起的复杂性思维方式的核心观念。所以,我们有必要联系复杂性思维来看看布尔迪厄的关系性方法对我国当下文艺理论建设有哪些有意义的启示。

(一)复杂性思维

复杂性问题就如同它本身的命名一样复杂,它兴起于20世纪六七十年代,复杂性科学、复杂性问题、复杂性思维以及复杂性哲学是它的不同呈现形式。它最早流行于自然科学领域,近年来在人文科学、社会科学等领域也得到了广泛的认可和运用。所谓复杂性,顾名思义,它是相对于自然科学中所存在的简单性来讲的。在复杂性科学兴起之前,自然科学领域中,一直沿承的是由笛卡尔等人开创的简单性思维,也就是上文我们介绍生成性思维中所提到的"科学世界观"。在这种简单性思维的指导下,人们希冀通过对世界的无限细分,来寻求世界的本质,并相信通过人类的理性最终可以有序地把握世界。正如法国复杂性思维研究专家埃德加·莫兰(Edgar Morin)对简单性所描述的那样:"简单性范式是一个把秩序放入宇宙并从其中赶走无序性的范式。秩序(或者有序性)最终被归结为一个规律、一个原则。简单性看到或者是一,或者是多,但是不能看到一同时是多。简单性的原则或者是分开联结在一起的东西(分离),或者是把多样性的东西同一化(还原)。"① 他还总结出了支持简单性思维的三大原则:有序、分割与绝对理性。所谓有序即是从决定论和机械论的世界观推导出来的,认为任何明显的无序性都被看作暂时的无知的结果,人们坚信这表面的无序性背后隐藏着有待发现的有序性。这种普遍的信念首先被热力学第二定律(也就是熵定律)所打击②,因为热力学第二定律发现了热现象是由分子的无序震荡所形成的。所谓分割即是近代科学当中,将观察者和观察对象分离,将观察对象无限细分的一种做法,他们坚信只要通过无限的细分,通过简单的要素,就可以认识到事物的本质。这种做法也受到了现代科学的质疑,比如海森堡相对于宏观物理学所提出的微观物理学中的"测不准原理",以及系统论等都启示我们:"在人类科学和社会科学中,下述事实显得日益明显:不存在任何社会学家或经济学家可能像天狼星那样端坐穹顶,俯视社会。他们是这个社会内部的一个组成部分,而社会也作为整体存在于每个人的内部。"③ 所谓绝对理性也就是归纳—演绎—同一性的逻辑思维方式。经典的

---

① [法]埃德加·莫兰:《复杂性思想导论》,陈一壮译,华东师范大学出版社2008年版,第59页。
② 关于熵定律的论述可参见李占伟《熵视域下的文学现象反思》,《山东文学》2009年第4期。
③ [法]埃德加·莫兰:《论复杂性思维》,陈一壮译,《江南大学学报》(人文社会科学版)2006年第5期。

理性基本上都是建立在归纳法、演绎法和同一律的基础上的,但"卡尔·波普尔对以为可以从特殊事例中抽象出普遍规律的归纳法给予了第一个重击。他正确地使人察觉:人们不可能完全严格地归纳出一条普遍规律如'所有天鹅都是白色的',仅仅根据从未看到过有黑天鹅。归纳无可置疑地有启发性的价值,但没有绝对证明的价值"①。

不可否认的是,简单性思维在人类思维的发展史上的确做出过卓越的贡献,而且还一直在发挥着重要的作用。它把人类纷繁复杂的现象通过最为直观的公理、定理和法则表达出来,如牛顿的三大定律、爱因斯坦的逻辑简单性等对人们认识世界、改造世界产生了巨大的功效,人们正是在简单性思维的指导下进入物质较为丰富的工业时代的。甚至连人文社会科学的建立和产生也是按照简单性原则进行的,大卫·李嘉图将自然科学的研究方法引入经济学领域,圣西门提出人类科学实证化的任务,维科的《新科学》希冀通过自然科学的方法对人文科学做出类似于牛顿等人的贡献,孔德的实证哲学,斯宾塞的社会有机论等等②,迄今为止,简单性思维在自然科学和人文科学当中仍然延续着其重要影响。但是,随着它的影响的广泛与深入,其弊端也暴露得越来越明显,正如西方有的学者所说的那样:"在当代西方文明中得到最高发展的技巧之一就是拆零,即把问题分解成尽可能细小的部分。我们非常擅长此技,以致我们竟忘记把这些细部重新装到一起。"③ 也如埃德加·莫兰所说的那样:

---

① [法]埃德加·莫兰:《论复杂性思维》,陈一壮译,《江南大学学报》(人文社会科学版)2006年第5期。
② 参见欧阳康《复杂性与人文科学创新》,《哲学研究》2003年第7期。
③ [比]普利戈金、[法]斯唐热:《从混沌到有序——人与自然的新对话》,曾庆宏、沈小峰译,上海译文出版社2005年版,前言第1页。

"现在看来认识的简单化方式更多地肢解了而不是表达了被它阐明的现实和现象",而且可以明显地看到"它产生的盲目性多于明晰性"①。并认为人类遭受的最严重的危险与这种认识的盲目的和失控的进展相关联,比如热核武器、各种类型的操纵、生态秩序的失衡等等。②庆幸的是,尽管"简单化的范式(分离和还原)统治着我们今天的文化,而在今天也开始发生了对它的控制的反抗"③。自20世纪六七十年代以来兴起的耗散结构理论、协同论、突变论、系统论、混沌学等理论实际上都是这种反抗的体现。人们不再满足于仅仅把事情拆开,人们想要把被笛卡尔分离原则所拆散的人文主义文化和科学的文化重新装回到一起,想要把"生物学和物理学重新装到一起,把必然性和偶然性重新装到一起,把自然科学和人文科学重新装到一起"④。这场重新组装的号角正是由诺贝尔奖获得者、耗散结构理论的创始人伊·普里戈金(又译为普里高津)吹响的。那么,相对于简单性,复杂性思维究竟有哪些基本的特征呢?

首先询问复杂性思维的基本特征,而非复杂性是什么,是因为"复杂的东西不能被概括为一个主导词,不能被归结为一条定律,不能被化归为一个简单的概念……复杂性不是能用简单的方式来加以定义并取代简单性的东西。复杂性是一个提出问题的词语,而不是给出解决办法的词语"。⑤复杂性相对于简单性主要有以下几个基本

---

① [法]埃德加·莫兰:《复杂性思想导论》,陈一壮译,华东师范大学出版社2008年版,前言第1页。
② 同上书,第3页。
③ 同上书,第78页。
④ [比]普利戈金、[法]斯唐热:《从混沌到有序——人与自然的新对话》,曾庆宏、沈小峰译,上海译文出版社2005年版,前言第1页。
⑤ [法]埃德加·莫兰:《复杂性思想导论》,陈一壮译,华东师范大学出版社2008年版,前言第2页。

特征。

第一，从实体性到关系性。西方传统思维方式从古希腊开始，就种下了实体性思维的种子，从泰勒斯的"水"到德谟克利特的"原子"；从毕达哥拉斯的"数"到柏拉图的"相"，对事物的考察都是从某一实体出发的。古代哲人从实体来考察纷繁复杂的世界，并不等于说他们没有看到世界的复杂性，而是说，他们坚持认为将世界归结为种种的实体与简单的元素便可以透彻认识复杂性事物。近代自然科学发展了这种认知，近代的自然科学家们普遍认为通过细分事物到分子、原子等物质层面之后，便可清晰地认识事物的本质。然而，事实情况是，事物本身的存在以及发展、演化并不是孤立的实体，而是由实体与其周围环境，与周围整生网络空间中与其发生关联的所有要素所组成的一种组织模式，我们要想真正地去认识他们，必须以一种关系性思维来考察与分析。正如普里戈金所说："在相对论、量子力学或热力学中，各种不可能性的证明都向我们表明了自然界不能'从外面'来加以描述，不能好像是一个旁观者来描述。描述是一种对话，是一种通信，而这种通信所受到的约束表明我们是被嵌入在物理世界中的宏观存在物。"① 怀特海认为早期的宇宙就是一个"事件场"，实际上就是科学界中表达出来的深刻的关系性思维；马克思哲学世界观中所强调的世界是普遍联系的，实际上也正是哲学界对于关系性思维的肯定；而布尔迪厄所提出和运用的"场域"观念，正是人文社会科学界对复杂性思维、关系性思维的有力回应与应用。当代哲学中的"对话""交往"等理论也无不是关系性思维的重要体现。关系性思维是复杂性思维的首要也是最

---

① ［比］普利戈金、［法］斯唐热：《从混沌到有序——人与自然的新对话》，曾庆宏、沈小峰译，上海译文出版社2005年版，第299页。

为重要的特征。

　　第二，从还原性到整体性。正如上文所讲，近代自然科学以及人文科学，尤其是20世纪上半叶，对研究对象进行研究的过程当中，最为擅长的做法就是分割，将整体分割成无限细小的部分，将自然现象与人文现象还原为机械行为。但每一步分割与还原，实际上都是以牺牲整体性与系统性为代价的，而且这种无限分割的行为是建立在"物质无限可分"的信念基础上的。然而，"物质无限可分"的信念在量子力学的兴起之后受到了严重的质疑和沉重的打击。尤其是"夸克禁闭现象"的发现，更是对其形成了有力的冲击。粒子物理学家发现组成强子的基本成分是夸克，然而夸克只能在束缚的状态而不能以自由状态存在。除非用无限大的能量去轰击粒子，否则是决不能得到自由夸克的，而无限大的能力则是不可能存在的。量子力学给我们描绘的世界图像是：世界并不是可以最终细分的有机整体。协同论、系统论思想也启示我们对待世界的认识，不能再盲目地去还原与分割了，是时候将被拆得七零八碎的东西重新装回到整体里去看待了。马克思主义哲学世界观中所强调的整体性其实也正是哲学界对整体思维的有力回应，此外，现代哲学中从本体论、认识论向整生网络的存在论发展，其实也是整体性思维的一种表现。我们不应该再一味地去分出主体和客体、分出客体的ABCD元素，而应该认识到我们是自然整体的一个部分，我们在整体中存在，而不是在整体之外。布尔迪厄在这方面也继承了其业师巴什拉的思想，巴什拉发现："简单的东西是不存在的，只存在着被简化的东西。科学建构它的对象是通过把后者从所处的复杂环境中抽取出来，将其放置到非复杂的实验的形势下。科学不是对于一个本来简单的宇宙的研究，它是为着获得某些性质或某些规律的需要而尝试采取的简单化操作。"① 布尔迪厄坚决贯彻了巴什拉的这种思想，在其研究中，充分肯定了整体性思维的重要性，不论是对教育制度的考察，抑或是对艺术体制的分析，都力图将它们放置在社会的、历史的整体环境中去认识。另外，正如埃德加·莫兰所言："复杂性思维方式不用不可分割性来替换分割性，它呼唤着二者的交流，应用可分割的东西，但把它插入不可分割的联系之中。"② 复杂性思维所追求的是让人们充分认识到：整体处于部分之中，部分也同时处于整体之中，从而不再进行机械性的还原与分割。正如帕斯卡尔所描述的那样："一切事物都是造因与被造者，是支援者与受援者，是原手与转手，并且一切都是由一条自然的而又不可察觉的纽带——它把最遥远的东西和最不相同的东西都联系在一起——所连结起来的；所以我认为不可能只认识部分而不认识全体，同样地也不可能只认识全体而不具体地认识各个部分。"③

第三，从线性到非线性。线性与非线性问题首先是在数学领域被提出来的，数学线性方程式是简单的对应方程，每一个元素都只对应一个函数，且结果是稳定不变，不会产生新质的；而数学非线性方程则是各项变化不均的、不成比例的，其解是多元可能的，没有确定性。④ 过去的科学史上，科学家甚至于人文思想家都相信在世界的纷繁复杂的表面之下，必然潜存着种种简单的秩序，事物之间存在的都是简单的因果关系。但随着耗散结构理论、协同学理论、

---

① ［法］埃德加·莫兰：《复杂性思想导论》，陈一壮译，华东师范大学出版社2008年版，第10页，这段话是埃德加·莫兰在阐述复杂性的过程当中引用布尔迪厄业师法国哲学家巴什拉（Bachelard）的思想。
② ［法］埃德加·莫兰：《论复杂性思维》，陈一壮译，《江南大学学报》（人文社会科学版）2006年第5期。
③ ［法］帕斯卡尔：《思想录》，何兆武译，上海人民出版社2007年版，第34页。
④ 赵凯荣：《复杂性哲学》，中国社会科学出版社2001年版，第6—9页。

突变理论以及混沌学、模糊学等复杂性科学的发展与运用,人们逐渐认识到在自然、社会、思维中非线性则是更普遍存在的。我们需要尽量从不同层次、不同角度、不同途径将问题提出来进行思考,而不能满足于简单的、线性的因果一对一。第一章中,我们所介绍到的布尔迪厄的业师巴什拉所提倡的科学史中的"认识论断裂"问题,正是对线性思维的一个有力反驳。布尔迪厄继承了其业师的思想,在分析问题的过程当中,一直保持着一种对边缘性、突变性、偶然性因素的关注,这其实正是复杂性思维非线性特征的体现。

第四,从必然性到偶然性。以往科学史上,人们追求的是确定性的东西,想要把纷繁复杂的自然世界和人类社会归约为简明的规律性与法则性。这样我们就能更为便捷地去把握和分析这个世界。然而,现代科学的发展过程当中,尤其是耗散结构理论为我们描述了一个处处充满偶然随机的世界。因此,复杂性思维追求一种从静态的实验以及从逻辑分析到动态的随机过程分析。当然,复杂性并不是想通过偶然性去淹没必然性,而是提请人们注意看似有序的表面之下其实处处充满着偶然,提请人们注意要关注偶然性的存在。

概言之,复杂性思维是与不确定性、非线性、整体性、关系性打交道的思维方式,它与以前的简单性思维互相对照,但不相对立。正如埃德加·莫兰所说:"复杂性思维方式并不是简化思维方式的对立面,它整合后者。它如同黑格尔所说实行简单性和复杂性的结合,并且在它所建立的元系统里面,它又呈现了自己的简单性。复杂性的范式可以以并不比简化范式更复杂的方式陈述如下:简化范式规定了分解和还原,而复杂性范式要求在区分一切的同时要联系它们。"它可以作为我们简单性思维范式的一种时刻警醒,要求我们"把研究对象联结于其背景、其环境,能够把整体与其每一个部分相联和设想整体与部分之间的相互作用,还能够包容和超越在经验—理性的认识深化过程中所遭遇的逻辑矛盾"。① 当然,复杂性问题面临的前景也是相当复杂的,比如如何为复杂性建立可供操作的模型,使其不止停留在口头或者观念里;如何找准复杂性与简单性的联结,使其在最大限度上克服简单性范式的弊病等等,这些都已经进入复杂性研究者们的视域,并有待于在进一步研究中解决。那么,我们现在要思考的是这样的思维范式究竟能给我们人文学科,尤其是文艺研究带来哪些有益的启示呢?

(二)文艺复杂性

文学艺术以及文学艺术研究,在学科归类上毫无置疑地属于人文社会科学。实际上,人文学科相对自然科学来讲更加复杂,不论是从研究对象还是学科性质,抑或是从研究方法来讲都是充满复杂性的。② 国内对复杂性思维与人文学科建设关系的关注与思考在新世纪以来也逐渐萌生。比如欧阳康先生借用复杂性思维对我国人文科学创新的论述;李醒尘先生对于审美复杂性的探究;赵刚健先生运用复杂性思维对于我们文学理论创新的思考等。③ 尤其是赵刚健先生名为《复杂性思维与我国文学理论创新》的文章更是直接联系我国的文学理论现状,对其进行了复杂性思维的观照。在他看来,文学理论学科性质是具有复杂性的,这是因为文学理论尽管是关于文学

---

① [法]埃德加·莫兰:《论复杂性思维》,陈一壮译,《江南大学学报》(人文社会科学版)2006年第5期。
② 关于人文社会科学的复杂性可以参考欧阳康《复杂性与人文科学创新》(《哲学研究》2003年第7期)一文。
③ 参见欧阳康《复杂性与人文科学创新》,《哲学研究》2003年第7期;李醒尘:《审美的复杂性问题》,《首都师范大学学报》(社会科学版)2003年第2期;赵刚建《复杂性思维与我国文学理论创新》,《文艺理论研究》2005年第6期;李占伟《中国当代美学发展出路献芹——从实践、后实践美学之争谈起》,《湖南文理学院学报》(社会科学版)2009年第5期等文章。

研究的学科，但却是依附于哲学、社会学、心理学、伦理学、美学等众多学科的发展，跨众多学科的研究致使文学研究本身的性质具有很强的复杂性；文学理论的研究对象具有复杂性，这是因为作为人类精神活动现象一种的文学现象，是与人类本身的精神世界的复杂性紧密相关的，人的精神世界本身就是一个复杂性的存在，故而文学现象也是很难把握的。另外，文学现象还是一种复杂的文化现象，它随着人类历史的发展不断变迁，随着人类社会的结构变化而不断变化，因此文学现象也是复杂纷呈的；再次，文学理论的研究方法也是具有复杂性的。文学研究的方法是多种多样的，诸如社会历史研究、心理学研究、原型批评等等，从不同的视角观照可能就会得出不同的研究结论，故而，面对文学理论本身学科性质的复杂性，文学研究的方法也是具有复杂性的。此外，他还借助于复杂性思维对当下文学理论中的一些经典命题进行了质疑，比如"文学是一种审美意识形态吗？""社会生活是文学的唯一源泉吗？""文学有固定不变的边界吗？""各种文学体裁都有固定的特征吗？"等，认为这些命题在不同程度上犯了线性的、还原的简单化错误，需要通过复杂性思维来克服。[①] 尽管其中的有些论述略显偏激，而且有的地方过于强调了复杂性，而忽视了简单性的作用，忽视了简单性与复杂性的辩证统一，但总体来看并无不当。结合赵刚健先生的论述，我们认为复杂性思维对于我国当代文艺研究建设至少有以下几点有意义的启示。

首先，从文学机械观走向文学有机观。陶东风先生在其《文学理论基本问题》导言中实际上已经自觉反思了中国当代文艺学研究所存在的诸如一成不变的"文学创作阶段说""文学类型特征说"

---

① 赵刚建：《复杂性思维与我国文学理论创新》，《文艺理论研究》2005年第6期。

等机械性。造成这些机械性的原因很多,如威权意识、历史惯性等,然究其根本原因应当是其长期以来形成的线性的、还原的思维方式造成的。过往我们在研究文学问题时,采用的都是科学主义构成观思维方式,认为认识文学可以像认识其他事物一样,只要采取无限细分的方法,就可以得出"真理"。因此,研究文学叙事的就可以不管文学抒情,研究文学接受的就可以不管文学创作,研究诗歌体裁的可以不论及散文,研究文学内部规律的就可以对文学外部的影响置若罔闻。当然,我们并不反对分析的方法,我们反对的是机械式的分析,反对的是孤立式的分析。其实,借助于复杂性思维,我们不难发现不论是文学内部抑或是文学外部,甚至于文学内部与外部之间都是一个有机的整体,我们在进行分析的时候要时刻牢记每一个因素在整体中的有机性,要看到它们之间的关系,这样我们才不至于再碰到把文学拆得七零八碎时候,忘记了再怎么把它装回去的尴尬。值得庆幸的是,国内有些学者已经开始反思类似的问题,如南帆先生的《文学研究:本质主义,抑或是关系主义》一文就自觉地运用"关系"的思维方式来思考复杂的文学现象和文艺理论研究,具有一定的启发意义。①

其次,超越权威意识,摒除经典依赖。复杂性思维启示我们在认识事物、处理问题时一定要杜绝简单化处理的倾向,从而能够更全面、更立体、更丰富地认识事物,更客观、更科学、更包容地解决问题。然而,当下的文艺研究包括美学研究中,少数学术权威为维护自己的主流地位而对其他异己意见或者新生力量进行批判与排斥,从而阻断了学术对话的可能。另外,目前为止,正如有的学者

---

① 参考南帆《文学研究:本质主义,抑或是关系主义》,《文艺研究》2007年第8期。

对美学研究所进行的批评那样:"占据主流地位或渴望占据主流地位的美学主张,常常可见这样的共同特征:总是力图在马克思主义经典著作中寻求理论根据。"① 这样的"经典依赖"情结在文艺研究中也是十分常见的。毫无疑问,马克思主义思想是伟大的,我们有必要从中汲取有利于中国当代美学发展的养分,然而,"我们仅从研究方法、思维指向来看,这样一种各取所需,过分倚重权威理论的做法,本身就不符合从实际出发的马克思主义基本原则"②,这样难免会造成简单化的倾向,不利于文艺研究的健康发展。因此,我们不仅要尊重文艺研究发展过程中出现的新的价值观念、理论取向,而且在对待经典理论时也要辩证看待。

再次,密切联系文学实际,积极扩容研究领域。复杂性思维启示我们,在关注必然性的同时,不能全然忘记偶然性的存在。文学现象是复杂多变的,它随着社会结构的变迁而变迁,随着社会历史的变化而变化。而且,在全球化进程加速进行的今天,外来的各种文艺现象与文艺理论也必然要涌进国内来,对此,我们不能视而不见,更不能掩耳盗铃,应当积极地去面对,去整合,去扩容。事关文艺的理论是必要的,但空泛的理论却是要不得的,我们在不无悲伤地自怨自艾"失语"时,是否曾意识到我们的文艺研究理论更多情况下是在关注一些看似高深的"理论问题",而实则忽略了活生生的文学现象与文学实际本身,在文学实际面前失语比在理论面前失语似乎是更要不得的。

概言之,结合复杂性思维以及生成性哲学,在布尔迪厄的生成性与关系性文艺研究方法的启示下,我们认为文学艺术在横向坐标

---

① 杨守森:《艺术境界论》,上海人民出版社2008年版,第325页。
② 同上书,第326页。

上是一种复杂性联通体,而在纵向坐标上则是不断生成的发展体,这些可以概括为文学复杂性与文学生成性。文学在共时层面上是复杂的,它在同一时期面对着政治、经济、文化、历史、地理等等诸多因素,它是非线性的、非还原性的、关系性的、有机性、整体性的;而在历时层面上则非预成性的(本体论意义上)、非构成性的(科学世界观意义上)、非现成性的(神学意义上)、非静止化的、非机械化的、非孤立化的、非实体化的、地方性、事件性、生成性的。文艺包括关于文艺的理论应当面对文艺的历史语境、社会现实,应当充分思考文艺的复杂性与生成性,从而构建一种开放的、多元的、民主的、对话的、健康的文艺观。

主要参考文献

一 英文类

(一) 布尔迪厄专著

Distinction, *A Social Critique of the Judgement of Taste*, Cambridge Mass: Harvard University Press, 1984.

In Other Words: *Essays Towards a Reflexive Sociology*, Stanford: Stanford University Press, 1989.

Language and symbolic capital, Cambridge Massachusetts: Harvard University Press, 1991.

Masculine Domination, Cambridge: Polity Press, 2001.

On Television, New York: New Press, 1998.

Outline of a Theory of Practice, Cambridge: Cambridge University Press, 1977.

Pascalian Meditations, Cambridge: Polity Press, 2000.

Photography: *A Middle-Brow Art*, Stanford: Stanford University Press, 1990.

The Field of Cultural Production: *Essays on Art and Literature*, New York: Columbia University Press, 1993.

The Logic of Practice, Stanford: Stanford University Press, 1990.

The Question of the Sociology, Stanford: Stanford University Press, 1989.

The Rules of Art: *Genesis and Structure of the Literary Field*, Stanford: Stanford University Press, 1996.

（二）布尔迪厄与他人的合著

Pierre Bourdieu & A. Darbel & D. Schnapper, *The Love of art*: *European Art Museums and their Public*, Stanford: Stanford University Press, 1990.

Pierre Bourdieu & J.-C, Chamboredon & J.-C Passeron, *The Craft of Sociology*, Berlin; New York: Walter de Greuyter, 1991.

Pierre Bourdieu & J.-C Passeron, *Reproduction in Education*, *Society and Culture*, London: Sage Publications, 1990.

Pierre Bourdieu & Wacquant, L. D., *An Invitation to Reflexive Sociology*, Chicago: The University of Chicago Press, 1992.

（三）研究布尔迪厄的著作及文章

Bridget Fowler, *Pierre Bourdieu and Cultural Theory*, London: Sage Publications, 1997.

David Swartz, *Culture and Power*: *The Sociology of Pierre Bourdieu*, Chicago: The University of Chicago Press, 1997.

Jacques Dubois, "Pierre Bourdieu and Literature", *Sub Stance*, 29/3 (2000).

Michael Grenfell & Cheryl Hardy, *Art Rules*: *Pierre Bourdieu and the Vis-*

ual Arts, New York: Berg, 2007.

Michael Grenfell, *Pierre Bourdieu Key Concepts*, Trowbridge: Acumen, 2008.

Richard Jenkins, *Pierre Bourdieu*, London and New York: Routledge, 1997.

Richard Shusterman, ed, *urdieu: A Critical Reader*, Oxford: Blackwell, 1999.

Robbins, D., *Bourdieu and Cultural*, London: Sage Publications, 2000.

Webb, J., Schirato, T. & Danaher, G., *Understanding Bouridieu*, London: Sage Publications, 2002.

（四）其他相关的英文著作

Louis Althusser, *Lenin and Philosophy and Other Essays*, New York: Monthly Review Press, 1971.

Michel Hockx, ed, *The Literary Field of Twentieth-Century China*, London: Curzon Press, 1999.

Mike Gane, *French Social Theory*, London: Sage Publications, 2003.

Slavoj Žižek, ed, *Mapping Ideology*, London: Verso, 1994.

二 中文类

（一）布尔迪厄著作的中文译著

《自由交流》，桂裕芳译，生活·读书·新知三联书店1996年版。

《布尔迪厄访谈录——文化资本与社会炼金术》，包亚明译，上海人民出版社1997年版。

《实践与反思：反思社会学导引》，李猛、李康译，中央编译出版社

1998年版。

《关于电视》，许钧译，辽宁教育出版社2000年版。

《艺术的法则：文学场的生成和结构》，刘晖译，中央编译出版社2001年版。

《再生产——一种教育系统理论的要点》，邢克超译，商务印书馆2002年版。

《男性统治》，刘晖译，海天出版社2002年版。

《继承人：大学生与文化》，邢克超译，商务印书馆2002年版。

《实践感》，蒋梓骅译，译林出版社2003年版。

《国家精英——名牌大学与群体精神》，杨亚平译，商务印书馆2004年版。

《言语意味着什么：语言交换的经济》，褚思真、刘晖译，商务印书馆2005年版。

《科学的社会用途：写给科学场的临床社会学》，刘成富、张艳译，南京大学出版社2005年版。

《科学之科学与反观性——法兰西学院专题讲座》，陈圣生等译，广西师范大学出版社2006年版。

《人：学术者》，王作虹译，贵州人民出版社2006年版。

《实践理性：关于行为理论》，谭立德译，生活·读书·新知三联书店2007年版。

《遏制野火》，河清译，广西师范大学出版社2007年版。

《单身者舞会》，姜志辉译，上海译文出版社2009年版。

《海德格尔的政治存在论》，朱国华译，学林出版社2009年版。

《帕斯卡尔式的沉思》，刘晖译，生活·读书·新知三联书店2009年版。

《社会学家与历史学家》，马胜利译，北京大学出版社2012年版。

《区隔——趣味判断的社会批判》，刘晖译，商务印书馆2015年版。

《自我分析纲要》，刘晖译，中国人民大学出版社2017年版。

《实践理论大纲》，高振华、李思宇译，中国人民大学出版社2017年版。

《世界的苦难》，张祖建译，中国人民大学出版社2017年版。

（二）研究布尔迪厄的中文专著及译著

［美］戴维·斯沃茨：《文化与权力——布尔迪厄的社会学》，陶东风译，上海译文出版社2006年版。

高宣扬：《布迪厄的社会理论》，同济大学出版社2004年版。

高宣扬：《布尔迪厄》，生智文化事业有限公司2002年版。

刘乃慈：《布迪厄与台湾当代女性小说》，台湾学生书局有限公司2016年版。

刘拥华：《布迪厄的终生问题》，生活·读书·新知三联书店2009年版。

［美］罗德尼·本森等：《布尔迪厄与新闻场域》，张斌译，浙江大学出版社2017年版。

［英］迈克尔·格伦菲尔等：《布迪厄》，林云柯译，重庆大学出版社2018年版。

邱天助：《布尔迪厄文化再制理论》，桂冠图书公司1998年版。

许嘉猷：《艺术之眼——布尔迪厄的艺术社会学理论及其在台湾之量化与质化研究》，唐山出版社2011年版。

张意：《文化与符号权力——布尔迪厄的文化社会学导论》，中国社会科学出版社2005年版。

朱国华：《权力的文化逻辑》，上海三联书店2004年版。

朱伟珏：《布迪厄文化资本研究》，经济日报出版社2007年版。

（三）相关中文译著

［匈］阿诺德·豪泽尔：《艺术社会学》，居延安编译，学林出版社

1987年版。

［法］埃德加·莫兰：《复杂性思维导论》，陈一壮译，华东师范大学出版社2008年版。

［美］艾布拉姆斯：《镜与灯——浪漫主义文论及批评传统》，郦稚牛等译，北京大学出版社2003年版。

［英］安东尼·吉登斯：《现代性——吉登斯访谈录》，尹宏毅译，新华出版社2001年版。

［古希腊］柏拉图：《理想国》，郭斌和、张竹明译，商务印书馆2002年版。

［南非］保罗·西利亚斯：《复杂性与后现代主义》，曾国屏译，科技教育出版社2006年版。

［英］戴维·洛奇：《二十世纪文学评论》，葛林等译，上海译文出版社1987年版。

［美］丹尼尔·贝尔：《资本主义的文化矛盾》，严蓓雯译，江苏人民出版社2007年版。

［法］德里达：《书写与差异》，张宁译，生活·读书·新知三联书店2001年版。

［法］弗朗索瓦·多斯：《从结构到解构：法国20世纪思想主潮》，季广茂译，中央编译出版社2004年版。

［法］福柯：《词与物——人文科学考古学》，莫伟民译，生活·读书·新知三联书店2002年版。

［法］福柯：《福柯集》，杜小真编选，上海远东出版社2003年版。

［法］福柯：《权力的眼睛——福柯访谈录》，严锋译，上海人民出版社1997年版。

［德］哈贝马斯：《合法化危机》，刘北成、曹卫东译，人民出版社

2000 年版。

［德］海德格尔：《存在与时间》，陈嘉映、王庆节译，生活·读书·新知三联书店 2006 年版。

［美］汉娜·阿伦特：《人的境况》，王寅丽译，上海人民出版社 2009 年版。

［德］胡塞尔：《纯粹现象学通论》，李幼蒸译，商务印书馆 1996 年版。

［美］杰姆逊：《后现代主义与文化理论》，唐小兵译，北京大学出版社 1997 年版。

［美］卡林奈斯库：《现代性的五副面孔》，顾爱彬、李瑞华译，商务印书馆 2002 年版。

［德］卡西尔：《人论》，甘阳译，西苑出版社 2004 年版。

［德］康德：《判断力批判》，邓晓芒译，人民出版社 2010 年版。

［德］康德：《实用人类学》，邓晓芒译，上海人民出版社 2007 年版。

［法］雷蒙·阿隆：《知识分子的鸦片》，吕一民、顾杭译，译林出版社 2005 年版。

［法］利奥塔：《后现代主义》，赵一凡等译，社会科学文献出版社 1999 年版。

［法］列维-斯特劳斯：《结构人类学》，张祖建译，中国人民大学出版社 2006 年版。

［法］罗贝尔·埃斯皮尔卡：《文学社会学》，符锦勇译，上海译文出版社 1988 年版。

［法］罗兰·巴特：《符号学原理》，黄天源译，广西民族出版社 1992 年版。

［美］马尔库塞：《单向度的人》，张峰译，重庆出版社 1988 年版。

［德］马克斯·韦伯：《学术与政治》，冯克利译，生活·读书·新

知三联书店2007年版。

［加］麦克卢汉：《理解媒介》，何道宽译，商务印书馆2000年版。

［法］梅洛·庞帝：《知觉现象学》，姜志辉译，商务印书馆2001年版。

［法］帕斯卡尔：《思想录》，何兆武译，人民出版社2007年版。

［比］普利戈金、［法］斯唐热：《从混沌到有序——人与自然的新对话》，曾庆宏、沈小峰译，上海译文出版社2005年版。

［美］乔治·瑞泽尔：《后现代社会理论》，谢立中译，华夏出版社2003年版。

［法］萨特：《存在与虚无》，陈宜良等译，生活·读书·新知三联书店2007年版。

［美］萨义德：《文化与帝国主义》，李琨译，生活·读书·新知三联书店2004年版。

［美］萨义德：《知识分子论》，单德兴译，生活·读书·新知三联书店2007年版。

［瑞］索绪尔：《普通语言学教程》，高明凯译，商务印书馆2005年版。

［德］瓦尔特·本雅明等：《上帝的眼睛——摄影的哲学》，吴琼、杜予编译，中国人民大学出版社2005年版。

［美］韦勒克、沃伦：《文学理论》，刘象愚等译，江苏教育出版社2005年版。

［古希腊］亚里士多德：《形而上学》，吴寿彭译，商务印书馆2009年版。

［英］伊格尔顿：《后现代主义的幻象》，华明译，商务印书馆2000年版。

［英］伊格尔顿：《美学意识形态》，王杰等译，广西师范大学出版社1997年版。

(四) 中文专著

北京大学哲学系外国哲学史教研室编:《西方哲学原著选读》(上、下),商务印书馆1981年版。

曹俊峰:《康德美学引论》,天津教育出版社1999年版。

陈嘉明等:《现代性与后现代性》,人民出版社2001年版。

陈炎:《反理性思潮的反思》,山东大学出版社2002年版。

方向红:《生成与解构——德里达早期现象学批判疏论》,南京大学出版社2006年版。

蒋孔阳、朱立元:《西方美学通史》(七卷本),上海文艺出版社1999年版。

金吾伦:《生成哲学》,河北大学出版社2000年版。

李衍柱:《经典文本与文艺学范畴研究》,暨南大学出版社2002年版。

李衍柱:《西方美学经典文本导读》,北京大学出版社2006年版。

李幼蒸:《结构主义和符号学》,生活·读书·新知三联书店1987年版。

李泽厚:《批判哲学的批判——康德述评》,天津社会科学出版社2003年版。

李泽厚:《实践理性与乐感文化》,生活·读书·新知三联书店2005年版。

刘劲杨:《哲学视野中的复杂性》,湖南科学出版社2008年版。

刘象愚、杨恒达、曾艳兵:《从现代主义到后现代主义》,高等教育出版社2002年版。

刘小枫:《现代性社会理论绪论》,生活·读书·新知三联书店1998年版。

刘小枫:《拯救与逍遥》,上海三联书店2001年版。

彭新武：《复杂性思维与社会发展》，中国人民大学出版社2003年版。

钱中文：《钱中文文集·第二卷》，黑龙江教育出版社2008年版。

钱中文：《文学发展论》，高等教育出版社2005年版。

谭好哲：《文艺与意识形态》，山东大学出版社1997年版。

陶东风、金元浦主编：《文化研究》第4辑，中央编译出版社2003年版。

陶东风：《社会转型与当代知识分子》，上海三联书店2001年版。

童庆炳、陶东风主编：《文学经典的建构、解构和重构》，北京大学出版社2007年版。

童庆炳：《中国现代文学理论价值观的演变》，北京大学出版社2005年版。

王岳川：《当代西方最新文论教程》，复旦大学出版社2008年版。

王岳川：《二十世纪西方哲性诗学》，北京大学出版社1999年版。

王岳川：《后现代主义文化研究》，北京大学出版社1992年版。

夏之放：《论块垒——文艺理论元问题研究》，人民出版社2007年版。

夏之放：《文艺学元问题的多维审视》，齐鲁书社2000年版。

杨春时：《艺术符号与解释》，人民文学出版社1989年版。

杨守森：《艺术境界论》，人民出版社2008年版。

曾繁仁：《生态存在论美学论稿》，吉林人民出版社2009年版。

曾繁仁：《西方美学论纲》，山东人民出版社1992年版。

赵凯荣：《复杂性哲学》，中国社会科学出版社2001年版。

赵毅衡：《文学符号学》，中国文联出版公司1990年版。

周均平：《美学探索》，山东文艺出版社2003年版。

周均平：《秦汉审美文化宏观研究》，人民出版社2006年版。

周宪：《审美现代性批判》，商务印书馆2005年版。

周宪：《文化表征与文化研究》，北京大学出版社2007年版。

朱国华：《文学与权力——文学合法性的批判考察》，华东师范大学出版社2006年版。

朱立元：《当代西方文艺理论》，华东师范大学出版社2005年版。

朱立元：《现代西方美学史》，上海文艺出版社1993年版。

(五) 相关期刊论文

[法] 埃德加·莫兰：《论复杂性思维》，陈一壮译，《江南大学学报》（人文社会科学版）2006年第5期。

陈炎：《"初级关怀"与"终极关怀"：新时期文艺的双重使命》，《天津社会科学》2009年第1期。

陈彦：《布迪厄，使穷人感到骄傲的理论家》，《文景》2002年第2期。

高宣扬：《论布尔迪厄美学的核心概念"生存心态"的特殊性质》，《马克思主义美学研究》2010年第2期。

[美] 华康德：《社会学家布尔迪厄》，张怡译，《文化研究》2003年第4辑。

黄伟：《布尔迪厄美学命题的经典例证》，《读书》2001年第1期。

[美] 卡尔洪、华康德：《社会科学与社会良知》，张怡译，《国外理论动态》2003年第10期。

李红满：《语言与符号暴力——多维视野中的布迪厄语言观探索》，《外语学刊》2007年第5期。

李文阁：《生成性思维：现代哲学的思维方式》，《中国社会科学》2000年第6期。

李衍柱：《从定义出发，还是从文学实际出发?》，《文艺争鸣》2007年第9期。

李衍柱：《多元共生，和而不同——新世纪文学理论的走向》，《文艺争鸣》2006 年第 1 期。

陆扬：《析布尔迪厄的艺术理论》，《杭州师范大学学报》2013 年第 1 期。

南帆：《文学研究：本质主义，抑或是关系主义》，《文艺研究》2007 年第 8 期。

欧阳康：《复杂性与人文科学创新》，《哲学研究》2003 年第 7 期。

谭好哲：《关于文艺、审美与意识形态关系问题的思考》，《社会科学辑刊》2007 年第 5 期。

谭好哲：《论新时期文艺理论的开放性特征》，《理论学刊》2008 年第 8 期。

陶东风：《反思社会学视野中的文艺学知识建构》，《文学评论》2007 年第 5 期。

陶东风：《文学的祛魅》，《文艺争鸣》2006 年第 1 期。

童庆炳：《反本质主义与当代文学理论建设》，《文艺争鸣》2009 年第 7 期。

王铭铭：《布尔迪厄：制度实践与再生产理论》，《国外社会科学》1997 年第 2 期。

萧俊明：《布尔迪厄的实践理论与文化再生产理论》，《国外社会科学》1996 年第 4 期。

许嘉猷：《布尔迪厄论西方纯美学与艺术场域的自主化》，《欧美研究》2004 年第 34 卷第 3 期。

杨守森：《文学：审什么"美"》，《文史哲》2008 年第 4 期。

曾繁仁：《当代社会文化转型与文艺学学科建设》，《学术研究》2004 年第 3 期。

曾繁仁：《新时期西方文论影响下的中国文艺学发展历程》，《文学评论》2007 年第 3 期。

张宁：《法国知识界解读布迪厄》，《读书》2002 年第 4 期。

张旭东：《符号空间与时间性》，《东方文化》2000 年第 6 期。

张意：《符号权力与抵抗政治——布迪厄的文化理论》，《国外理论动态》2003 年第 3 期。

张玉能：《文学场论文论与当代中国文论建设——文学场论文论与文学社会学》，《江西社会科学》2009 年第 12 期。

赵刚建：《复杂性思维与我国文学理论创新》，《文艺理论研究》2005 年第 6 期。

赵奎英：《当代文艺学研究趋向与"语言学转向"的关系》，《厦门大学学报》2005 年第 6 期。

周宪：《文化工业—公共领域—收视率，布尔迪厄的媒体批判理论》，《国外社会科学》1999 年第 2 期。

朱国华：《当代文论语境中的布迪厄》，《社会科学》2005 年第 12 期。

朱国华：《颠倒的经济世界：文学场的结构》，《天津社会科学》2006 年第 6 期。

朱国华：《对反思性社会学诗学的反思》，《文艺理论研究》2007 年第 3 期。

朱国华：《对祛魅理论的祛魅解读——布迪厄社会学诗学研究策略》，《西北师大学报》（社会科学版）2007 年第 5 期。

朱国华：《合法趣味、美学性情与阶级区隔》，《读书》2004 年第 7 期。

朱国华：《继承与断裂——布迪厄的哲学思想渊源》，《现代哲学》2003 年第 4 期。

朱国华：《阶级习性与中等品位的艺术：布迪厄的摄影观》，《福建论坛》2016 年第 8 期。

朱国华:《祛魅、解构与大众文化的自主性——当代语境中的布迪厄美学社会学理论》,《文学评论》2006年第6期。

朱国华:《文学场的历史发生与文学现代性》,《河北学刊》2005年第4期。

朱国华:《艺术编码的社会条件——管窥布迪厄艺术社会学》,《文艺理论研究》2004年第4期。

后　记

　　一般来讲，书到后记，作者的心情应该是喜悦的。眼看凝聚心血的文字要付梓，激动与喜悦必是人之常情。但激动之余，我的心里又充满了另外两种情愫——感恩与惶恐。

　　本书是在我的博士论文基础上修订完成的。毫不讳言地说，选择布尔迪厄作为研究对象是一件"痛并快乐"且"痛大于乐"的事情。"痛"在布尔迪厄语言体系的晦涩难懂、思想体系的驳杂艰深，"痛"在资料搜集的艰辛、文献阅读的困难；而"乐"在可以逐渐走进一个当代伟大思想家的思想世界，并勉力将其介绍给世人。在这艰难的探寻过程中，我最觉幸运的是"不是一个人在战斗"：老师的悉心指导、家人的殷切关心、友人的诚挚鼓励，以及从未谋面的那些热心的人们对我无私而热情的帮助，这些都是我勉力坚持的巨大动力。所以，感恩之心亦是必然之情。

　　首先要感谢我的恩师周均平先生。从硕士到博士，我跟随先生学习整整六年。先生不仅是严师，更是慈父。在学术上，先生要求一丝不苟；在生活上，先生关心无微不至。先生的主要研究领域是秦汉审美文化，性格上似乎也深受秦汉文化的浸润——大气磅礴、豪迈真诚，每与先生交流，都有一种真气充盈的感觉。所以，毕业多年，我这让先生不省心的学生仍难改一遇难题便向先生请教的习惯。还要十分感谢美丽善良的师母费利群教授，在济南求学期间，师母温暖的关怀总能给我一种"他乡是故乡"的温馨之感，很想改用亚里士多德的一句名言——我爱我师，我更爱师母。相信先生看到这话也不会生气，因为他和师母多年相濡以沫的感情状态，正是我们这些学生对待婚姻家庭的楷模和榜样。

感谢山东师范大学文学院文艺学教研室的李衍柱老师、夏之放老师、杨守森老师、周波老师、杨存昌老师、赵奎英老师、孙书文老师、李红春老师、刘蓓老师、李辉老师、邹强老师、吴承笃老师、杨光老师等，他们无论是在学术还是做人方面都给了我诸多启发，感谢他们多年来对我的培养和关爱。

感谢山东大学文艺美学研究中心的曾繁仁老师，博士阶段的最后一年有幸跟随曾老师进行博士访学，曾老师渊博的专业知识素养、兼容并包的胸怀、爽朗的气概、敏捷的思维都常常使我赞叹不已。最使我难忘的是，曾老师为了不耽误指导我呈交给他的三篇论文，在出差途中牺牲休息时间进行了批阅。这种对后学的提携之情，令我感动不已。

还要感谢山东大学文艺美学研究中心的谭好哲老师。正是谭老师的推荐和帮助，才使得我有机会到山东大学文艺美学中心进行访学，领略中心各位老师的风采。谭老师为人谦和、待人宽厚、学术视野宽阔，每一次短暂的交谈都能给我诸多的启发。

感怀山东大学文艺美学研究中心的陈炎老师，在博士访学期间，有幸旁听到了陈老师的博士课程，陈老师严密的逻辑思维能力、敏锐的学术洞察力、迅速准确的判断力都使我深深地折服。然天妒英才，陈炎老师于 2016 年不幸患病去世，斯人已乘黄鹤去，此地空余黄鹤楼。每念及兹，潸然泪下。

感谢论文中所引用研究成果的研究者和所参考书目的著者，正是前人潜心研究的成果，为我们提供了宝贵的研究材料，搭建了良好的研究平台。

感谢我最亲爱的母亲、姐姐。尽管母亲几乎都弄不明白"博士"和"硕士"的区别，尽管姐姐们都不清楚文艺学、美学究竟是研究什么的，但她们对我的支持从未犹豫过。

老师们悉心的指导和帮助、亲友们无私的关爱和支持，既是动力亦是压力，让我十分惶恐与担心自己能否对得起他们的付出。就本书而言，惶恐至少来自以下几个方面。

首先，布尔迪厄是法国思想家，但我本人并不通法语，研究过程中基本使用的是英语文献和汉语文献，很惶恐是否能够超越语言转译的阻隔，形成客观、真实的研究结论。

其次，此书是在我博士学位论文的基础上修订而成。此次修订，并没有对原来内容进行大的调整，只是对新的文献进行了整理和充实。这一方面是想要最大限度地保留当时思考的痕迹，另一方面也是因为近些年学术兴趣的转移。但也惶恐是我内心深处的惰性使然。

再次，尽管当年博士学位论文在答辩过程中受到了答辩评委老师们的一致好评，也获得了山东师范大学优秀博士论文称号，但因自己生性驽钝、学力不足，惶恐不能将布尔迪厄深邃广袤的文艺思想呈现得那么全面和准确。好在书一出版，优劣好坏的评说就是学术界同人的事情了。

本书的部分章节曾以单篇论文的形式发表在《东岳论丛》《山东社会科学》《当代文坛》《河南社会科学》等学术刊物，感谢这些刊物编辑老师们的大力支持。感谢中国社会科学出版社典雅大方、清新自然的郭晓鸿女士玉成本书的出版。感谢河南师范大学学术专著出版基金的资助。感谢河南师范大学文学院的领导和挚友们对我的理解和帮助。

  特别要感谢的仍是我宽容大度、美丽端庄的妻子姜燕女士。作为省城大都市女孩儿，肯下嫁给我这样一个不名一文的穷酸书生，已经让我深感幸运了。她又不辞辛苦、任劳任怨，几乎承担了家里的全部劳务，照顾我们一家人的生活起居。人生得一如此贤妻，夫复何求？